OFFERGLÖD

Olivér Joób
OFFERGLÖD

© 2019 Joób, Olivér
Hemsida: oliverjoob.weebly.com
Omslagsfotografi: Jesper Anhede
Hemsida: anhede.se
Grafisk form: Olivér Joób
Sättning: Eva Lena Johansson

———————————

Förlag: BoD – Books on Demand, Stockholm, Sverige
Tryck: BoD – Books on Demand, Norderstedt, Tyskland

ISBN: 978-91-76991-42-8

Till Judit
som ville dela framtid
i den lilla staden.

Och ljuset lyser i mörkret,
och mörkret har inte övervunnit det.

Johannesevangeliet 1:5

Prolog

Tvärs över stigen låg det nedfallna lilla tornet. En vit samo-
jedhund nosade runt det rostiga smidet, drog ivrigt i kopplet,
sniffade på rötan i de sirliga sniderierna, gläfste åt den böjda
spiran som rivit upp gruset. Det var alltså inte bara de nedfallna
grenarna i parken som hade fallit rov för nattens storm, det hit-
tills största ovädret denna höst.

Dags för byggnaderna att ge efter. Bli kuvade av vädrets
allt mer upprörda makter, tänkte mannen som höll i kopplet.
Naturen har fått nog och slår tillbaka efter att ha piskats upp
under många år. Mannen gick ner på huk och kände på tor-
nets avbrutna fot. Han kunde lätt knäcka loss några bitar. Det
behövdes ingen orkan för att det här ruttna träet skulle ge
efter, funderade han. Stormen har gjort sitt, men underhållet är
eftersatt. Tänk vilka värden som går förlorade!

Mannen ställde sig upp och betraktade den väldiga trävil-
lan i tre våningar. Där fanns flera glipor i balkongernas räcken.
Mitt på mellanpartiet kunde han skönja ett namn: Svea. Det
måste ha varit en pompös villa en gång i tiden, fem sektioner
med ett brett torn i mitten. Där, längst upp saknades spiran.

Mannen med ljust skägg och svårbestämd ålder vände på
sig för att se utsikten från husets håll. Närmast låg ett område
omgivet av staket, en grusplan där ogräs slagit upp fläckvis.
Metallnätet hade säckat ihop på flera ställen, utmed låg stora
drivor med gulbruna löv. Det måste ha varit en tennisbana en
gång i tiden, nej, två planer bredvid varandra. På andra sidan
var det inte långt till stranden. Genom ett rufsigt galler av träd-
grenar, bortom en slänt, skymtade man Vätterns vågor. En gång
i tiden var det säkert behagligt att sitta på villa Sveas balkong i
sommarbrisen från sjön och avnjuta en tennismatch nedanför,

7

med en läskande dryck i handen...

Hunden blev otålig, ville vidare och mannen gav med sig. Bakåtlutad, med stora kliv följde han efter på den fuktiga gångstigen. De passerade två ålderstigna villor till, något mindre än Svea, och resterna av en parkbänk. Under buskarna växte skräphögar. Där gångarna korsade varandra syntes spår av en rabatt, en stor käft som stack upp sina stentänder ur jorden. Hunden stannade till, vände nosen mot en lockande doft som vinden förde med sig. De hade hunnit fram till ytterligare ett trähus med flagnande färg. Persiennerna var neddragna, ett fönster på nedervåningen stod på glänt bara några meter bort. Det lyste därinne. En skugga rörde sig. Hunden stod i beredskap. Plötsligt drogs fönstret igen med en smäll.

Välkommen till Hjo, mumlade mannen, den lilla trästaden vid det stora vattnet! En gång fylld med skaror av turister, hitlockade av den noggrant bevarade bebyggelsen, idylliska hamnen där det såldes rökt sik och glass, och så parken, detta lummiga paradis med sin prunkande växtrikedom.

Han fortsatte mot en öppen plats med avsats mot sjösidan. Blev stående under en ensam lind med utsikt över hamnen, nedanför honom det stängda badets gapande rektangel med smutsigt vatten, långt ut på sjöns turkosblåa böljor skummade vita gäss. De två fyrarna på varsin ände av vågbrytaren stod vakt som gamla grånande gubbar.

Förfall går fort, tänkte mannen, ifall det inte finns tillräckligt med omsorg om saker och ting. När oreda och rädsla breder ut sig är det svårt att vända utvecklingen. Men inte omöjligt.

Från lindens grenar ovanför hördes ett hemlighetsfullt sus.

"Kom, Angelo, vi går vidare!" sa han.

Kopplet spändes och den snövita samojeden drog iväg med husse. I dunklet mellan sekelgamla trädstammar förberedde sig novembernatten. Sakta skulle den ta över. Något tidigare än igår.

1

De satt alla samlade runt matsalsbordet som om det var en vanlig middagsbjudning.

Theo hade hållit på att koka sin traditionella soppa till familjen på torsdagskvällen när han fick meddelandet om att de skulle bli två till. Han skickade en säkerhetskod till gästerna så att de kunde komma in på villaområdet med sin bil. Sände även ett meddelande till sin fru om att hon skulle köra hem från jobbet så snart som möjligt.

De två bilarna svängde in på Fyrvaktarevägen efter varandra och parkerade på uppfartens två laddstationer. Lampor tändes och lyste upp bilarna framför garaget. Ur den ena bilen steg tre personer: först en lång man ur baksätet. Han klev fram och öppnade den främre bildörren för en tjej i högstadieåldern. En kraftig gestalt rundade motorhuven, lade armen om flickan när de gick mot den stora villans ingång. Ur den andra bilen steg en smärt kvinna som följde övriga med bestämda steg. När alla var inne drog hon igen dörren kraftigt, som om hon ville hindra höstmörkret att följa efter.

"Bra att du kommer, Nellie!" tog Theo emot henne i hallen med en snabb puss.

"Vad är det som har hänt?" frågade hon.

"Det får vi snart reda på." svarade Theo.

Soppan ångade mitt på bordet och stearinljusen fladdrade till när alla satte sig.

"Tack för att vi får komma till er när det har blivit så här!" sa den mörkhåriga kvinnan med runda kinder, andades fortfarande hastigt. Hennes dotter snyftade till bredvid, tittade stelt ner på bordet. Hon såg ut som en liten flicka med sin blonda hästsvans, trots att hon var längre än sin mor.

"Berätta!" uppmanade Theo.

Joel, som var den yngre sonen i huset, började: "De har haft inbrott. Vi repade i kyrkan så kom de och talade om att någon har varit inne i deras hus."

"Det är nog värre än så", tog den mörkhåriga kvinnan vid. "Vårt hus har blivit vandaliserat."

Rynkor trädde fram kring ögonen, hon talade långsamt. "Jag kom gående från parkeringen och såg det redan på håll. Nånting på dörren. Gick sakta fram och fattade först inte vad det var. Sträckte fram handen för att känna. Det var nallen, Lunas gamla nalle, armarna utsträckta, huvudet hängande åt sidan, fastspikad vid tassarna, mitt på dörren. Jag stod och klappade nallen med intorkad rödfärg på pälsen. Då upptäcker jag att dörren står på glänt. Vet inte vad jag ska göra. Kommer plötsligt att tänka på Luna och skyndar in i huset, springer till hennes rum. Hon är inte där, i rummet är det kaos. Skåpsluckor insparkade, kläder utspridda på golvet. Den stora tavlan med fågeln låg på sängen, glaset i småbitar."

Hon tystnade, tittade på tallriken framför sig, drog sakta handen över pannan som för att bläddra vidare bland minnesbilderna. "Jag kollade huslarmet på mitt armband. Luna hade inte varit hemma. Någon måste ha kopplat bort det. Jag kontaktade Luna. Tack och lov var hon välbehållen. På väg hem. Jag gick runt i huset, överallt samma syn: omkullvälta möbler, böcker kringslängda, krossat porslin. På väggarna var det klottrat med rödfärg. Så bestialiskt."

Hon skakade på huvudet. Tittade omkring under sin mörkbruna lugg och mötte berörda blickar kring bordet.

"Jag väntade in Luna, vi tog bilen till kyrkan, satte oss på mitt kontor, jag visste inte vad jag skulle ta mig till. Först hörde vi musik från källaren, sen träffade vi pojkarna, och så fick vi komma hit."

Theo vände sig mot sin fru och la sin hand på hennes underarm. Hon nickade och sa: "Ni får stanna här. Ni kan inte återvända dit. Vi gör i ordning gästrummet där nere. Ni har varit osäkra på Hammarn, du vet att jag har varnat dig, Stella.

Att bo där som präst. Med en femtonårig dotter."

"En som jag känner på Hammarn", tog den äldre sonen i huset vid, "deras familj råkade ut för en utpressning för några dar sen. Idag hörde jag att flera var drabbade. Ni minns bilbränderna förra månaden. Och nu det här inbrottet. Man undrar vad som är på gång."

Stellas dotter Luna satt fortfarande orörlig men nu började hon snegla på de andras ansikten för att se reaktionerna.

"Det som har hänt idag är hemskt." sa Nellie. "Men vi får vara försiktiga med att dra några slutsatser. Utpressningarna känner vi till och hjälper de berörda. Bilbränderna är en annan historia. Det var ett ungdomsgäng som låg bakom dem. På stadshuset tar vi förstås alla signaler på allvar. När vi ser en risk för upptrappning så utökar vi vakternas närvaro så att våldsverkarna inte får utrymme."

"Vi har inte lyckats nå ut", suckade Stella.

"Det var inte meningen att du skulle nå ut." svarade Nellie. "Du har bara varit här ett år, Stella! Våldet i stan har en lång, invecklad historia. Det är bäst att överlåta de här frågorna till oss på säkerhetsavdelningen. Vi har koll på strukturerna i stan och vi ser till att folk är trygga. Om de lyssnar på våra råd."

Stella svarade med gråten i halsen: "Jag vet att vi blev varnade för Hammarn när vi flyttade hit. Allt skulle gå snabbt och jag tänkte att vi kunde prova. Det var billigt. Och det verkade gå bra. Vi har fått kontakt med några. Flera från församlingen bor där..."

"De är uppvuxna i den här stan", avbröt Nellie, "och de har inga barn som bor hemma. Vi behöver inte diskutera det här vidare. Har du skickat en anmälan till polisens databas?"

"Först tänkte jag inte på vad jag behövde göra, jag bara låste och vi gick hemifrån. Kom på det i kyrkan. Tog reda på att vi måste göra en egen undersökning där vi dokumenterar förstörelsen."

"Kommer inte polisen ut?" frågade Joel.

"Det här är utanför säkerhetszonerna", svarade hans bror, Leon. "De kan inte åka ut vid varje inbrott där, fattar du väl!

Man får skicka in data utifrån polisens undersökningsformulär. De gör en AI-analys, som kommer fram till att det troligtvis var den ena gruppen. Eller den andra. Det spelar ingen roll, för de kommer ändå inte göra nåt åt saken. Analysen görs för att försäkringsbolagen kräver det."

"Vi kan hjälpa till med den egna undersökningen i ert hus i morgon", sa Theo. "Dags att börja äta, innan soppan kallnar. Hoppas ni gillar ärtsoppa! Det finns knäckebröd och ost till. Vi ber!"

Efter att gemensamt ha bett Gud välsigna maten, började de äta. Bönen och måltiden lugnade sinnena. Som om Stella och Luna hade bjudits på kvällsmat bara för att alla skulle få vara tillsammans. De småpratade, och nu var det skönt att hålla sig till ytligare ämnen, som utbudet i mataffären: vilka fruktsorter det fanns att köpa vid denna tid på året och hur dyrt det var, samtidigt som den lyxiga Wrångebäcksosten från trakten gick att köpa som vanlig hushållsost. Allt detta hade sin förklaring i att transporter numera fungerade så dåligt, sa man till varandra och gav fler exempel.

Den alldagliga, varma gemenskapen kring bordet var deras skydd mot det som hade hänt idag, mot den otäcka kyla som fanns därute. Ingen verkade vilja bryta upp, tills klockan närmade sig nio och Nellie reste sig för att förbereda sängarna i gästrummet en halv trappa ner. Stella följde strax efter med Luna. Theo och sönerna plockade i ordning efter kvällsmaten medan de fortsatte småprata.

Matsalen, köket och vardagsrummet gick över i varandra i en rymlig, öppen planlösning tillsammans med hallen. Från hallen ledde två trappor, den ena en halvvåning upp till familjens sovrum, den andra ner till korridoren med gästrummet.

Här låg mor och dotter nerbäddade lite senare på kvällen, i lånade linnen, Stella på en säng innanför dörren, Luna på en bäddsoffa i hörnet. Mellan dem stod ett skrivbord mot väggen, ovanför var rullgardiner neddragna framför två avlånga fönster. På nattygsbordet vid Stellas huvudände lyste en liten lampa. Båda gästerna hade sina skärmglasögon på sig, Luna sov kanske redan.

Tidigare, när de blev ensamma hade Luna sagt under tårar att hon inte ville stanna i den här stan, de måste flytta tillbaka till Göteborg. Stella hade svarat att de skulle se, först behövde saker och ting ordnas, och det var inte bara att flytta, det handlade om både arbete och skola, för att inte tala om hur svårt det var att hitta ett lämpligt boende i Göteborgsområdet.

Stella hade satt på barockmusik i hörlurarna, som så ofta när hon behövde tänka efter i lugn och ro. I glasögonen hade hon valt en bild på ett frodigt träd som stod på toppen av en liten kulle med böljande grönt landskap runtomkring. Den hade följt med henne under några år. Trädet stod för både ensamhet och tillförsikt, för livskraft och utsatthet. Det passade bra nu, liksom Albinonis "Adagio" som hon kände igen i lurarna: den lugna orgeln, stråkarnas mjuka melodi i vågor, det tilltagande vemodet, och mot slutet hindren, trösklarna som får instrumenten att hålla andan innan vågorna kan rulla vidare och plana ut på hoppets strand.

Hon behövde ta sig dit, komma över den där klumpen till oro i magen, inte låta vålnaden växa och komma ikapp med gamla mörka minnen.

Hade hon bearbetat det som varit tillräckligt för att inte dras ner igen? Hade hon lastat av sig tidigare förödmjukelser tillräckligt för att kunna bära en ny? Skulle hon stanna i Hjo och ta fajten eller var det klokast att inse nederlaget, återvända till det gamla invanda och bekanta?

Det kändes lockande att göra som Luna ville, ta pick och pack och flytta tillbaka till Göteborg. Året i Hjo hade varit kämpigt för dem båda: för Luna att komma in och finna sig tillrätta i nionde klass som prästdotter, för Stella att axla ledaransvaret i en församling där många inte delade hennes vision.

Göteborg var platsen där hon hade kämpat och lyckats. Hon bar det värdefulla minnet av hur tron hade visat vägen, likt en flämtande låga i mörkret. Som det grönskande trädet på kullen. Hon hade upplevt sig ledd att gå ner i tjänst på sitt gamla ekonomjobb för att läsa teologi. Det blev värdefulla år av återhämtning som också angav riktningen framåt. Hon fann en ny glöd, längtan efter att predika och bygga församling. Hon behövde kanske börja om från den utgångspunkten. Tankarna förde henne vidare, ut mot havet, de gamla rynkiga klipporna, västkusten som trots allt var hennes hem...

Hade det inte varit för vattnet, Vätterns söta innanhav, så hade hon inte hamnat här i Hjo, satsat på en självständig prästtjänst direkt efter examen. Samtidigt passade den lilla staden för en nystart långt hemifrån. Den lockade inte minst med en lugnare ordning än den svettiga, slitna storstaden, präglad av rigid segregation och begränsad rörelsefrihet, zonernas oöverskådliga lapptäcke fullt av vägspärrar emellan.

I Hjo verkade förfallet och uppdelningen inte ha gått så långt. Hon hade kommit hit med en god föresats och stor arbetsvilja; hon hoppades i hemlighet kunna bidra till att vända den negativa spiralen. Det hade även varit ett av skälen till att bosätta sig i det yttre området Hammarn och inte i någon av säkerhetszonerna. Hammarn låg i västra utkanten av stan och var egentligen ett charmigt område där trähusen stod tätt, gångstigar följde de små trädgårdarnas häckar och staket, gator gick över i mysiga innergårdar. Men de gropiga trottoarerna och hus med flagnande färg vittnade om att trakten var eftersatt. Det störde inte Stella. Trots varningar från medlemmar i församlingen, med Nellie i spetsen, flyttade hon dit. Och nu låg hon i en säng hemma hos Nellie, hänvisad till hennes gästfrihet i en fin villa i säkerhetszon B.

I det rymliga rummet ovanför gästrummet låg Theo och Nellie i sin dubbelsäng och planerade morgondagen.

"Jag kan följa med Stella till huset på morgonen", sa Nellie, "så gör vi den egna undersökningen. Jag vet hur formuläret fungerar. Luna får stanna här, hon är för uppskakad för att gå till skolan i morgon, och sen är det ändå helg."

"Jag hjälper till att städa och hämta grejer efter jobbet." fortsatte Theo.

"För en gångs skull kan du väl vara den förste som lämnar läkarmottagningen och inte den siste, som du brukar! Be de andra läkarna ta över dina patienter efter lunch, de har en massa timmar att betala igen."

Theo hummade.

Efter en stund sa Nellie: "Undrar hur länge de stannar."

"De kan inte bo i sitt hus efter det här. " menade Theo. "De måste väl sälja och köpa något i en av zonerna."

"Om de blir kvar i stan. I varje fall kan vi räkna med att ha gäster i flera veckor. Några släktingar har de inte i närheten. Stella måste väl sköta sitt jobb och Luna sin skolgång… Hon har förändrats, Luna. Jag tyckte riktigt synd om den spensliga flickan när de flyttade hit och hon kastades in mitt i högstadiet. Det går att dölja att man är kristen, men prästdotter? Som att be om trakasserier. Men hon har klarat sig. Hon är duktig och trevlig, en riktig kvinna har hon blivit – fast i kväll var hon en stackars liten flicka."

"Hon var på god väg att landa. Och så händer det här!"

"Bara hon inte börjar tröstäta och blir mullig som sin mor."

"Hur kan du säga så?! Du vet vad Stella har gått igenom", reagerade Theo.

"Hon har ändå haft några år på sig nu. Hoppas det här inte leder till en stor kris igen!"

"Det hänger delvis på oss. Du vet vad det betyder att förlora…"

Nellie avbröt honom. "Du behöver inte påminna mig. Jag har gått vidare utan att få tillbaka mitt öga."

Det var ett vågspel att hänvisa till hennes gamla skada. Theo gjorde det bara om han kände att han verkligen behövde sätta press på sin fru.

"Du har gått vidare för att det fanns människor som stöttade dig. Församlingen var viktig, eller hur? Nu får vi försöka stötta andra."

"Självklart ska vi göra det! Jag undrar bara hur det kommer påverka vår familj." muttrade Nellie.

I rummet mitt emot föräldrarnas sovrum satt Leon framför sin skärm. Ofta var det först vid den här tiden, när det blev tyst i

15

huset, som han laddade med ett koncentrationspiller för att ta del av något föredrag som ingick i hans utbildning. Men denna kväll kände han för att koppla av med ett strategispel. Han märkte inte när hans bror steg på bakom honom.

Joel brukade sova vid den här tiden, han skulle upp tidigt nästa morgon för att ta bussen till gymnasiet. Nu gled han ner i fåtöljen bakom Leon och väntade in det lämpliga ögonblicket att knuffa till hans arbetsstol bakifrån. Tilltaget fick önskad effekt, Leon ryckte till och snurrade runt. Belöningen blev en lagom hård knytnäve i magen.

Joel drog upp fötterna i fåtöljen, knöt armarna runt knäna, och började fråga sin storebror omkring det som hade sagts under kvällsmaten. Han lyssnade uppmärksamt med sina stora, blåa ögon som liknade mammas – det var som om kompensationen för det som gått förlorat i förra generationen hade tillfallit honom. För övrigt var Joel lång och smal som sin far.

Leon lutade sig bakåt på skrivbordstolen, benen utsträckta och armarna i kors. Han var något kortare, bredaxlat vältränad. Han pratade lågmält men allt mer intensivt:

"Det är klart att mamma och pappa inte har velat snacka om läget i stan inför dig. Och för fyra år sen, under den senaste vågen fattade du knappt vad som hände. Minns du de två morden? Kriminella som gjorde upp. Många blev skadade i olika sammandrabbningar mellan Armén och Föreningen. Det kunde hända var som helst, ingen gick säker. Alla var rädda att hamna i stridslinjen. Om man råkade vara på fel plats kunde man bli nersparkad. Det var då hela Almedal blev en säkerhetszon. Det kanske du minns: vi fick staketen och bommarna. Innan fanns bara zon A på söder, men då utökades den också och man införde satellitsystemet där."

"De kriminella har blivit mer aktiva igen." funderade Joel.

"Och de gillar inte Stella. Eller kyrkan. Eller så råkade de välja just det huset."

"När förra prästen slutade och deras familj flyttade så hastigt, var det förmodligen för att han hade blivit hotad. Nu gör de väl samma sak med Stella. Hon och Luna kommer säkert flytta efter det här också."

"Ändå har det vart lugnt länge! Åkte inte nån ledare fast efter de där morden? Kaptenen?"

"Översten. Han fick ett straff, men det var inte för morden. Morden kunde väl aldrig utredas. Översten sitter fortfarande inne. Armén har fortsatt att agera här i stan, fast det har varit lugnare. De håller säkert koll på sina områden. Hammarn är deras, och det kan störa dem att Stella bor där. Kanske gav de henne en chans att foga sig under en tid. Det har hon inte gjort, och då är det dags att sätta henne på plats. Det otäcka är att hela församlingen hamnar i fara på det här sättet. Armén har sin fanatiska religion som kan elda på dem och leda till större utbrott."

Joel sträckte ut sig i fåtöljen. "Vid kvällsmaten sa du att det kan ha varit de andra också."

"Föreningen, ja. Du kan aldrig räkna bort dem. Också när det till synes är lugnt i stan pågår en maktkamp mellan Armén och Föreningen. Båda vill hela tiden flytta fram sina positioner."

"Men varför skulle Föreningen..."

"Föreningen lever på missnöje. De får stöd av vissa gamla hjobor och folk på landet som är missnöjda med hur allt har blivit. De är i grunden mot alla med utländsk bakgrund. Helst skulle alla hjobor vara födda i Hjo. Arméns blotta existens gör dem rasande. Föreningen får näring av sitt hat mot Armén. Stella flyttar hit och börjar tala om fred, att det inte ska behöva finnas några zoner, att vi mänskor ska ta hand om varandra oavsett bakgrund. Det måste irritera Föreningen."

"Och då kan de inte bara skicka ett meddelande med en varning?"

"Det börjar ju inte här. Som jag sa pågår det en kamp om inflytande, inkomster, makt. Låt säga att det är Armén som ligger bakom utpressningarna på Hammarn. För Föreningen blir det en utmaning att visa att de också har makt över människor där. Om Föreningen ogillar prästen blir det här ett gyllene tillfälle att göra en markering."

"Men nallen på dörren, verkar det inte mer som religiösa fanatiker?"

"Jovisst. Men det kan lika gärna betyda att någon ville låta det se ut som om Armén låg bakom."

Joel tänkte efter. "Ska du dit i morgon?"

"Mamma kan det där med undersökningsformulär och kontakt med polisen, så hon åker säkert upp med Stella och Luna. Vi får väl hjälpa till med städningen sen. Det blir ingen rolig uppgift."

"Nej..." gäspade Joel, "jag får nog försöka sova". De sa godnatt till varandra och snart var det mörkt i hela huset, förutom tre små lampor som hängde i varsitt vardagsrumsfönster.

Utanför, på gatan rullade en av kommunens små självkörande vaktbilar sakta förbi på sin nattliga runda. Det gick inte att se om det satt någon i fordonet denna kväll eller om det bara var de mörkerseende kamerorna som spejade runt mellan husen.

2

Motsträvigt ljusnade fredagsmorgonen. Joel var på väg till busstationen. Han hörde tidsangivelsen i sina hörlurar vid utgångsregistreringen då han lämnade villaområdet och insåg att han måste slå rekord på femhundra meter för att hinna med A-bussen. Han hade försovit sig efter en svår natt; först kunde han inte somna och sedan drömde han mardrömmar om hur han försökte rädda sin bror ur ett brinnande hus.

Väl ute på Karlsborgsvägen kunde han lubba iväg med sina långa ben på den plana rakan utmed stadsparken. Mellan träden drog den fuktiga novemberluften in från sjön. Hans flåsande blev till små puffmoln som flög åt sidan framför ansiktet. Snart skymtade han busstationen och fick syn på den långa, låga bussen. Löpningen gick över i sprint. Det fattades 20 meter när fordonet sakta svängde ut och körde iväg. Förarlösa bussar tog ingen hänsyn.

Han hade faktiskt aldrig missat sin buss tidigare. Vad fanns det för alternativ nu? Han fick besked i hörlurarna: 402 "röd" skulle gå om fem minuter. Hans mamma hade poängterat varför de betalade en avgift för att han skulle slippa åka med de röda bussarna: de stannade vid flera hållplatser och hade inte uppkopplade övervakningskameror.

Snart satt han på den gamla slitna bussen och betraktade hur den fylldes på hållplats för hållplats. När de lämnade Hjo fick några till och med stå, och luften blev snabbt unken. Han brukade läsa läxor i sina glasögon på vägen, men vågade inte riktigt avskärma sig, så han lyssnade bara på musik och betraktade människorna omkring sig.

Han kände igen en tjej från gymnasiet som steg på vid Hammarn. Hon fick honom att tänka på Luna. Det som hände

19

igår. Mammas indignation över att Stella bodde på ett så utsatt område med henne. Hittills hade han hållit hemskheterna på avstånd. De var bara ord. Klottrade fraser på husväggar. Nyhetsrapporteringar om bråk och misshandel. Berättelser om olika gäng. Om butiksägaren som inte hade betalat skyddspengarna när inkasseraren dök upp och därför fick sin affär sönderslagen. Om kvinnor som trakasserats, om vilka områden i stan man inte skulle besöka. Informationen hade han registrerat men med föräldrarnas aktiva medverkan skyddades han från den våldsamma världen.

Nu gick det inte att vara distanserad längre, han satt mitt i den skakande vardagsverkligheten. Hans tillvaro hade naturligt nog varit trygg i en säkerhetszon med en mamma som var säkerhetschef. Om han inte hade haft det så välordnat, vilka rädslor hade han fått växa upp med då? Hur skulle stämningen därhemma varit om föräldrarna hade blivit utpressade? Vilken vaksamhet skulle ha krävts av honom dagligen i olika situationer?

Han blev återigen uppmärksam på människorna runtomkring. Det kunde finnas alla möjliga typer på den här bussen. Han satte sig rakare på sitt säte, stängde av musiken. Syntes det på honom att han var ovan att åka här?

Resan till Skövde kändes dubbelt så lång som vanligt. Lättad klev han ut i den friska luften, hyrde en scooter utanför Resecentrum och skyndade iväg för att inte bli mer försenad än nödvändigt.

Något senare vaknade Leon hemma på Fyrvaktarevägen. Det var tyst i huset. Han började sin dag som han brukade i träningsrummet på nedre plan. Efteråt gick han till badrummet bredvid för att duscha. Han hade musiken kvar i öronen, drog av sig sin svettiga T-shirt och steg på. Plötsligt stod två halvnakna personer mitt emot varandra, Leon i boxershorts och Luna i trosor. Luna gav till ett litet skrik av överraskning och korsade armarna framför brösten. En stund stod de så och såg på varandra, fångade i det varma spänningsfältet mellan två unga

20

människors nakna hud.

Till sist fann sig Leon: "Jag kan duscha däruppe!" Han vände om och gick ut.

När Luna blev färdig och anlände till köket satt Leon vid bordet. Bredvid honom höll hushållsroboten på att plocka in nyanlända matvaror i kylskåpet. Det var dukat för två och Leon läste något för att vänta in henne. Blickarna som möttes bar på en gemensam hemlighet. Det var som att se genom kläderna: hennes slanka gestalt, hans muskulösa bröstkorg.

"Jag trodde du hade följt med till huset", sa Leon. "Jag lyssnade på musik, så jag hörde dig inte."

"Jag visste inte om nån var hemma", svarade Luna. "Jag tänkte att det var ett badrum för gäster där nere."

"Jag duschar uppe hos oss medan ni bor här, förstås, det var tanklöst av mig."

"Det gör inget! Det är vi som kommer hit plötsligt... och det var ingen fara."

Hon tog plats vid bordet och han hällde upp av äppeljuicen.

"Vi har ett träningsrum därnere, du får gärna använda det. Jag kan visa dig om du vill."

"Hoppas jag får hit mina kläder idag. Jag provar gärna. I Göteborg dansade jag."

"Saknar du Göteborg?"

"Ja, jag vill tillbaka."

"Jag gillar också Göteborg. Brukar försöka åka ner då och då för att träffa några som jag pluggar ihop med. "

"Vad läser du?"

"Just nu är det statskunskap."

"Då vet du varför så mycket har blivit fel. Varför kan man inte öppna alla zoner och försöka leva tillsammans? Kan man inte bygga upp ett skydd som gäller alla? Visst var det så förr!?"

"Javisst, förr fanns inga zoner. Det behövdes inte ens vaktbolag, det var inga larm installerade i husen. Du bara låste din dörr och gick hemifrån och om det skedde något inbrott så kom polisen ut, var du än bodde. Men det var inte många inbrott, inga ligor, åtminstone inte i småstäder som Hjo. Du kunde promenera i hela stan, ensam, dag som natt!"

"Ja, det är svårt att föreställa sig! Men så borde det va!" Luna lät engagerad.

"Det är knappast någon som tror på att vi kan vända förloppet. Tendenserna både i Sverige och internationellt visar att vi behöver ett allt starkare skydd, vi måste bygga hållbara säkerhetssystem, så att de som vill leva i lugn och ro får trygghet."

"Men vill inte alla det egentligen?"

"Det finns starka krafter som profiterar på människors utsatthet, på polarisering, de vill inte ha lugn och stabilitet."

"Om man försökte få dem att förstå..."

"De förstår världen på sitt sätt, utifrån ekonomiskt vinning, styrka och makt. Om våld hjälper dig att nå framgång så använder du våld. Om du får status genom brottslighet, så begår du brott. Den som kan utnyttja andras insatser för att nå mer makt, utnyttjar andra. Så lockas allt fler in i laglösa nätverk, det bildas hierarkier där belöning ges till den som är lojal, och alla drivs av möjligheten att kunna klättra uppåt. Såna nätverk finns även i lilla Hjo, åtminstone två stycken som konkurrerar med varandra. Igår drabbades ni av deras framfart, tyvärr."

"Det måste finnas ett sätt att vända utvecklingen, nå fram till de här mänskorna, nå deras ledare med ett annat budskap! Våld och kriminalitet måste bryta ner dem också, skapa massa rädsla."

Leon log, han tänkte först säga något om självförstärkande mekanismer, men lät bli. Just nu var det bättre för Luna att få drömma om en värld utan våld.

Luna insåg att hennes synsätt måste verka naivt för en som läste statsvetenskap. Men det var inte så att hon skämdes, snarare var hon frustrerad: varför kan man inte leva i fred när nästan alla vill det? Borde det inte gå att nå varandra, hitta metoder att mötas, i stället för att avskärma sig med allt mer avancerade säkerhetsanordningar?

Hon såg plötsligt husdörren med den fastspikade nallen framför sig och tänkte på dem som hade gjort detta. "De måste känna till Jesus i varje fall, att han är viktig för oss..." Så kom hon att tänka på Göteborg: de skulle ändå flytta tillbaka, hon behövde inte bry sig mer om den här stan.

I huset på Hammarn höll Nellie och Stella på att bli klara med polisens undersökningsformulär. Det hade varit en smärtsam process för Stella att filma och beskriva skadegörelsen. Nellie hade lett det hela systematiskt, från rum till rum. Stella följde med, svarade på frågor om var saker och ting hade stått innan inbrottet. Hon hade blivit märkbart rörd vid flera tillfällen. Sommarklänningarna var inte bara utslängda på sovrumsgolvet, flera av dem visade sig vara sönderrivna. I hallen stod det med stora bokstäver: FÖRSVIN! Det felstavade ordets röda ränder hade sprayats rakt över de upphängda familjefotografierna.

Till slut brast det för henne. Det hände när de kom till vardagsrummets innersta hörn. Där låg en massa skärvor utspridda. Stella gick ner på knä, plockade upp en blågrönt glaserad bit, betraktade den genom tårarna.

"Den var från min farmor", snyftade hon, "en stor golvvas som jag fick sommarn innan hon dog. Det var blåa blommor på. Jag tog med blåa blommor till hennes begravning. Då hade jag precis fått reda på att jag väntade Luna."

Hon slöt sina fingrar om skärvan, knöt handen allt hårdare så att de vassa kanterna gjorde riktigt ont. Bet ihop tänderna, tryckte till ytterligare. Mellan fingerspetsarna rann en röd rand av blod.

Hon ställde sig upp, betraktade vardagsrummets kaos. Så släppte hon ner skärvan, lyfte sin högerfot och trampade på den med full kraft så att den pulvriserades.

"Så ondskefullt!" utbrast hon. "Så elakt och ondskefullt!" Gråten rev i hennes axlar. Nellie som hade stått några steg ifrån och betraktat utbrottet gick fram till en fåtölj som låg på rygg och fick den på fötter. Sedan ledde hon Stella fram till den och tryckte ner henne varsamt. Där fick hon sitta och hulka ett tag, medan Nellie letade efter något att förbinda hennes hand med.

"Vad hade jag gjort utan dig, Nellie?" tittade Stella ner på sin omlagda handflata. Hon började hämta sig. "Tack för din hjälp!"

"Det är självklart." sa Nellie och rätade upp en hylla som lutade mot ett bord.

"Det känns inte alls självklart", rynkade Stella pannan under luggen, "vi har inte haft nån närmare relation hittills. Det är väl mest i församlingsrådet vi har mötts. Där har jag förstås sett hur driftig du är, men nu, i den här oredan… det är ett stort stöd att ha en sån handlingskraftig person vid sin sida. Och att vi fick komma och bo hos er. Det är verkligen vänligt."

Stella tittade bort mot Nellie som satt på huk vid dörren och smattrade; hon staplade böcker. Stella höjde rösten:

"Det är mycket vänligt av er att ta emot oss i ert hem. Vi vill inte ligga till last länge. Om jag kunde hitta ett litet ställe för Luna och mig tills vi kommer i ordning här…"

"Jaså", ställde sig Nellie upp och vände sig mot Stella, "du tänker stanna ett tag?"

Stella höjde på ögonbrynen. Menade Nellie hemma hos dem eller i stan?

"Vi försöker flytta så snart som möjligt men först måste jag få ordning på huset så att jag kan sälja."

"Det hjälper vi gärna till med." svarade Nellie och lät Stella åter försöka tolka vilket hon ville hjälpa till med: flytten från stan eller försäljningen.

"De här sakerna tar lite tid, och jag måste tänka igenom… även för Lunas skull. Hon närmar sig terminsslutet. Det är nog svårt att hitta något fram till dess. Men kanske går det att bo här så småningom. Innan vi säljer."

"Visst måste du fundera!" fortsatte Nellie med bokstaplarna.

"Det handlar även om församlingen, jag måste tänka igenom vad allt det här betyder."

Nellie, som blev färdig med böckerna, klappade av damm från sina byxor:

"Upp och hoppa! Nu plockar vi ihop lite kläder att ta med, sen är det pojkarnas tur att komma igång med städningen."

3

Stella stod i talarstolen på den lilla upphöjda estraden och såg ut över församlingen som var mer talrik än vanligt. Det var söndag och gudstjänst i kyrkan som fortfarande kallades Missionskyrkan fast den numera inhyste en ekumenisk församling. Kyrksalen var inte stor, endast sju rader med bänkar, men de var nästan fullsatta, även från läktarna på båda sidor tittade några ner mot henne. Nyheten om attacken mot prästens hus hade förstås spridits bland dem som hade anknytning till församlingen.

Stella började predikan med att kort berätta om torsdagens händelse, så att alla fick höra det från henne. Hon var väl medveten om att det egentligen inte hörde hemma i en predikan, men hon kom inte på något bättre sätt. I stället för att förbigå det som de flesta ändå tänkte på, lät hon det inträffade bilda bakgrund till dagens budskap.

Bibeltexten som hon utgick ifrån var hämtad ur berättelsen om Josef i Egypten. Han hade slängts ner i en brunn och sedan sålts som slav av sina bröder men så småningom blivit framgångsrik, och nu kunde han hjälpa de hungrande bröderna som sökte sig till Egypten för att köpa mat. Han sa till sina bröder: "Ni ville mig ont, men Gud har vänt det till något gott."

"När vi drabbas av svårigheter och motgång är det naturligt att vi sluter om oss, när något ont angriper vår tillvaro blir vi rädda. Vi söker efter det säkra, försöker återvända till tryggheten. Jag tänker på lärjungen Petrus som blev förskräckt när han gick mot Jesus på vattnet och började sjunka och säkert ångrade att han hade lämnat båten. Det finns en risk när ondskan drabbar att vi sjunker i rädsla, att vi vänder om i uppgivenhet."

Stella såg på sin dotter som satt på andra raden med huvudet nedböjt. Det gick inte att avgöra om hon lyssnade.

"Vi behöver mod att stå kvar i såna lägen, lyfta blicken mitt i utsattheten, se oss omkring och fundera: Kan Gud finnas med mig i den mörka brunnen? På vilket sätt är Gud hos mig i fångenskapen? I min motgång? Finns det en utsträckt hand mitt i stormen som jag kan nå om jag slutar att vara upptagen med att jag sjunker? Det är vid såna tillfällen som vår tro ställs på prov. Vågar vi se framåt, vågar vi lägga vår hand i Jesus utsträckta hand och se om den håller mitt i det svåra? Litar vi på att Gud kan vända det onda till något gott? Ofta ser vi resultatet först i efterhand, som Josef. 'Ni ville mig ont, men Gud har vänt det till något gott.' Detsamma kan vi säga om det fruktansvärda lidandet som Jesus gick igenom, när ondskans hela mörka kraft riktades mot honom, när han till och med kände sig övergiven av Gud Fadern. Det vändes till det mest överraskande och överflödande goda som någonsin hänt. Det finns löften om att detta mönster gäller för oss också, som Paulus skriver: 'Vi vet att allt samverkar till det bästa för dem som älskar Gud.' Inte på något enkelt sätt, som om allt hade en mening. Men lägger vi våra svårigheter i Guds hand, kan han använda dem till att forma oss, 'forma oss efter sin Sons bild' som det står. 'Inte ens i den mörkaste dal fruktar jag något ont, för du är med mig.' Det avgörande är att Gud är med. Gud har lovat att vara med. Om vi kan se vår verklighet i ljuset av Guds löfte blir vi inte skrämda så lätt och vi får kraft att stå kvar och hålla ut i våra lidanden."

Stella talade med stor inlevelse, många i församlingen lyssnade uppmärksamt. Även Luna såg upp nu, blicken var undrande. Stella hade brottats med texterna i förhållande till livssituationen som hennes lilla familj hamnat i. Under hela lördagen hade tankarna svängt fram och tillbaka. Ena stunden tycktes det självklart att lämna Hjo, andra stunden vägde skälen över för att stanna. Till slut kom hon fram till en kompromiss, eller snarare en utmaning. Om församlingen var beredd att göra ett aktivt motdrag mot det onda som hade hänt, en insats för det

26

goda som stämde överens med hennes vision, så skulle hon och Luna stanna, åtminstone ett tag till. Om inte, så tänkte hon tolka det som en vägledning från Gud att återvända till Göteborg. Genom denna predikan ville hon lägga grunderna för utmaningen. Det var viktigt att budskapet blev riktigt tydligt så att församlingsmedlemmarna blev varse vad ställningstagandet gällde.

"Gud är med. Och det gäller inte bara oss i kyrkan. Det gäller också dem som inte har nåtts av hans utsträckta hand än. Så älskade Gud världen att han gav den sin ende son. Inte bara kyrkan utan världen! Är vi som kyrka, som kristna beredda att följa Guds längtan ut i världen? Att möta andra i deras livssituation, utanför våra skyddade zoner? Att besöka mänskor i deras fångenskap och motgångar? Även när det kostar på? Ju större mörkret är omkring oss, desto viktigare att tända ett ljus!"

Nu mötte Stella Nellies blick. Hon hade hunnit vänja sig vid att Nellies högra öga var stelt och livlöst, men nu fanns det ett särskilt uttryck i ansiktet som gav henne obehag. Det var dags att avsluta:

"Om Gud vill vända det onda till något gott, så vill han även göra det i våra liv, vad vi än har gått igenom, även i vår gemenskap som kyrka, som stad, som mänsklighet. Vårt hopp och vår förvissning är att han en gång ska förgöra allt ont slutgiltigt och att vi då ska få leva i en fullkomlig gemenskap med honom och med varandra. Amen."

Efter gudstjänsten bjöds det på kyrkfika som vanligt. De församlade lämnade kyrksalen i små spontana grupper och gick via kapprummet över till byggnaden bredvid kyrkan. Där i församlingsvåningen sjöd det snart av liv, kring borden gick diskussionens vågor höga. Stella kände att hon fick den skjuts hon behövde för att presentera planen som hon hade funderat på i samband med förberedelserna inför denna söndag. Hon plingade med sin tesked mot koppen, ställde sig upp och sa med hög röst:

"De flesta av oss är säkert omskakade av det som hänt och håller på att hända i vår omgivning. Jag tänker att det nu krävs gott omdöme och vishet, att vi lyssnar in Guds vilja. Därför vill jag föreslå att vi var och en ber och tänker efter särskilt under den kommande veckan för att efter nästa söndags gudstjänst samlas för ett strategimöte här. Alla som vill prata om vår Evangeliska församlings framtida strategi är välkomna! Jag tänker att det framför allt ska handla om hur vi förhåller oss i den uppkomna situationen. Ska vi dra oss tillbaka eller finns det sätt att nå ut på? Kan vi vara en motkraft på något sätt, mot det som är på väg åt fel håll i vår stad?"

Stella såg sig omkring i salen och avslutade med en retorisk fråga: "Blir det bra att vi gör så?"

Några nickade.

4

Nellie stod vid fönstret i sitt kontor på stadshusets tredje våning och tittade ut över det folktomma torget. Det var en dragig, grå novembermåndag. En av stans röda hyrbilar kom körande från Hamnbacken till vänster och parkerade framför de gamla trähusen på andra sidan. Någon steg ur, såg sig omkring och hastade in genom ett portvalv. Brunnen mitt på torget var övertäckt. Kvinnan i brons såg ledsen ut, vattnet hade tagit slut i hennes krus. Några kvardröjande höstlöv lekte en sista lek och jagade varandra kring brunnskanten.

Nellie tyckte att det var riktigt skönt att vara tillbaka på jobbet som vanligt. Här hade hon översikt, kontroll. Efter en stund kopplade hon upp sig mot säkerhetskamerorna och följde i sina glasögon de olika gatorna som ledde från torget. Började vid husknuten till höger om sig, med Torggatan, som följde stadshusets södra sida. Här såg man stadshusets sidoingång på höger sida, mitt emot syntes ett trähus, där låg Missionskyrkans samlingssal. Därefter såg man Missionskyrkans klassicistiska gavel i sten, två våningar, hela byggnaden lägre än själva stadshuset. Nellie följde gatan utåt förbi kyrkogården fram till Ringvägen som omgav stadskärnan och som också utgjorde gränsen för den centrala säkerhetszonen. Sedan såg hon sig om på de övriga gatorna som utgick från torget, kopplade om från kamera till kamera, Hamnbacken i nordost nerför sluttningen, över Hjoån bort mot hamnen och Stadsparken. Till sist Långgatan mot söder, hennes favorit, med sina tättstående hus som på något sätt utstrålade värme till och med en måndag i november.

Ibland valde hon att använda en drönare för att kolla in på någon sidogata. Övervakningen sköttes till största del av robotar, men som säkerhetschef i kommunen kändes det bra att

29

göra en översiktlig koll av innerstan när tillfälle gavs.

Tiden närmade sig för möte med en medarbetare i hennes stab, Martin. Mannen som var närmare sextio kände till stan utan och innan. Han var uppvuxen i Hjo men hade avflyttat för länge sedan. I somras återvände han, sökte arbete som vakt, hyrde in sig i ett litet hus på en gränd bakom Stadshuset, i de äldsta delarna av stan. Han visade sig förfoga över ett stort kontaktnät som sträckte sig ända ut i periferin, även bortom lagens råmärken.

Nellie hade kontaktat honom under fredagen i allvarlig ton för att han skulle förstå vad det handlade om. Han hade gett sken av att inte fatta och sagt att han såg fram emot att träffa henne mellan tre ögon. Hon låtsades i sin tur inte ta åt sig det nedlåtande skämtet, men insåg vilket övertag han trodde sig ha i det här ärendet. Eller var tonvalet ett förebyggande försvar? En sådan förolämpning hade i varje fall ingen annan i staben vågat sig på.

När Nellies armband vibrerade och visade att Martin var på väg, påminde hon sig om att det nu gällde att ta tillbaka initiativet.

Martin steg på i sin gråa vaktuniform. Mustaschen var också grå, fast spräcklig. Han hälsade med en glättig lätthet. Uniformskepsen var nerdragen i pannan, därbak stack en tunn hästsvans ut, något ljusare än mustaschen.

"Slå dig ner, Martin!" visade Nellie på karmstolen i hörnet. Själv stod hon kvar framför honom lätt lutad mot skrivbordskanten.

"Du vet vad det handlar om", gick hon rakt på sak.

"Ett utfört uppdrag?"

"Ett mindre väl utfört uppdrag."

"Hon har blivit skrämd och ingen av dem är skadad. Det var väl uppdraget?" Martin lutade sig bakåt och sträckte ut sina ben i kors så att klackarna nästan träffade Nellies tåspets.

"De kan inte bo kvar hemma! Vet du hur det såg ut i deras hus? Färg på väggarna, massa saker sönderslagna, på ett ställe har de till och med försökt att tända på!"

"Man kan inte gå i detalj med såna beställningar. Det råkade väl passa deras religiösa… övertygelse. De kanske blev lite ivriga."

"Lite ivriga?! Vi står inför en våldsvåg, jag försöker komma på ett sätt att bromsa prästen så att hon inte ska vara så ivrig, och så ger du Armén fria händer i deras hus! Förstår du hur vi uppmuntrar dem i det här läget? Fattar du hur Föreningen kommer reagera? Nu måste de också visa att de är att räkna med. Dessutom har prästen blivit ännu mer energisk, hon vill starta korståg i stan!"

"Då hade det inte hjälpt att skrämma henne lite heller." konstaterade Martin lugnt, och Nellie insåg att han hade en poäng där. Hon gick till fönstret, tittade ut med armarna i kors.

"Och nu kan du ha koll på henne när hon bor i din källare." fortsatte Martin.

"Så kan man se det", sa Nellie medan hon tänkte att inget kunde undgå Martins uppmärksamhet, "eller att det finns ännu en orsak att attackera vårt hus".

"Det ska vi väl se till att de inte gör", sa Martin.

Som om det hängde på honom, tänkte Nellie men gick vidare:

"Det finns tecken på en upptrappning. Frågan är om den är tillfällig. Hur ser det ut bland dina kontakter?"

"Det finns en viss förhöjd aktivitet, utan tvekan."

"Du känner kanske till att en nalle har spikats fast på prästfamiljens entrédörr. Detta tillsammans med den råa vandalismen i huset skulle kunna tyda på att Översten är tillbaka. Han ska ha släppts från anstalten nyligen, i förtid. De verkar inte ha plats med alla som borde sitta inne. Kan han ha återvänt till stan?"

"Det är osannolikt."

"Hur skulle han annars leda Armén, alla digitala kanaler är kontrollerade."

"Det finns alltid andra kanaler. Och det finns fortfarande folk som reser, trots allt."

Nellie tyckte inte att det lät övertygande, men kände att hon hade fått tillbaka en viss balans i samtalet, så hon passade på att ta ansats till en avslutning:

"Ja, vi får prata vidare om läget på nästa möte, och förra veckans incident får vi lägga bakom oss."

"Självklart." sa Martin och verkade lättad över att få ge sig av.

Nellie stod kvar vid fönstret. Hennes blick drogs till den röda bilen på andra sidan torget, en tydlig referenspunkt i en färglös omgivning.

Nellie kände bördan av att vara betydelsefull, att ha ansvar för ordning och säkerhet i hela stan. Hon måste till varje pris vända vågen, hindra utbrottet! Hon hade fått tjänsten vid slutet av förra våldsvågen för fyra år sedan, efter att företrädaren tvingats sluta. Hittills hade uppgiften varit lågintensiv, och hon hade klarat av den, men eldprovet skulle ske vid nästa utbrott.

En ny kommundirektör hade tillsatts under året, en man som tog avstånd från allt religiöst. Han hade inte gjort någon hemlighet av sin skepticism mot att en medlem i Evangeliska församlingen var säkerhetschef. Betonade att man måste vara beredd att ta obehagliga beslut, se bortom egna intressen, enskilda gruppers välmående för helhetens bästa. Som sakerna hade utvecklat sig behövdes det handlingskraftiga ledare så att inte laglösheten tog över. Nellie hade dragit sina slutsatser; hon var beredd att betala priset, inte bara med ständiga hot mot sin person, familjens utsatthet, utan också genom att göra mer än vad som krävdes, så att kommundirektören inte kunde hitta något att anmärka på.

Hon kom att tänka på tider då det vackra lilla torget i Hjo var en samlingspunkt med torghandel och marknader. Soliga hösthelger när hon som bekymmerslös tonåring strosade runt med sina kompisar i folkvimlet och köpte sötsaker. Gamla papperspengar och mynt användes fortfarande. Eller stjärnklara sensommarkvällar när det visades film på torget, de tog med sig fällstolar, filt och termos, och unga tjejer kunde delta utan bekymmer, folket i stan hörde ihop som en stor familj.

Motsättningarna började inte här. Nyheter om kravaller kom först från storstäderna. Snart nog anlände våldet till Hjo, som ett ohejdbart virus. Det räckte med en stark lågkonjunktur för att de underliggande spänningarna runtom i landet skulle blossa upp. Arbetslösheten rusade i höjden och förstärkte skillnaderna mellan olika samhällsskikt, grupper av unga vuxna gav sig ut på gatorna för att visa sitt missnöje, för att göra upp.

Nellie var på väg hem över torget den där ljusa sommarkvällen. Tittade på sin spegelbild i skyltfönstren hon passerade i sin nya, vita klänning, när det plötsligt vällde in ett stort gäng bakom henne. Några hade slagträn i händerna. Varför skulle hon springa nerför Hamnbacken? Framför det hotfulla gänget! Hon borde ha avvikit åt sidan: denna tanke som fortsatte att plåga henne varje gång hon tänkte tillbaka. Skräcken när hon såg det andra gänget ställa upp framför sig; de hade väntat bakom Tullstugan, huset som stack ut i gatan som en naturlig barriär. Hon var fast mitt emellan de två gängen. Projektilen som träffade ögat och hur hon kröp ihop vid husväggen. Blodet på den vita klänningen. Ljudet av slag och skrik.

Den kvällen var det mest vettlösa ungdomar, många skadade. Sedan dess allt mer utstuderat och organiserat, område mot område i stan, svenskfödda mot dem med utländsk bakgrund, våldsvåg efter våldsvåg, ännu fler skadade, till och med några döda, rädsla vart man än såg. En stad i våldets grepp.

Ett land på randen till kaos. Malmö och Stockholm rena krigsskådeplatser och Göteborg lamslaget och uppdelat, med militärpolis på gatorna och kontrollposteringar.

Klockan började ringa i kyrkan och Nellie lutade sig fram mot fönstret för att se det vita tornet som reste sig över torget. Lagas klockorna? Hon hade inte hört dem på länge. Förr fungerade allting, de flesta i stan var medlemmar i Hjo församling, det var gudstjänst varje söndag och man hade pengar till att sköta minsta orgelpipa.

När hon hade återvänt från sjukhuset i Skövde kom diakonen på hembesök. Nellies mamma hade tagit initiativ, själv drabbad av förtvivlan, ensamstående som hon var. Hur skulle hon hantera att hennes enda dotter hade blivit märkt för livet? De regelbundna samtalen som följde, som Nellie först inte ville veta av, visade sig bli hennes livlina. Hon fick sällskap genom sin livskris, kunde brottas med livsfrågorna som trängde på. Det goda bemötandet öppnade vägen vidare till kyrkans gemenskap. På gudstjänster och andra samlingar mötte hon människor som gav henne det sammanhang, den uppmuntran som hon så väl behövde. Att hon i församlingen mest mötte äldre tanter gjorde inget. De fick bli hennes mor- och farmödrar. Den goda, familjära gemenskapen gick dock förlorad när kyrkosplittringen kom, ännu ett virus från storstäderna. Spänningen mellan olika fromhetsriktningar i Svenska kyrkan hade tilltagit under lång tid. När kyrkans ledning till slut helt dominerades av en falang fick de andra, som inte kände sig representerade, nog. De valde att inte längre vara med och bära upp en organisation och ta emot direktiv från en ledning vars målsättningar de inte kunde dela. Svenska kyrkan föll itu.

I Hjo startade en smärtsam process som utvecklades till en bitter kamp mellan två fraktioner. Den ena leddes av en nybliven präst som hade med sig den senaste kristendomstolkningen från sin utbildning. Den äldre diakonen, som hade hjälpt Nellie, tillhörde den andra gruppen som betonade troheten till den kristna bekännelsen. När det blev hopplöst att fortsätta förhandla, återstod endast den stora frågan om vilka som var de legitima arvtagarna till själva organisationen och därmed byggnaderna. Det blev den unga prästen som gick segrande ur striden. Han kallade sin nya församlingsbildning: "Ljuset".

Nellie och några till följde diakonen till Missionskyrkan. När detta var ett faktum passade medlemmarna i den lilla Pingstförsamlingen på att ansluta sig också. De hade blivit få och kämpade med att klara sin ekonomi, ett problem som många mindre församlingar delade efter att staten hade infört den särskilda religionsskatten.

Det blev naturligt att låta dessa händelser mynna ut i en nystart också i Missionskyrkan, vilket även markerades med ett nytt namn: "Evangeliska församlingen". Så fick en sorglig och osäker tid ett slut och den nya gemenskapen präglades av engagemang. För Nellie betydde den också en speciell bekantskap.

I Missionskyrkan mötte hon en lång och attraktiv man: Theo. Han var uppvuxen i församlingen och utstrålade trygghet. Med honom tog livet en ny vändning.

Hur det gick för Ljuset brydde sig Nellie inte mycket om. Förut kunde hon vara skadeglad när hon hörde om någon dålig nyhet, som när de fick sälja en del av församlingshemmet på grund av krympande resurser. Senare släppte illviljan. För något år sedan blev Joel och Elias inbjudna att spela på deras musikcafé en onsdagskväll. Det gav henne tillfälle att besöka Ljuset tillsammans med Theo. Först kände hon ett motstånd, men för Joels skull ville hon ändå delta. Det blev trevligt. Förutom musiken erbjöds inget innehållsligt men det var angenämt på ett kravlöst sätt. Illviljan försvann alltså, men distansen fanns kvar. Nu väckte kyrkklockorna en viss nyfikenhet hos henne.

Plötsligt började klockorna låta konstigt. Det tog några sekunder innan Nellie väcktes ur sina tankar och insåg att larmsignalen vid skrivbordet hade satt igång. Hon tittade på skärmen, bekräftade att hon var på plats. En vakt talade om att de fått ett larm från Hammarn och undrade om de skulle åka ut med ett fordon. Nellie gav klartecken och sa att hon skulle följa dem via sin skärm.

Efter en stund såg hon hur säkerhetsfordonet svängde in mellan de täta trähuslängorna på Hammarn och stannade framför en port. Ett likadant hus som några bekanta från församlingen bodde i, registrerade Nellie. Den ena av de två vakterna kommunicerade med henne: "Vi går in, det var härifrån larmet kom." Dörren var låst, vakten ringde på. Efter en stund sa han: "Vi får forcera ingången, eller hur?" Nellie gav klartecken, vakten tog sats och sparkade till så att dörren flög upp. Med vapnen dragna genomsökte de nedervåningen innan de gick uppför trappan. Allt tycktes så välbekant. Där uppe i ett mörkt sovrum låg någon på golvet. Nej, två personer, halvnakna, verkade sammanbundna på något sätt. Nellie rös till. Det var Felix och Julia från församlingen! På sängkanten såg hon något som fångade hennes uppmärksamhet trots den skakiga bilden. En avhuggen kroppsdel? Nellie stannade bilden och zoomade in:

det var en grisfot. Hon förstod att det var ett makabert tecken på vem som varit där.

En av vakterna bar ut Julia i sina armar. Felix följde efter, vacklande, hjälpligt påklädd, torkat blod i ansiktet. Nellie tog kontakt med Theo på läkarmottagningen så att han skulle vara beredd när de kom in.

Efter att Felix hade fått sitt ögonbryn sytt ledde sköterskan honom till salen där Julia låg. Hon såg ut att sova. I ögonbrynen syntes små vita färgflagor. Ett blåmärke stack fram under hennes tjocka, svarta hår. En sur lukt avslöjade att hon hade kräkts. Theo tog emot, ställde fram en stol vid sängen. Felix satte sig. Han sträckte sig efter Julias hand. Theo ställde sig på andra sidan och såg hur hennes ögon fylldes med tårar.

"Hon har fått en mindre hjärnskakning. Det är chocken som är värst. Sömnmedlet som hon andats in bidrar förstås till illamåendet. Vi har tvättat bort den vita målarfärgen från ansiktet så gott det går... Du har blivit omplåstrad. Minns du vad som hände?"

"Jag vaknade av att någon stod vid min säng. Nästa ögonblick fick jag en trasa över munnen, men jag lyckades ta tag i handleden och sätta mig upp. En smal handled... Det var någon till i rummet som kom fram och slog till mig."

Felix höjde handen och kände på förbandet i pannan.

"Huvudet sprängde när jag kom till medvetande igen. Det var kallt i rummet. Hade svårt att få luft, de hade satt tejp över munnen på oss. Vi var sammanbundna med de där buntbanden. Det gick knappt att röra sig. Jag försökte väcka Julia. Det gick inte. Då började jag rycka och hasa så att vi närmade oss sängkanten. När vi rullade ner på golvet ramlade jag över henne. Lyckades välta nattygsbordet och larma."

"Det var bra kämpat! Hann de inte sakna dig på jobbet?"

"Jag arbetar hemifrån, och då är det sällan någon saknar en på jobbet. Jag fick hjälp alldeles nyss att skicka ett meddelande till en kollega, så att de inte förväntar sig något från mig på ett tag."

Efter en stunds tystnad sa Theo, mest för sig själv:

"Det låter som Föreningen. Våld föder våld."

5

Ett industriområde är sällan en vacker syn. Nu låg dessutom molnen som en dystergrå filt över alla fyrkantiga fabriksbyggnader och stängselomgivna gårdar. Den nordliga vinden drev rökpelaren från värmeverkets skorsten in över staden. I Hjo fanns av tradition mest verkstadsindustri, på senare år tillkom allt mer återvinningstillverkning av elektronik. Allt kontrollerat av den främlingsfientliga Föreningen. Inte för att de ägde så mycket, men industriområdet var deras territorium, de hade inflytande överallt och framför allt: skyddspengarna tillföll dem.

Industriområdet i Hjo överskuggades av ett gammalt och slitet betongsilo, rättare sagt ett silobatteri av flera sammanbyggda torn. Under många år fanns planer på att riva det, men först saknades det pengar, sedan kom det väl till pass i stans krisberedskap som sädesmagasin. I anslutning fanns en affär. Där såldes utrustning för lantbruk och verkstad från enkla verktyg till maskiner. Med tanke på storleken var det märkligt att parkeringen utanför oftast stod tom. Så också denna måndag förmiddag, tills en mörkblå Saab svängde in från gatan och stannade.

En flintskallig man med blå täckjacka steg ur och gick in i affären. Han hälsade med ett kort "Hello" vid kassan och fortsatte rakt genom butiksdelen mot en dörr på baksidan. Han stannade till, det hördes basrytmer inifrån, såg sig omkring och steg in. Dansbandsmusik fyllde ett halvmörkt rum utan fönster. I den högra delen stod ett skrivbord med två bildskärmar. Den ena var uppdelad i fyra rutor och i varje såg man rörliga bilder på gator och människor. På den andra lyste en karta med små prickar i olika färger som rörde sig. Man såg direkt att det var Hjo med Vätterns blåa vatten till höger och hamnens karakteristiska mönster i mitten. Ovanför skrivbordet hängde en stor svensk flagga med ett "F" sirligt broderat mitt i det gula korset. Till vänster anade man en soffgrupp i dunklet.

I en fåtölj satt någon hopkurad, en annan låg utsträckt på soffan. De verkade sova.

Mannen i den blåa jackan sjönk ner i den andra fåtöljen och tände golvlampan som stod bredvid. De två vilande vaknade till och satte sig långsamt upp. Musiken tystnade nästan helt.

"De har blivit hämtade till läkarmottagningen." sa mannen i den blåa jackan.

"Blev de upptäckta av någon?" undrade personen i soffan, en ung kvinna med klarblåa ögon och långt, ljust hår.

"Nej, de har nog larmat all by themselves, för det var en vaktbil som kom."

"Något över sju timmar. Lite snabbare än beräknat. Har vakterna filmat?" sa personen i fåtöljen, också det en ung kvinna, väldigt lik den andra fast med lockigt hår som inte nådde ner till axlarna.

"Ja, precis som vi trodde. Grisfoten syntes tydligt. De kan inte ha missat den."

"Skitbra!" sa kvinnan i soffan, "då har Översittaren och hans lilla armé fått budskapet."

"Jajjamän!" fyllde kvinnan med lockar i. "Vilken underhållning vi har ordnat åt svartskallarna! På deras eget område! Det var värt att offra nattsömnen."

"Verkligen", fortsatte kvinnan i soffan, "man skulle höra hur de berättar för Överpaschan och hans reaktion!"

"Nu när det blev så lyckat, hade man gärna presenterat sig ännu tydligare." Kvinnan i fåtöljen sträckte upp händerna och skrev i luften. "Vilja å Minna, balkongklättrarna, Föreningens nya ledare."

Mannen med den blåa jackan ställde sig upp och sa: "Du får snart tillfälle att presentera dig närmare, Vilja, on stage. Det här kommer inte lämnas obesvarat."

"Vi får se vad de har att komma med." svarade Vilja medan hon körde fingrarna genom sina blonda lockar och lutade sig bakåt i fåtöljen. "Bara för att de spikar upp en nalle på en dörr ska de inte tro att vi skiter på oss. De försöker skrämma oss med att den där sultanen är tillbaka, men han kan befinna sig var som helst!"

"Vi fortsätter som planerat", tog Minna vid i soffan, "skicka ut några på industriområdet i eftermiddag för att markera att det är vi som beskyddar dem. Och din grupp gör framstöten på Hammarn under veckan med vår lilla reklamkampanj."

"Ni vet vart det leder om vi satsar på att utöka vårt territorium." sa mannen i den blåa jackan.

"Det här är igång nu." svarade Minna "Vi har våra mål. Det är dags att ta tillbaka Hammarn. De har hela sitt Biafra, som de gärna kan behålla tills vidare. Att inte fortsätta är svaghet. Vi har byggt upp våra resurser. Vi har nya grejer på gång."

Vilja ställde sig upp från fåtöljen och gick fram till mannen – hon var längre än han – knöt näven, tryckte in täckjackan mot mannens bröst: "Anfall är bästa försvar. Vi måste ta chansen när den kommer till oss. Visa styrka!"

"Allright. Det ska vi." sa mannen i den blåa jackan och backade mot dörren. Volymen höjdes och de hurtiga basgångarna följde mannen ut från affären.

Den blåa Saaben lämnade industriområdet och körde mot centrum. Framme vid Ringvägen passerade den skyltarna som påpekade att kamera- och vaktövervakat område följde. Vid en liten rondell svängde den och fortsatte sakta. Från en sidogata dök det upp en gråklädd man med keps och hästsvans på en liten scooter, körde upp vid sidan av bilen. Båda stannade. Mannen fällde ihop sin scooter, la in den i baksätet och satte sig i bilen bredvid föraren.

"Du, Martin", sa mannen i den blåa jackan medan han körde vidare, "det känns inte bra att mötas på bevakat område. Hur kan du vara så safe på att din chef inte kan avslöja oss?"

Martin log under sin gråa keps: "Det är jag i vaktstyrkan som har kontakt med 'den undre världen' vet du väl, jag kan röra mig fritt, utan att hon misstänker något. Och jag har precis fått en ny hållhake på henne!"

I slutet av gatan låg en liten park med parkeringsplatser runt en liten grillrestaurang. Där svängde Saaben in och stannade i en hörnruta så att de båda männen såg parken genom vindrutan.

"Kokt med mos?" frågade Martin.

"Stekt med strips, as usual, och enbärsdricka. Ska jag vänta på dig i bilen?"

"Gör det! Du smälter in så bra i din blåa frack." sa Martin och steg ur.

Efter en stund började de båda männens informella lunchmöte i bilen.

"Nu är bollen i rullning." sa Martin "Ni tog i ganska rejält. Binda ihop två aningslösa stackare. Och den där grisfoten…"

"Ja, det blev great!" tuggade mannen i den blåa jackan.

"Bollen är i rullning, och det är vad de vackra kusinerna önskar, förstår jag?"

"Vilja och Minna vill strida. Utöka the territory. De har ju bra utrustning, alltså. De tror nog att de kan vinna på en våldsvåg. De har koll, vi har bra utrustning… vi har koll."

"Jag har förstått att ni har byggt upp ett komplett eget övervakningssystem."

"Hrmmf." hördes det från förarsätet.

"Har man stans högsta byggnad och kontrollerar en elektronikfabrik, så…"

"Och folk som kan hantera instrumenten! Det är pillrigt, alltså."

"Vad händer härnäst?" undrade Martin.

"Vi skickar ut några på industriområdet för att samla in lite mer. Man får passa på att höja avgiften nu när the fear sprider ut sig. Sen satsar vi på en inbrytning på Hammarn."

"Jaha, här går det undan! Då får jag prata med Yussuf, så att de inte överreagerar i Armén. Än så länge är det bäst att behålla balansen som vi har byggt upp."

"Kusinerna pratade om Översten", svalde mannen i den blåa jackan, "Han är fri, va?"

"Ja, de har släppt honom."

"Är han back in town?" Mannen i den blåa jackan tog en klunk ur sin dricka.

"Osäkert." sa Martin. "Får kolla med Yussuf också."

"För om han tar över efter gamle Yussuf igen, då är inflytandet borta, då är det kört med balansen. Översten har en del att hämnas för. Och kusinerna är på krigsstigen. Det kan bli explosive!"

"Vi får se." funderade Martin. Han åt långsamt, lät varje tugga av moset smälta på tungan. Mannen i den blåa jackan hade klämt i sig måltiden desto fortare och stoppade in den sista biten av korven, medan han sa:

"Du kan väl... kolla att de har sett allt också? Vilja var så happy att de hade filmat allt att hon ville presentera sig som de nya ledarna. Jag sa att hon skulle få presentera sig tids nog. Time will come!"

"Jag tror säkert att de har sett. De har kanske inte den senaste utrustningen, men att missa en sån här grej, det skulle inte tolereras."

"Visst, helt rätt", mannen i den blåa jackan undslapp sig en rapning, "sorry!"

"En sak till", sa Martin, "du behöver ge tjejerna ett råd: De måste sprida ut tillgångarna. Det börjar bli för mycket inkomster på affären. Alla fattar förstås vad den är till för, men det är skillnad på lite pengatvätt och omfattande pengatvätt. Deras farmor lät det aldrig gå så långt, hon var noga med att låta allt se snyggt ut. Hon såg till att det stod nån bil utanför, hon skötte räkenskaperna. Det kan bli svårt att skydda tjejerna om de inte passar sig."

"Allright. Jag ska säga till dem, absolutely!"

"Men gör det snyggt! Minna får inte misstänka något. Som en spontan fråga, så hoppas jag de fattar."

"De fattar. De är brighta."

"Jag vet", sa Martin, "det var allt. Du har koll på hur du når mig." Han klev ur, ställde sin halvuppätna korv och mos där han hade suttit och lutade sig in: "Du verkar mer hungrig än jag." Sen plockade han fram sin scooter ur baksätet och var borta.

Mannen i den blåa jackan satt kvar på parkeringen en stund, kände sig nöjd, medan han åt upp resterna efter sin kumpan.

6

Stella satt vid matsalsbordet i familjen Högbergs villa på Fyrvaktarevägen. Hon hade armbågarna på bordet och vilade huvudet i sina händer. Det var torsdag, tidigt på eftermiddagen, en vecka efter inbrottet. Tystnaden hade sänkt sig över huset efter att roboten hade städat färdigt på övervåningen. Novembersolen orkade knappt över träden i parken, några bleka strålar letade sig ändå in på bordet, speglade sig i vattenglaset och lyste på det digitala bladet som låg framför Stella. Hon var ensam i huset för första gången. Leon, som oftast var hemma på dagarna, hade åkt till Göteborg tidigt på morgonen för att träffa några studiekamrater. Makarna Högberg arbetade och Joel var på gymnasiet i Skövde som vanligt. Stella räknade med att Luna skulle komma hem först, men det kunde dröja ett tag till.

Hon hade ägnat förmiddagen åt att komma ikapp med räkenskaperna som hon skötte åt ett företag, det jobb som i huvudsak försörjde hennes lilla familj. Hon vek ihop bladet då hon hade tappat koncentrationen. Det hände titt som tätt de senaste dagarna. Känslor och tankar trängde sig på. "Just nu är jag på den plats som är minst främmande för mig. Det känns riktigt hemtrevligt att sitta här i min ensamhet."

Samtidigt var hon medveten om att hon säkerligen var registrerad på olika sätt i det här huset. Nellie kunde kanske se henne där hon satt i köket, det fanns förmodligen kameror uppsatta. Men varför skulle Nellie kolla henne?

"Det här är svårt men kanske nödvändigt." malde tankarna vidare. "Är det för att jag inte ska ha min trygghet i mitt hem här på jorden, i sakerna jag äger? Vårt hem finns hos Herren. Det vet jag ju! Du behöver inte påminna mig igen, Gud!

Jag har haft mina stora uppbrott! Från min man, från karri-

43

ären, från Göteborg…Var de läxorna inte nog? Jag vet: bara för att vi har drabbats tidigare förskonas vi inte från nya motgångar. Det är inte rättvist. Nej, det behöver inte vara rättvist, men nån måtta kunde det väl vara! Med tjänst kommer lidande. Vill vi arbeta för riktig försoning måste vi vara beredda på lidande. Om man älskar: lidande. Om lidandet visar vägen, så är jag inte fel ute. Det går verkligen att beskriva mitt liv utifrån lidande. Parrelationen: det stora sveket. Ensamhetens svarta hål. Tänk inte mer på det nu!

Barnet: den ständiga känslan av att inte räcka till, att inte göra rätt. Rädslan för vad som kan hända – som präst får du ständiga påminnelser om allt som kan hända. Det ensamma ansvarets börda. Där har vi ensamheten igen. Tänk inte på det nu.

Mina föräldrar så långt borta och mina bröder ännu längre bort. I Göteborg skulle jag åtminstone vara närmare mamma och pappa. Ja, vi får se. Vänner? Inga riktiga vänner i Hjo. Eller håller jag på att bli vän med Nellie och Theo? Kanske, om Nellie inte var så sträng, om hon lättade på fasaden och vi kunde prata mer öppet med varandra. Theo, han är sympatisk, han är så stabil att han kan bjuda sin omgivning på mängder av vänlighet. Det är märkligt att ha hamnat här, mitt i den fina familjen. Har jag något att bidra med? Jag måste i alla fall erbjuda att betala något…

Gud! Vill du att jag ska längta härifrån? Vill du lära mig att mitt hem är hos dig? Den här feta kroppen kan jag längta bort ifrån. Hur kan man vara så oformlig? Det är förstås formen på mitt lidande. Så långt har det gått. Så djupt. Jag har tagit mig upp på andra områden, men här är jag fortfarande fast, så djupt. Se på Nellie, där finns handlingskraft! Hon har drabbats också, hon har sitt öga, men hon har tagit sig tillbaka med råge. Se på den fina, vältränade familjen! Man ska inte jämföra. Nej, inte jämföra för att trycka ner, men för att sporra! Kanske.

Luna är vacker. Luna har fulländade former. Det väcker förstås oro också. Men även pojkarna i det här huset tycker hon är vacker. Därför får jag känna stolthet. Glädje över Luna. Kärlek. Lidandet som ett mått på kärleken.”

Som ett svar på de sista tankegångarna hördes en röst från hallen: "gäst passerar in på området." Stella förstod att Luna var på väg. Hon tog en klunk vatten, ställde sig upp men stannade i köket för att inte verka för ivrig.

Snart hördes treklangssignalen och hur Luna tog av sig jacka och skor. Stella tog sats för att hälsa på henne. Mor och dotter möttes med en lång kram mitt i hallen.

Snart satt de vid köksbordet och fikade. Stella frågade om skoldagen och fick till sin förvåning ett utförligt svar:

"På SO:n har vi fortsatt att prata om religion. Det var andra gången idag och jag kunde inte låta bli att säga nåt. Tindra pratade som om alla religioner var samma skrot. Hon tar bara upp allt som är negativt, om hur religioner skapar konflikt och krig. Om att tro tar friheten från mänskor, de blir manipulerade, beroende. Hur viktigt det är att religionen inte påverkar samhället."

"Det låter mörkt. Hur tänker du?"

"Första lektionen så tänkte jag inte så mycket, jag fortsatte att hålla låg profil. Alla vet att jag är prästbarn, jag har aldrig pratat om det, om kyrka och tro. Men när hon fortsatte i samma stil idag så blev det för mycket. Jag tänkte att den religion hon pratar om inte är min. Jag tror på Gud, och det jag har hört från dig och andra i kyrkan är nåt annat. Det är nåt positivt, du har alltid sagt att Gud älskar mig, att han älskar alla mänskor. Allt jag har lärt mig om Jesus är gott, att han mötte alla med godhet, förlåtelse. Så tror jag, och när mänskor tror så och vill leva som kristna, då blir de inte dåliga medborgare som förstör för samhället. Snarare tvärtom."

"Jag är glad att du har fått en sån bild. Att du har en sån tro!"

"Till slut räckte jag upp handen. Du skulle sett hur överraskade de blev. Jag sa att det måste vara skillnad på religion och religion. Man kan inte bara dra alla över en kam. Det finns också bra tro. Kristen tro har också gjort många bra saker i samhället."

"Bra sagt! Hur reagerade Tindra?"

"Hon sa att det inte var konstigt att *jag* tyckte så. Men att det bästa är att all religion hålls borta från samhällslivet, så som det är bestämt i vår lag. Om det också drivs igenom fullt ut, så kommer det bli en god ordning i hela landet."

"Sa du nåt mer?"

"Nej, det var ingen idé. Men på rasten efteråt kom två grabbar fram till mig och tyckte att jag hade rätt och att Tindra inte kunde komma med några bra motargument, utan bara hackade på mig."

"Det måste ha känts fint."

"Mm." Luna tuggade på sin macka och tänkte efter. Sedan sa hon:

"Jag vill stanna i Hjo."

Stellas ögonbryn försvann upp under luggen: "Jaha? Skulle du kunna fortsätta trivas här?"

"Aa. Visst kan vi stanna, mamma?" lade Luna huvudet på sned.

"Här kan vi inte stanna hur länge som helst, och flytta tillbaka till huset… det vågar jag nog inte."

"Men vi kan bo kvar här tills vi hittar nåt säkert. Vi kan leta lägenhet i stan!"

"Hm. Huset behöver ställas i ordning. Om vi lyckas sälja det, kanske vi får en chans att komma åt någon insatslägenhet i centrum där det är tryggt. Men jag vet inte hur länge vi kan utnyttja Högbergs gästfrihet. Snart är det advent."

"Jag trivs jättebra här och Leon sa att han hoppas att vi stannar länge." Luna tittade ner i bordet och tryckte ihop sina läppar.

Stella drog på munnen: "Jag är glad att du och killarna trivs bra ihop. Det är förstås viktigt att de inte önskar oss härifrån."

"Ja, vi kommer bra överens", tittade Luna upp igen, "Leon har berättat om vad han läser och det är väldigt intressant."

"Visst har ni även tränat tillsammans?"

Återigen sänkte Luna blicken: "Han visade mig träningsrummet och hur allt fungerar."

"Du kanske kan visa mig nån gång", tog Stella udden av

temat, "jag borde passa på att försöka jobba ner ett par kilon."

"Det gör jag gärna!"

Efter en stund till med lite småprat hördes signalen från hallen som de hade lärt sig tillkännagav Joels ankomst. Strax steg han på genom ytterdörren.

Joel verkade glad att möta dem och satte sig vid fikabordet. "Jag blev följd av en drönare på väg från bussen." berättade han. "Hela vägen förbi stadsparken flög den snett ovanför utmed trädtopparna. Det är inte första gången. Det är inte så lätt att upptäcka dem, men man kan känna igen det där surrande ljudet. Det var stans säkerhetskamera, för de är ganska stora och det syns en ljusprick på dem. För några veckor sen såg Elias och jag en som var mindre, som inte var stans. Några kompisar har sett såna också. Det måste vara Armén eller Föreningen som har börjat igen, fast det är förbjudet. Nån annan vågar inte hålla på med sånt. Har ni sett att ni har blivit följda nån gång?"

"Det spelar väl ingen roll", sa Luna, "jag har inget att dölja."

"Jag har inte tänkt på det", sa Stella, "jag har sett en kring torget vid något tillfälle men jag utgick ifrån att det var stans säkerhetskamera."

"Jag tänkte", fortsatte Joel, "efter det som hände i förra veckan, att det är bra att vara på sin vakt. Inte för att vi skulle ha något att dölja, utan för att de kanske vill skrämmas. Så om ni vill", och Joel tittade på Luna, "kan jag visa er i helgen, för jag har fått en gammal från mamma, en som är tagen ur bruk på kommunen. Om man känner till hur drönare låter och har sett hur de rör sig så blir de lättare att upptäcka."

"Jag kan ändå inte hindra dem", sa Luna, "vad hjälper det då om jag upptäcker dem?"

"Du kanske hamnar i en situation när du inte vill att någon ska se vart du är på väg. Och då kan du röra dig så att drönaren inte kan följa efter. Eller så vill du att drönaren ska följa efter dig för att du vill avleda uppmärksamheten från något annat. Det finns några andra knep också..."

"Ja, ja, sånt har jag sett på film", avbröt Luna, "men jag behöver nog inte den kunskapen just nu."

"Nej, jag förstår", ställde sig Joel upp, "tack för fikat! Dags för mig att ta tag i lite läxor", och han slank iväg, tog dubbla steg uppför trapporna till sitt rum.

Stella skakade på huvudet: "Vad var detta, Luna? Han ville ju väl! Även om du inte är intresserad så kan du ta emot erbjudandet för vänskaps skull! Pratade vi inte just om att vi behöver komma väl överens med dem som bor här om vi vill stanna ett tag till?"

"Han blir inte arg", suckade Luna, "men det var så genomskinligt när han tittade på mig och sa att vi skulle gå ut till helgen. Med en drönare!"

"Jag förstår väl att det inte handlar om drönaren, men du behöver inte vara så avvisande!"

"Mamma! Om du visste hur tydlig jag har varit mot vissa som ändå trodde att de hade en chans... Det är inte så lätt!" Luna ställde sig upp. "Jag har också läxor att göra."

Stella blev åter ensam i köket. Ute hade det börjat skymma så hon tände några lampor. Plockade ihop efter fikat. Sedan sjönk hon ner på en stol och tog sitt blad för att försöka sätta sig in i siffrorna igen.

Knappt hade hon börjat när hon avbröts av Theos ankomstsignal. Han var ovanligt tidig. Hälsade glatt och gick upp för att titta in till Joel. När han kom ner till köket föreslog han att de kunde ta en kopp te i vardagsrummet, så Stella lade ifrån sig bladet, gick och satte sig i den breda hörnsoffan. Därifrån kunde hon se Theo som rörde sig i köket.

"Mina kollegor tyckte jag skulle gå hem först idag." hojtade han, och efter en liten stund:

"Så kan jag ta eftermiddagsfikat hemma. Luna har väl också kommit? "

"Jag har redan fikat med henne, hon är nere", höjde Stella rösten, "och jag nöjer mig med en slät kopp."

"Jag måste ta en bulle eller två." sa Theo och öppnade ett skåp. "Sen blir det grönsakssoppa ikväll, tänkte jag, det är ju torsdag. Tänk att det är en vecka sen ni kom! Det har blivit så naturligt att ni är här."

48

Stella svarade inte. Hon funderade på om det kunde finnas någon baktanke med det sätt som Theo talade om deras närvaro. Men han tycktes säga det på ett sätt som var just... naturligt.

Theo kom in med tekannan, koppar och bullar och satte sig bredvid henne.

"Det känns inte alls som någon belastning att ha er här, ska du veta. Tvärtom har det varit trivsamt! Anledningen till att ni är här är förstås tråkig. Men vi har kommit närmare som familjer. Jag ser på våra pojkar att det är positivt. Och Luna. Också när jag tänker på mig själv."

Stella kunde fortfarande inte svara. Han sa detta så okonstlat och rakt på sak. Han var snäll, nej, han var sympatisk. Han lutade sig bakåt bredvid henne med ena armen utsträckt över soffryggen, han var hemma även hos sig själv. Hon fick lust att dra in benen under sig och krypa upp i soffhörnet med sin tekopp, långsamt börja berätta om tankar som hennes livssituation väckte, om känslorna av ensamhet. Men hon satt kvar och sa:

"Hittills har vi verkligen fått vara gäster. Ni har stått för allt, mat och husrum. Så länge vi stannar hos er skulle jag vilja bidra med en veckosumma till matleveranserna och andra omkostnader."

"Ja, det kan vi komma överens om, jag ska prata med Nellie."

"Idag sa Luna att hon vill stanna i Hjo." fortsatte Stella. "Det beror till största del på er familj, hennes trygghetskänsla verkar redan vara återställd. Vi pratade idag om att försöka sälja huset och leta upp en lämplig insatslägenhet centralt."

"Det gläder mig." sa Theo.

"Men det betyder att vi skulle behöva stanna hos er ett tag till."

"Javisst!"

"Och snart är det advent."

"Ja, tänk, nuförtiden behöver man inte bekymra sig för snö vid den här tiden på året, om man behöver flytta. Förr kunde det snöa vid det här laget. Vintern efter att vi flyttade hit, då köpte vi en sån där plastpulka och några gånger har barnen åkt på riktig snö. Vi sprang med dem här bakom, utmed bäcken, och de åkte på den lilla pulkabacken borta vid lekplatsen. Nu är det lättare att sälja ett hus på vintern. Det mesta är städat, det är lite snickeri och målning som återstår, eller hur?"

"Ja, jag ska ordna med det nu när vi vet hur vi vill göra. Idag fick jag faktiskt besked från försäkringsbolaget. De har godtagit undersökningsformuläret som vi skickade till polisen. Återstår att se hur stor ersättningen blir. Det är hög självrisk på Hammarn."

Theo och Stella fortsatte att prata om planer och göromål medan mörkret blev kompakt därute och teet kallnade i kannan. Joel kom och sa hej då, han skulle till kyrkan och repa med Elias. Strax efter kom Luna och satte sig i en fåtölj. Hon undrade om någon hade kommit.

"Nej", sa Theo, "det var Joel som gick. Nellie och Joel kommer till kvällsmaten men Leon brukar dyka upp sent när han har varit i Göteborg. Och apropå kvällsmat är det nog dags för mig att börja med soppan."

Luna återvände till nedervåningen och Stella bad att få hjälpa till. Så fortsatte samtalet mellan henne och Theo i köket. Medan de hackade grönsakerna passade hon på att bolla tankar inför söndagens församlingsmöte. Theo tyckte om planerna, de handlade om rätta saker att göra i den uppkomna situationen. Idéerna krävde ett visst mod och därför skulle de också stöta på motstånd. Stella förstod att han hade rätt och blev lite nervös. Hon hade två dagar på sig att fortsätta fundera och slipa på förslaget.

Nellie anlände så småningom, lite senare Joel och snart satt de kring matsalsbordet för att börja äta kvällsmat. Då hördes Leons signal från hallen.

"Överraskning!" sa han inför förvånade blickar. "Jag lyckades inte ta mig till Göteborg. Fastnade i Borås flera timmar, fick vända till slut. Från Jönköping lyckades jag följa med en kompis som har tillgång till elkopterpoolen. De är så coola, de nya, man sitter bekvämt två personer, inte alls högljutt. Man glider genom mörkret och ser ljusen utmed Vättern under sig! Kul avslutning på en jobbig dag. Dessutom får jag äta tillsammans med er." Blicken stannade på Luna. Hon rodnade.

"Välkommen hem", sa Theo, "vi skulle precis be för maten."

7

Söndagens församlingsmöte blev minnesvärd. Efter gudstjänstens slut vandrade deltagarna över till församlingssalen som vanligt. Av de fyrtiotalet närvarande var det många som ville säga sin mening om strategier inför framtiden. De flesta förespråkade fortsatt traditionell verksamhet och återhållsamhet. Stella presenterade idén om en grupp för aktiv mission. Det ledde till en lång diskussion som böljade fram och tillbaka. Till slut fick en omröstning avgöra utgången.

Vid lunchbordet hemma på Fyrvaktarevägen fortsatte samtalet utifrån mötets resultat. Det var uppsluppen stämning med en viss spänning, som det blir när nya möjligheter öppnar sig. Luna och pojkarna började smida planer, Stella och Theo lyssnade intresserat. Nellie satt däremot med sammanbiten min. När måltiden var över bad hon Theo korthugget om att följa med henne ut. Han förstod att hon var mån om att prata – det var knappast promenadväder denna färglösa, fuktiga eftermiddag.

De hade knappt hunnit ut på gatan när Nellie utbrast:

"Du vet vilket ansvar du bär för det som har hänt, Theo!"

"Jag sa vad jag tyckte, det jag tror på. Det onda kan bara besegras av det goda. Ett passivt försvar räcker inte i kristider."

"Hade du hållit din personliga tro för dig själv, så hade det här naiva förslaget blivit nedröstat. En grupp för aktiv mission! Vad tror du direktören kommer säga? Vår församling är redan en nagel i ögat på honom. Nu får han skäl att göra verklighet av sina hot, och han kommer börja med att avlägsna mig från min tjänst."

"Jag förstår att det här kan bli en utmaning för dig som säkerhetsansvarig. Men ska vår rädsla för en maktmänniska hindra oss i vårt uppdrag?"

"Det handlar inte om vårt uppdrag i stort, utan om en aningslös idé! Av en präst som varit i stan ett år. Hon verkar inte fatta att detta bara spär på det spända läge vi redan har! Många kommer rycka på axlarna åt det löjliga projektet, men det finns uppenbarligen några som inte gillar henne, som inte tycker om hennes initiativ, som redan är provocerade. Inte konstigt att ingen vuxen ville vara med i ett sånt projekt!"

"David är med."

"Gamle David, honom kan man väl knappast räkna som vuxen längre. Och han gick bara med för att skydda de unga! Men det var dina ord som fick Luna att anmäla sig, och så hennes mammas idealism förstås, som flickan har tagit över. När Luna var med så gick våra pojkar med, och *det* var inte av ren idealism eller utifrån kristen övertygelse! Elas gick förstås med för Joels skull."

"Gud kan använda våra jordiska intentioner för sina himmelska syften."

"Gud vill att du ska använda ditt förnuft, Theo!"

Det blev tyst. Paret var på väg ut från villabebyggelsen bort mot ett litet friluftsområde. Skogsdungen som kallades Sanna var en gång i tiden Hjos soptipp. När tätorten växte och villaområden anlades i närheten fyllde man igen tippen, skogen växte upp och en motionsslinga anlades med elljus. Efter några incidenter i området blev det allt mer folktomt och förvandlades till ett vilt territorium. När stan nyligen lät gallra i skogen så hittades lämningar efter diverse gömmor. Sedan städningen hade folk vågat sig dit igen, fast knappast ensamma eller efter mörkrets inbrott.

När de hade kommit in bland träden tog Nellie sats:

"Först föreslår du att de ska stanna hos oss, nu vill du att de ska vara kvar tills de hittat en lägenhet. Du kommer hem tidigare för att fika med henne och idag avgör du församlingsmötet till hennes favör!"

"Jaha", suckade Theo, "det borde jag ha anat, du tolkar det så! Du har förstås kollat in när Stella och jag pratade i vardagsrummet och drar snabba, alltför snabba slutsatser."

"Du har alltid varit svag för henne, nu sitter ni och myser i soffan."

"Vi sitter i soffan, ja. Eftersom du inte hör vad vi säger är det lätt att tolka situationen fel."

"Om de ska stanna hos oss, så vill jag inte att du låter henne komma så nära. Hon är skör, hon står i tacksamhetsskuld, vem vet vad hon hittar på med dig."

"Jag kan inte vara avvisande och elak bara för att du inte ska råka få felaktiga associationer när du spanar på mig i övervakningskamerorna!"

"Man måste väl få vaka över sitt eget hem? Det är märkligt att det alltid är så viktigt för dig att vara trevlig mot andra, men när det gäller din egen frus önskningar så går det väldigt bra att vara avvisande!"

Theo teg, raskade på stegen och stirrade in bland de blöta trädstammarna.

"Jag förväntar mig av dig", hastade Nellie några steg bakom, "att du håller koll på vår naiva lilla missionsgrupp och bromsar dem om deras missionsiver blir för vidlyftig."

"Du kommer ändå hålla koll." höjde Theo rösten ut mot de döva träden.

"Det är du som har satt igång detta, du står bakom dem, så de bör lyssna på dig. Jag hoppas att du förstår vilka faror som är förknippade med detta. Vår församlingsprästs hus har blivit vandaliserat, våra församlingsmedlemmar Felix och Julia har blivit brutalt misshandlade. Det borde ha varit tillräckligt som avskräckning."

Theo stannade och vände sig om: "Vi kan inte låta våldet tysta budskapet om försoning."

De stod ansikte mot ansikte. "Det låter vackert", fnyste Nellie, "men verkligheten fungerar inte så. Vi lever i en tid när våldet krävs för att stävja ondskan och det är vår uppgift som stad att utöva våld när det behövs, så att det laglösa våldet inte tar över."

"Jag vet att det är din uppgift, Nellie, jag vet att någon behöver upprätthålla ordningen i stan. Men jag tror att Gud också håller sin hand över världen på något sätt. Ett sätt är i varje fall genom kyrkan, genom uppdraget att verka för försoning. De här ungdomarna vill göra en insats, det kanske inte blir något storartat, men jag vill stötta dem i deras goda föresats. Kan inte du göra det också? Eller åtminstone låta dem hållas och inte motarbeta dem? Det här är ett tillfälle för dem att omsätta tron i praktiken, visa mod, våga hoppas. En sån här insats kan också hjälpa vår församling vidare, att folk får se att det finns möjligheter att vända sig utåt."

Nellie suckade: "Jag fruktar att det blir ett bakslag. Modbrutna ungdomar och en splittrad församling. Om detta går fel så blir det omöjligt för Stella att vara kvar."

"Låt inte den förhoppningen vilseleda dig."

"Nej, nej." sa Nellie. "Jag vill inte att våra pojkar far illa. Jag vill inte att någon ska fara illa. Det vet du väl att jag inte vill!"

De började gå igen. Efter en stund kom Nellie så nära Theo att hon knuffade till hans arm. När det hände för tredje gången lade Theo sin arm om hennes axel och de fortsatte så ett tag.

Det visade sig senare under kvällen att promenaden hade ändrat Nellies humör. Hon verkade nöjd och uppträdde trevligt mot alla. Höll sig nära Theo, klappade och kramade honom. Theo tyckte om när hans fru blev så närgången och mjuk, det hände med jämna mellanrum när de var hemma, men det var första gången det blev så här sedan Stella och Luna bodde hos dem.

På kvällen när det blev tyst i huset, Theo och Nellie låg i sin säng, kröp hon närmare och lade huvudet mot hans bröst och klappade honom på magen. Theo började slappna av och han tänkte att det var längesen, kanske mer än två veckor sen de var så nära varandra. Nu insåg han hur alla dessa omvälvande händelser och upprepade diskussioner hade splittrat dem, och han kände igen hur det kunde bli: när man börjar glida ifrån varandra som makar och tröskeln för det kroppsliga närmandet växer dag för dag.

Allt eftersom letade sig Nellies hand längre ner, och Theo

började andas snabbare. Snart satt hon grensle över honom, drog av sig nattlinnet och stödde sig med sina handflator mot hans bröstkorg. Han såg hennes guppande bröst i halvmörkret och när han tog tag i hennes skinkor började hon ge ifrån sig små skrik. Ovanligt högt, tänkte Theo och plötsligt föreställde han sig hur Stella ligger i rummet under dem och hör vad som sker. Han satte sig upp, bröst mot bröst och kysste Nellie, sedan lutade han sig åt sidan med henne och rullade över så att han fick henne under sig. Nu var det hans tur att röra sig ovanför henne och Nellie kramade om honom med armar och ben. Theos njutning stegrade i den varmt pulserande omfamningen, deras kroppar, erfarna av varandra, strävade lyhört mot den gemensamma höjdpunkten. Han blundade.

Då såg han återigen Stella framför sig, hur hon ligger i sin säng i gästrummet under. Men i stundens hetta såg han henne naken med runda höfter och fylliga bröst och hon rörde sig i samma rytm. Han hade två kvinnor under sig! Theo öppnade ögonen, blev mer intensiv och Nellie svarade. Snart låg de tillsammans flåsande och nöjda. Fortsatte förstrött smeka varandras hud, försjunkna i sina tankar.

Tankar som inte syntes.

8

Första söndagen i Advent. Duggregnet hängde som ett böljade draperi mellan Hamngatans husrader. Nerför backen rörde sig två gestalter, med långa kliv den gänglige Joel, händerna i jack-fickan och hans gode vän Elias med mindre steg – han var både kortare och bredare. Klockan var efter fyra. Ovanför upplysta väggar täcktes hustaken av nattmörka moln.

Vännerna diskuterade det de hade hört på förmiddagens gudstjänst. Stella berättade då att Första Advent hade varit en riktig kyrkogångssöndag förr i tiden. Det fanns miljontals med-lemmar i det som hette Svenska kyrkan, och även om folk inte gick på gudstjänst annars, så gjorde de det på denna, kyrkoårets första söndag. Det var möjligt för att fyra gånger så många kyr-kobyggnader fortfarande var i bruk!

För Elias och Joel, vana vid sin lilla församling i samhäl-lets periferi, var det svårt att tänka sig att så många i det här landet hade varit med i kyrkan för inte så länge sedan. Un-der uppväxten, när de deltog i söndagsskolan, var de aldrig fler än en handfull barn. I skolan var det förbjudet med religiösa symboler. Att tala öppet om tro och religion kunde leda till disciplinära åtgärder. Den kristna tron hörde till deras vänskap, svetsade samman dem.

Detta var särskilt betydelsefullt för Elias eftersom hans föräldrar hade tagit avstånd från kyrkan och inte alls uppskat-tade att deras son var så aktiv. Desto ivrigare lärde sig Elias berättelserna som berättades i kyrkan. De bibliska gestalterna hade befolkat hans barndomsvärld, från Urhistoriens Noa till Uppenbarelsebokens Ryttare på den vita hästen. Tillsammans med Joel fick han blicka bortom den invanda horisonten, skåda mysterier som var dolda för världen utanför. Elias gjorde ofta en poäng av att nämna en person eller citera en berättelse från Bibeln när han pratade med Joel.

"De var nog för många", funderade Elias, "som när Gideon skulle rädda Israel och Gud sa att han hade för mycket folk."

"Kan man vara för många? Kanske för att utföra ett visst uppdrag, men man kan väl inte vara för många i kyrkan? Skulle det vara nåt bra att bara vissa finns kvar, att de flesta har lämnat?"

"Du har rätt. Herden gick och sökte upp det förlorade fåret."

"Eller hur! Han hade faktiskt 99 kvar. Kunde vart ganska nöjd... Jag fattar inte hur det gick till under Svenska kyrkans tid, när det dessutom var fredligt och lugnt i hela Sverige! Kyrkan måste haft gott om resurser, många anställda."

De stannade till på bron över Hjoån, lutade sig med armbågarna mot räcket och tittade ner på vattnet som glimmade till här och där på sin ringlande väg ut mot sjön.

Många turer hade passerat sedan den lilla missionsgruppen bildades. Ganska fort kunde de enas om att de ville skapa en mötesplats. En plats och ett tillfälle dit sådana som inte gick i kyrkan kunde tänka sig att titta in. Man skulle träffas utanför kyrkan, någonstans där det var trevligt. De tog kontakt med några ställen i stan men fick nej. Då kom gamle David till hjälp.

En gång söndagsskolledare för de tre pojkarna hade han ett stort hjärta för ungdomarna i församlingen. Och kärleken var besvarad. Den store, gråe mannen satt ofta bland de unga och fikade efter gudstjänsten, tog emot förtroenden och stöttade som en extrafarfar. En gång i tiden hade han haft egna barn men förlorade dem och hustrun i en infektionssjukdom. Församlingsmedlemmar uppfattade hans uppskattning av barn och ungdomar som ett sätt att leva med sin stora sorg och tyckte därför inte heller det var konstigt att han tagit plats i missionsgruppen.

Nu kom alltså David till hjälp, som den änkeman han var, med besparingar och alltid beredd att offra för kyrkans sak. Han sa att man kanske kunde slå två flugor i en smäll om man

58

erbjöd gratis förtäring på en restaurang: då blev både krögaren och gästen mer intresserad. David kunde gärna stå för detta om det passade.

Krögaren till den gamla Hamnkrogen gick med på att upplåta sin restaurang under denna förutsättning, åtminstone en gång, så skulle man se vidare. Det var svåra tider för restauranger, inte minst på vinterhalvåret och särskilt för Hamnkrogen som var ett enkelt ställe där man inte hade råd med någon vakt. Missionsgruppen tyckte att det skulle passa bra och bli spännande: ingen av de yngre hade varit på Hamnkrogen tidigare. Här fanns förutsättningar att möta alla sorters människor från stan. Gruppen kom överens om att det första tillfället skulle ha temat "gott och ont", och man satte igång med inbjudningarna.

De delade informationen på sina olika nätverk: Luna på högstadiet, grabbarna med hjälp av sina förbindelser, David i sin bekantskapskrets. Några särskilda framstötar gjordes: de kollade med Ljuset om de kunde hjälpa till med inbjudan, men prästen svarade att samlingar av detta slag inte ligger i linje med deras verksamhet, i stället rekommenderar de sina cafékvällar i församlingshemmet.

Det fanns en folkhögskola i utkanten av Hjo vars huvudman var en multikulturell förening. Med hjälp av en bekant som gick på skolan besökte Joel och Elias rektorn för att fråga om de fick göra reklam. Rektorn tog emot dem vänligt och berättade att folkhögskolan förut hade varit Svenska kyrkans. Hon visade dem ett ljust rum med högt i tak som en gång i tiden hade fungerat som kristet kapell. Som en relik från svunna dagar stod en grånad gammal orgel i ena hörnet, guldfärgen flagnade från utsmyckningen kring piporna. I ett annat hörn låg färgglada mattor, utmed en vägg stod flera altaren, någon med blommor, en annan med statyetter på. "Vi har färre och färre deltagare på våra profilkurser." berättade rektorn. "Förut uppmuntrades religionsmöten, men nu har all religion i offentligheten blivit tabu. Modigt av er att bjuda in till en samtalskväll!"

I församlingen gick meningarna isär kring denna satsning. En liten grupp med Stella i spetsen var fortsatt entusiastiska och hjälpte till att sprida information. Theo hörde till denna grupp men höll låg profil med hänsyn till Nellie – dessutom var han nöjd med att ha blivit inbjuden på första mötet som gäst, han skulle bli intervjuad som läkare i stan. Annars var många i församlingen avvaktande och vissa hade blivit väldigt skeptiska när de hörde hur det hela utvecklade sig. Bland de senare fanns förstås Nellie som var tongivande med sina bestämda uppfattningar.

Frågan var hur många som skulle komma denna söndagskväll. Joel och Elias promenerade fram till Hamnkrogens hörn. De hade bestämt att vänta med att gå in tills hela gruppen var samlad. Hamnen var folktom. Stuprören kluckade, vågor slog mot stranden. Resterna av en gammal lekplats låg utströdda bland Strömparterrens buskar och träd, som ett gammalt skeppsvrak uppspolat på land. Bakom de förfallna gamla trähusen i hamnen skymtade några lampor på piren, små konturlösa, vita ögon som tyckets spana på dem ur mörkret.

Snart kom en bil och vände sitt regnstreckade strålkastarljus mot dem, stannade på en parkeringsplats framför restaurangen. Leon och Luna steg ur. Den lilla gruppen klev in på restaurangen, hängde av sina blöta jackor.

David hade haft kontakten med krögaren inför kvällen. Nu mötte han dem med öppna armar. Spänningen gav efter för hans vänliga klappningar på ryggen.

Inredningen på Hamnkrogen var sliten och gammaldags. I den varma belysningen gav det ett hemtrevligt intryck. Mörkröd tegelvägg vid baren, rutiga dukar på bordet, motivmättade tavlor runt väggarna. Dofterna från köket lovade gott. Det fanns egentligen inget kvar att förbereda, så David föreslog att de skulle sätta sig i ett hörn och be för kvällen.

Kvart över fem kom de första gästerna, ett äldre par som David kände. Några minuter innan halv sex, den utsatta tiden, hade det kommit två killar till som gick i Lunas klass. Det hela såg ut att bli en flopp. Tjugo minuter senare var dock många av de dukade platserna upptagna, det hade samlats sjutton personer inklusive Theo, och minst halva skaran var okända för gruppen sedan tidigare.

Missionsgruppen spred ut sig bland gästerna och småpratade medan de åt de något torra men välkryddade vegobiffarna. Sedan följde en intervju där Luna ställde frågor till Theo. Samtalet började något trevande om hur vardagen i allmänhet kunde se ut på läkarmottagningen i Hjo. Så småningom riktade sig Luna, som var uppenbart nervös, in på mer personliga ämnen:

"Vissa blir inte friska. Sörjer du då?"

"Ja, ibland kan det vara riktigt ledsamt. Ändå sörjer jag inte så mycket numera. Jag har lärt mig att hålla en viss distans för att orka."

"Kan man säga att du kämpar mot det onda i världen?"

"Det som *gör* ont uppfattar vi oftast som något ont, även om det inte är själva smärtan som är ond, utan skadan bakom. Jag upplever att jag får uträtta en hel del gott i mitt arbete. Det känns meningsfullt."

De närvarande lyssnade allt mer intresserat. Luna började slappna av.

"Hur ser du på det tilltagande våldet i vårt samhälle? Hur är det att behandla mänskor som har skadats i slagsmål och attacker?"

"På lång sikt kan det onda bara besegras av det goda. Vi måste försöka vara goda och kärleksfulla mot alla människor, oavsett vilka de är och vad de har gjort. Som läkare blir det tydligt att jag alltid står på livets sida, jag verkar alltid för överlevnad, för helande. Det betyder inte att jag blundar för brott eller stöder kriminalitet..."

"Men du kan behandla en kriminell?"

"Ja, jag behandlar sådana som vi kallar kriminella, och därmed tar jag en moralisk risk: att dessa personer genom att bli friska kan fortsätta att utveckla sin kriminella verksamhet, som oftast leder till att andra mänskor råkar illa ut, kanske skadas kroppsligen och hamnar hos mig på läkarmottagningen."

"Men du tänker att kanske…"

"Precis. Jag gör det med hopp om att det goda en dag ska bryta igenom den onda cirkeln. Då finns det något stabilt att bygga på, godhet är det enda som håller i längden. Vi kan aldrig bygga ett gott samhälle på våld och rädsla. Om vi lönar ont med ont hela tiden så når vi inte fram till det goda."

"Det är intressanta tankar som vi kan fortsätta fundera kring." konstaterade Luna. "Vill du lägga till något, en sammanfattning eller fråga?"

"Det finns ett bibelord som jag tycker sammanfattar det här med ont och gott i våra liv: *Låt dig inte besegras av det onda, utan besegra det onda med det goda.* Kanske kan vi samtala vidare kring hur det skulle kunna förverkligas."

"Ja, det kan vi prata om kring borden", vände sig Luna mot de församlade, "för nu är det dags för lite kladdkaka och kaffe för den som önskar. Sedan kommer vi runda av med möjlighet till kommentarer och frågor i helgrupp."

När det blev dags för det gemensamma samtalet berättade en man om den senaste tidens skottlossningar och sprängning som han hade upplevt på nära håll i sitt arbete på industriområdet. Hur kan man stävja sånt våld med godhet och kärlek? Våld måste bemötas med våld. Vapen behövs för att beskydda fred och frihet, vapen i rätta händer. Vakter, poliser och militärer måste finnas i samhället.

Diskussionen tog fart. En äldre kvinna lyfte exempel från de svartas kamp i USA. Där hade de minsann nått fram utan våld. Hon hade också letat fram ett citat av Martin Luther King: "Kärleken är den enda kraften som kan förvandla en fiende till en vän". Då sa en man upprört att man borde ta i mycket hårdare mot "the evil ones", som han uttryckte sig. Han var för övrigt den som lämnade mötet tidigast av alla, bara reste sig upp, gick till tamburmajoren vid utgången, tog sin blåa täckjacka och försvann.

När kvällen närmade sig sitt slut ställde Leon frågan om det fanns intresse för en fortsättning och bad om en handuppräckning. De flesta händer sträcktes upp och missionsgruppen såg på varandra med lättnad. Det kom även ett temaförslag. Den äldre mannen som David kände föreslog att man kunde prata om hur allt började. Den här gången hade man pratat om ont och gott i nutid, nästa gång kunde man kanske gå till botten med ämnet, höra om bakgrunden? Vad står det i Bibeln? David kollade med krögaren ifall de kunde återvända redan om en vecka. Det blev också bestämt, och därmed tog det gemensamma programmet slut.

Ett medelålders par satt kvar och beställde öl, killarna från Lunas klass gick fram till henne för att prata. I ett hörn lyssnade Joel och Elias intensivt på en äldre kvinna som berättade något. David och Theo summerade intrycken från kvällen, Leon satt vid samma bord.

Då kom en man fram till dem, han hade en vänlig uppsyn, presenterade sig som medarbetare i församlingen Ljuset: "Jag är ny diakon och jobbar ideellt. Nuförtiden får man vara beredd att ha ett tältmakaryrke vid sidan av." Han skrattade till. "Som Paulus", tillade han för att vara säker på att de andra förstod. "Jag är här på eget bevåg. Tråkigt att vår församling inte ville stötta det här goda initiativet. Det är en gammal historia, har jag förstått, prestige. Som jag slipper. Efter att ha varit med ikväll vill jag gärna bjuda in andra intresserade."

David och Theo nickade tillmötesgående, Leon verkade frånvarande.

Mannen kände sig uppmuntrad att fortsätta: "Det här kan ge ringar på vattnet, bygga broar åt olika håll. Kanske också mellan våra församlingar. Jag vill gärna tro det. Att vi skakas om lite, vaknar. Min första målsättning var att laga kyrkklockorna." Han skrattade till. "Symboliskt."

David och Theo log, mannens glada sätt hade smittat av sig på dem. Men Leon såg bekymrad ut; han sneglade på hur Luna bemötte sina beundrare.

9

Nästa dag, den första december, lämnade en blå Saab stan, körde genom en stor rondell och fortsatte västerut. Solens bleka skiva följde bilen mellan avlövade trädkronor och glimmade till på förarens kala skalle då och då. Han höll båda händerna högt på ratten, lutade huvudet något framåt, gasade ordentligt på rakan förbi Mullsjön och fortsatte i hög fart upp bland de snäva kurvorna över Hökensås. Efter en minut till körde han in i den lilla byn Korsberga, svängde två gånger och saktade in framför en stor port. När den öppnades styrde han in på en vid gårdsplan, parkerade och steg ur.

Han stod framför ett stort gult trähus med vita knutar: herrgården som Minna och Vilja hade tagit över, tillsammans med verksamheten i Hjo, efter sin farmors död i våras. Viljas far hade en längre tid varit intresserad att lämna affärerna i Göteborg och återvända till familjeföretaget, men hans mor hade låtit honom veta att det var sondöttrarna hon ville ha som efterträdare.

Från början var det tänkt att den äldre brodern, Minnas pappa, skulle ta över. Men i samband med den första våldsvågen gjorde han en fatal felbedömning som gjorde det omöjligt för honom att bli företagsledare. Hans misstag hade lett till att Föreningen förlorade områden till Armén som därmed blev en maktfaktor i stan. Armén, tidigare en handfull missanpassade unga män med utländsk bakgrund, etablerade sig då som en jämbördig motspelare till Föreningen. Strax efter sitt olyckliga ingripande försvann Minnas pappa från trakterna och lämnade sin enda dotter kvar hos farmor i Korsberga. Minna var då fem år gammal. Hon hade redan tillbringat det mesta av sin tid hos farmor, eftersom hennes mamma var död. Hon avled i samband med Minnas födelse, fick en infektion som just då härjade på sjukhuset. Händelsen skakade Minnas pappa djupt. Till skillnad från sin ambitiöse bror, tog Viljas pappa lätt på saker och ting. Han hade varit ökänd i Hjo för sin arroganta, vårdslösa framfart, omtyckt av dem som var välkomna till hans vilda fester, hatad av de kvinnor som han utnyttjat och dumpat en efter en. Vilja blev till i samband med en av hans någorlunda långvariga relationer, men hennes uppväxt gestaltades ändå som ett glest pärlband av mer eller mindre motvilliga mammagestalter som avlöste varandra. Det ledde till att hon sökte trygghet på annat håll, först bland olika gäng i Hjo, senare i nattklubbslivet i Skövde. När hon blev sviken eller besviken, landade hon hos farmor i Korsberga. Ännu mer när hennes pappa flyttade till Göteborg. I Korsberga fick farmors fasta hand allt mer fason på den kringflackande tjejen, vilket också ledde till att Minna öppnade sig för sin yngre kusin, efter att tidigare ha föraktat henne. De prövade varandras sällskap och upptäckte att de trivdes ihop.

Vilja och Minna blev alltmer oskiljaktiga, de skaffade sig större och större inblick i den verksamhet farmor bedrev, samtidigt som de lärde känna personerna hon arbetade med. Därför var det inte oöverstigligt för dem att ta över efter farmor.

De började med att låta renovera huset i Korsberga, för att sedan utveckla verksamheten i Hjo. Skaffade ny teknisk utrustning för att kunna gå vidare med territoriella framstötar. Under deras ledning lyckades Föreningen nu få in en fot på Hammarn, där Armén hade haft monopol, först genom det brutala intrånget hos Felix och Julia, sedan genom att skicka inkasserare till några adresser och hota till sig skyddspengar.

Några dagar senare svarade Armén med en sprängning av ingången till ett företag på industriområdet. Föreningen skärpte övervakningen och deras kameror registrerade Arméns svarta bilar upprepade gånger på gatorna runt industrierna. Vid ett tillfälle, när en av dessa bilar parkerade utanför en elektronikverkstad, skuggades den av en patrull från Föreningen. De väntade tills två män steg ur den svarta bilen, avlossade sedan flera skott mot dem. Männen besvarade beskjutningen, hoppade i bilen och drog. Ingen kom till skada.

Minna och Vilja ansåg det klokt att hålla sig lite mer utanför stan ett tag. Så också idag, den första december, när de önskade höra om vad som hade avhandlats dagen innan på församlingens sammankomst på Hamnkrogen.

Mannen i den blåa jackan stannade till på stenläggningen framför huset, såg sig omkring och nickade belåtet. Vid ingången hördes en röst säga "välkommen" och mannen steg på. Han hängde av sig jackan, trampade av sig skorna och stegade mot salongen rakt fram. Över dubbeldörren pryddes väggen av en stor svensk flagga med ett "F" broderat i mitten. Inne i salongen rådde en märklig stilblandning, gamla möbler växlade med modern formgivning. Genom glaspartiet ut mot en stor altan sken solen in och tecknade diagonala linjer på golvet för att bidra till färg- och formkavalkaden. Till höger, vid ett långt middagsbord övertäckt med en mörkröd duk satt kusinerna med varsin mugg.

Mannen ställde sig vid bordsänden mitt emot Vilja med ett leende: "Nu är kåken i ordning! Nice! Och riktigt läckert inredd också."

Vilja, som var klädd i en vit badrock med lila prickar, lutade sig bakåt på sin höga, antika karmstol, rödblossig om kinderna, den lockiga frisyren fuktig, plattare och mörkare än vanligt.

"Jaa, visst blev det braa!" drog hon på vokalerna.

Minna fortsatte, osminkad som sin kusin, men för övrigt välklädd, det långa håret i en tofs: "Vi ville behålla mycket av den ursprungliga patinan, utan att fastna i det ålderdomliga."

"Ni har hittat the balance, alltså."

"Berätta nu", lutade sig Vilja framåt och tog en klunk ur sin mugg.

"Jag sätter mig", mumlade mannen och sträckte sig efter närmaste stol, en orange plastkreation.

"Ja, jag åkte till the mighty meeting som ni ville."

"Var det nån där av de våra?" undrade Vilja.

"Nej."

"Var det nån där från svartskallarna?"

"Kan jag inte tänka mig, no."

"Bra. Vad sa de?"

"Det var unbelievable, den där doktorn snackade om att man ska hjälpa alla, det ska vara peace and love. Och de tyckte att nån svart american hade sagt nåt stort..."

"Hur många var de?"

"Fem från kyrkan och femton som kom. Och så doktorn som snackade."

"Vilka var de fem?"

"Tre grabbar, varav två var doktorns och säkerhetsnellies, en gammal gubbe och så en nice liten tjej: pastorns dotter. Och de stod för kalaset."

"Vad heter flickan?" undrade Vilja.

"Hon heter visst Luna. En tjusig liten tjej som snackade på, very sexy! Det var nog mer än en kille som var där för hennes skull." flabbade mannen.

"Yngst?"

"Javisst, hon går fortfarande i skolan här i stan."

Vilja körde fingrarna genom sina fuktiga lockar och skakade om.

"Då är det lilla Luna vi siktar in oss på. Prästinnans söta dotter. Eller hur?"

Minna nickade: "Håll ett öga på henne än så länge, se till att de sätter en hög prioritet i systemet när du fått hjälp att ladda upp bildsekvenser från mötet."

"Allright."

Vilja gjorde en teatralisk min, tog tag i bordskanten och lutade sig fram på sin tron: "Vi ska slå till så att rädslan sprider sig som vågor på vattnet. Skräcken ska skaka om stan. Då skrider vi till verket."

"Blir det något möte till?" undrade Minna.

"Yes, redan nästa söndag."

"Du vet vad du ska göra."

"Men då känner de igen mig, och vi vet ju redan vem som är the target!" gnällde mannen.

"Klart de känner igen dig, du är ju en hängiven deltagare som vill bevara ordningen i stan!"

"Sure…" suckade mannen och klappade sig själv på hjässan.

"Den bästa bevakningen är alltid på nära håll. Den bästa bevakningen är live. Det vet du."Vilja tömde sin mugg, ställde sig upp och klev fram till glasdörrarna ut mot altanen. Hon sträckte sina armar rakt ut åt sidorna. Badrocken gled upp och hennes hud nåddes av solljuset. Hon gjorde några mjuka rörelser som för att låta strålarna smeka hennes slanka gestalt. Mannen ställde sig upp, tog några små steg åt sidan så att han kunde skymta spegelbilden.

"Jag tror vi är färdiga." sa Minna.

10

"Vi måste hjälpa till på nåt sätt!" sa Luna och trummade med fingrarna på bordet.

Medlemmarna i missionsgruppen satt vid fönstret i församlingsvåningen. Det var onsdag eftermiddag, den ljusa himlen speglades i kommunhusets glasrutor på andra sidan gatan. Tre dagar hade gått sedan träffen på Hamnkrogen. Elias och Joel hade just beskrivit vad de fick höra efter mötet i söndags av en kvinna som bodde på Hammarn. Hon hade berättat om den rädsla och hopplöshet som bredde ut sig bland folk. Även hennes två barn med familjer bodde på Hammarn och en av dem jobbade på industriområdet. Det var svårt redan tidigare, men då kunde man tala om en viss stabilitet. De som betalade för sig kunde vara ganska säkra, både privatpersoner och företag. Men nu visste de inte vem som skulle kräva skyddspengar härnäst och vad som kunde hända, efter de attacker som hade ägt rum.

Kvinnans barn och några till i hennes omgivning hade övervägt att gå på mötet men inte vågat. De skulle enligt kvinnan så väl behöva ett sammanhang som gav dem trygghet, en gemenskap som kunde skänka hopp. Själv hade hon just upplevt detta i söndags, blivit upprymd av budskapet. Hon undrade om inte några av dem kunde komma hem till henne och berätta för hennes närmaste, i all enkelhet. De fick förstås vara försiktiga så att inga utomstående märkte något.

Elias och Joel hade lovat att ge kvinnan besked vid träffen på Hamnkrogen nästa söndag.

"Vi kan väl ta upp det med Stella", föreslog Leon, "det skulle bli för mycket för vår lilla grupp på alla sätt. Hon eller någon annan i församlingen kan ta hand om det. Dessutom tycker jag att mamma ska känna till såna planer."

"Nej, vi måste hålla detta inom vår grupp", tyckte Joel, "vi har fått ett förtroende och ju fler som får reda på om det här, desto större risk att något hamnar hos fel personer."

Elias nickade: "Det här måste vi sköta så diskret som möjligt, det var därför hon pratade med oss."

Joel fortsatte: "Antingen tar vi på oss att hjälpa till eller så får vi meddela att det inte går. I så fall är det upp till dem att kontakta Stella eller församlingsrådet. Eller mamma för den delen."

Leon skakade på huvudet: "Då säger vi nej! Skulle några av oss smyga hem till främmande människor utanför säkerhetszonerna? Och hur vet vi att de inte lurar oss in i nånting?"

"Vi kan inte vara helt säkra", sa Elias, "men det är vi väl inte på Hamnkrogen heller. Det är farligt att vara utsänd, som för spejarna i Jeriko."

"Var det inte därför vi satsade på missionsgruppen", sa Joel, "att vi skulle nå ut? Det var uppdraget. Här får vi ett gyllene tillfälle!"

"Jag vill hjälpa till", sa Luna och knöt sin näve på bordet, "jag kan vara med och träffa de här mänskorna på Hammarn. Jag har bott där själv. Jag vet hur det känns."

Leon knep ihop läpparna och skakade åter på huvudet.

Nu tog gamle David till orda: "Jag tror att vi ska ta't försiktigt. En gammel man och en ung tös, som dessutom har bott på Hammarn, väcker inte uppmärksamhet. Och när vi har söndagsmötet också så är det ingen som tror, varken i eller utanför församlingen att vi håller på med nå't annat. Vi lovar inte mer en ett möte. Så träffs vi igen och pratar om 'et."

Joel tittade först på Elias, som nickade lätt, sedan sa han som om han tänkte högt: "Jag hade gärna följt med, men vi får inte vara för många. En farbror som besöker en tant är ju inte misstänkt. Luna har bott på området, det kan vara en bekant. Man får väl se det som att ni ska dit och fika, helt enkelt."

Leon höjde rösten: "Jag tycker att det hela är korkat. Bara för att de inte vågar komma till Hamnkrogen, ska vi utsätta oss

70

för risken att ta oss till dem. Det kan till och med vara en fälla."

"Vad säger ni pojkar?" frågade David. "Om ni tänker tillbaks ordentligt, är det någe' med den gamla damen som verkar misstänkt?"

"Inte vad jag minns." svarade Elias. "Hon är inte typen som skulle förråda nån. I så fall är hon mer som den där kvinnan i Jeriko som gömde spejarna hemma hos sig och hjälpte dem att fly. Sen blev hela hennes familj skonad när staden intogs."

Joel himlade med ögonen mot sin vän. Elias ryckte på axlarna och sa: "Jag skulle också säga att hon har rena motiv."

Luna sträckte ut handen mot Leon över bordet: "Det är vanligt folk som bor på Hammarn, Leon! Vanligt folk som har fått lära sig att vara försiktiga. Vi kommer också vara försiktiga och då är det ingen fara."

Joel vände sig till David: "Ni kan larma när som helst! Vi kommer vara i beredskap medan ni träffar dem."

Leon suckade, Lunas hand hade tagit tag i hans: "Visst, jag lägger ner min röst. Ni får som ni vill. Men glöm inte vad som har hänt på Hammarn på sistone! Det finns några som inte vill att vi inkräktar på deras område."

"Vi ska vara försiktiga." försäkrade Luna och släppte Leons hand.

Efter en stund var tre av dem på väg hem till Fyrvaktarevägen: Leon och Joel med Luna mellan sig. Leon berättade med inlevelse om en gång när han fastnade i en vägspärr i Göteborg. De andra två lyssnade med spänning på hur han hölls kvar av militärpolisen. Skymningshimlen sken fram mellan stålgråa molnområden över lyktstolparna och speglades i grillrestaurangens fönster som de gick förbi. Därbakom anade man två ansikten som betraktade den förbipasserande trion, Leon som gestikulerade.

En man med ljust skägg kom emot dem och hälsade vänligt, som en bekant. Han hade en livlig, vit hund i koppel. Den nosade på ungdomarna och verkade välja ut Luna. Hon böjde sig ner och klappade den tjocka pälsen med båda händerna.

"Vad heter hunden?"

"Angelo."

"O, så himla fint!" Luna började jollra med hunden, som i sin tur blev allt mer närgången. Till slut möttes de i en kram.

"Vi har träffats på Hamnkrogen." sa mannen till grabbarna som ställt sig några steg bort, synbart besvärade av situationen. Han fick avmätta nickar till svar.

"Jag vill uppmuntra er att fortsätta på den inslagna vägen! Ni gör det rätta." Han gav kopplet en lätt ryckning, hunden skällde till och började dra vidare.

"Jag måste gå." skrattade mannen, följde hunden bakåtlutad, med stora kliv.

Luna såg efter dem med hängande axlar.

"Jag känner inte igen mannen. Han var alltså med på Hamnkrogen? Hur kunde han veta?" Hon lät berörd.

"Han är från Ljuset." vände sig Leon för att fortsätta hemåt. "Han vet inget. Tyckte väl det var trevligt att få äta gratis."

Sedan fortsatte han sin berättelse om när han inte släpptes förbi en vägspärr i Göteborg. Hur oron tilltog när han och hans vän hölls kvar timme efter timme. Det visade sig att en terroristcell hade tagit över posteringen. Leon tystnade och väntade på reaktion. Då det inte kom någon, tittade han upp på sina medvandrare. Luna verkade försjunken i egna tankar medan Joel såg ut att vara både frånvarande och koncentrerad på samma gång.

De passerade just busstationen och Joel blev efter några steg innan han anslöt till de två igen.

Plötsligt sa han: "Vi fortsätter att titta framåt och gå i samma takt."

De andra två ryckte till men fann sig snabbt.

"Jag tror att vi är förföljda."

"Är det nån som går bakom oss?" viskade Luna.

"Nej, i så fall är det en drönare. Den håller sig på avstånd och jag såg bara en skymt. Men jag tycker mig höra den emellanåt."

"Behöver vi bry oss?" undrade Luna. "Vi har inget att dölja

för övervakningen!"

"Det vore bra att få reda på om det är stans övervakning eller om någon annan är intresserad av oss." sa Leon. "Joel är en fena på drönare, ska du veta!"

"Jag vet." suckade Luna.

"När ni går över gatan, stannar jag på den här sidan och låtsas kolla inställningar på mitt armband medan jag går fram till en trädstam. Fortsätt lite långsammare sen."

Framme vid sin trädstam på vänstra trottoaren tittade Joel snett bakåt mot Bangatan, höll upp och siktade med sitt armband, och såg hur en mörk prick for över himlen, följde efter paret som hade kommit till andra sidan.

När han hann ikapp dem på rakan utmed parken sa han: "Det är en främmande drönare. Oupplyst. Håller stort avstånd men det är tydligt att den följer efter."

"Kan du visa?" frågade Luna.

"Om vi börjar spana mellan träden nu, så blir det uppenbart att vi har upptäckt den. Fortsätter vi utan avbrott så kan den som kollar oss fortfarande tro att vi inget vet. Jag kan visa kameraupptagningen hemma."

11

"Tack Gud för nattens vila. Tack för att du omsluter mig med din kärlek varje ny dag. Herre, ge mig den glädje och frid som jag saknar och låt mig få vara tålmodig, vänlig och god mot alla jag möter. Du ser att jag är tveksam inför beslut jag måste ta. Om det är din vilja att vi ska stanna i Hjo, så låt oss finna en lämplig lägenhet snart."

Stella satt med slutna ögon på sängkanten. I sin bön utgick hon från sig själv, fortsatte till sina närmaste och sedan till den vidare omgivningen. Platsen efter Luna intogs numera av medlemmarna i familjen Högberg.

Stella brukade se personerna framför sig som hon bad för, och när hon nu kom till Theo blev hans ansikte särskilt levande. Bilden av honom var behaglig, den kom närmare och närmare, tills Stella måste öppna ögonen. Ett tag satt hon bara och stirrade på golvet framför sig.

Sedan drog hon en djup suck, blundade och fortsatte be för sin församling, om inre sammanhållning och beskydd mot yttre hot. Hon tackade för missionssatsningen, att första sammankomsten hade gått bra och bad om att ännu fler skulle komma på nästa möte. Bönen avslutades med önskan om fred i Hjo och överallt i Sverige, om lösning på världens stora, olösta problem, att Guds goda vilja skulle ske genom allt.

Stella drog upp rullgardinerna på de två avlånga källarfönstren. Droppar tickade mot fönsterblecket och genom den regnrandiga rutan såg hon hur molntäcket ovanför gled fram med små luckor av himmelsblått. Det var fredag och hon skulle förbereda gudstjänsten inför andra söndagen i Advent. Hon hade redan börjat fundera på bibelavsnittet som predikan skulle utgå från. Nu kom orden tillbaka medan hon såg mot himlen:

"Tiden är inne, Guds rike är nära. Omvänd er och tro på budskapet!"

Så mycket innehåll i två korta meningar! Skulle hon lyckas få fram något av styrkan i denna uppmaning? Då behövde hon knäcka kärnorden, smaka, tugga på innehållet, suga ut näringen. Hon hade lärt sig att det inte gick att förmedla Guds ord utan ansträngning, budbärarens brottning behövdes för att budskapet skulle nå fram och beröra. Hon kände behov att samla kraft inför den brottningsmatchen.

Stella gick till badrummet och tvättade ansiktet med kallt vatten. Sedan sträckte hon på sig framför spegeln. Hon rufsade till sitt mörka hår, lade sina händer under brösten och lyfte upp dem lätt, drog in den runda magen så gott det gick och vände sig åt sidan för att betrakta sin överkropp i profil. Hon slappnade av igen och gjorde en grimas åt sig själv i spegeln.

Hon gick fram till träningsrummet i slutet av korridoren och lyssnade utanför dörren, hämtade sedan sina hörlurar och steg på. Valet föll på träningscykeln och en fiolkonsert av Bach. Hon trampade igång och blundade. Snart var det som om hon blev upplyft och cyklade bland molnen, tyngdlöst bekymmersfri.

I ett sammanträdesrum på kommunhuset stod Nellie lutad mot ett bord. Framför henne ett tiotal personer på stolar i en halvcirkel. Hon hade kallat samman sin stab med vakter och administrativ personal för att diskutera säkerhetsläget. Först frågade hon om överfallet mot Felix och Julia. Det visade sig att utredningen inte hade gått framåt, eftersom det saknades bevis. Som vanligt gick det inte att uppbåda några vittnen till händelsen, och polisen meddelade att man inte hade resurser att hjälpa till. Nellie ville inte lägga ner ärendet, utan uppmanade de ansvariga att göra en ansats till.

Sedan visade hon ett kort filmklipp. En liten svart figur mot kvällshimlens ljusa bakgrund, en skorpion som svävade från ena sidan skärmen över till den andra; det vana ögat kunde urskilja en drönare.

"Här har vi åtminstone ett bevis. Några av er har rappor-

75

terat om dem, men ingen har lyckats fånga en på bild så här tydligt." Nellie stod med armarna i kors.

"Vem har gjort denna utmärkta upptagning då?" ville Martin veta, som satt längst ut med utsträckta ben i kors.

"Nån från allmänheten som har god observationsförmåga och sinnesnärvaro. Nån som vaket registrerade att drönaren följde efter och som gjorde en manöver för att kunna fånga den på film."

"Nån som inte var ensam." sa någon.

"Riktigt iakttaget."

"De väljer förstås inte oss vakter som måltavlor."

"Inte än, kanske."

"Man kan montera vapen på de där."

"Ja, det är inte för inte som vi förbjöd alla drönare efter förra våldsvågen. Men nu är det alltså några som har börjat igen. Det passar förstås in i mönstret för den senaste tidens händelser. Mitt förslag är att vi gör ett tydligt motdrag. Vi låter vår gamla DX2:a lyfta för att övervaka stans luftrum och skjuta ner varje främmande drönare. Innan dess går vi ut med information till allmänheten om att vi har observerat främmande aktivitet. På det sättet ser folk att vi har koll och vi sänder en signal till drönaranarkisterna."

"Det skulle betyda en upptrappning."

"Det är en upptrappning från vår sida med syftet att stärka ordning och trygghet."

"Vi behöver uppdatera programvaran för att komma åt dessa små, snabba farkoster. Och det är inte säkert att de utvecklingarna är gjorda, så som landet ligger."

"Jag antog att det behövdes en uppgradering." Nellie hade tagit fram bilden på en stor, grå drönare på skärmen bakom sig. "Jag har kollat att företaget i Linköping är i gång. Vi behöver någon operatör som tar ansvar för DX2:an, för att göra den körklar, sköta daglig start och landning och ta beslut vid larm."

En kvinna i femtioårsåldern räckte upp handen: "Jag kan tänka mig. Jag var med när vi köpte in den gamla helikoptern. Jag kan nog friska upp körrutinerna ganska kvickt."

"Bra! Jag kan visa dig hur du skaffar uppgraderingen, så hoppas jag att vi är igång inom några dagar För övrigt vill jag uppmana er att fortsätta vårt idoga arbete. Vi är i ett avgörande skede. Än är det ingen katastrof. Än kan vi få en fridfull jul i stan. Vi kan hindra en ny våldsvåg om vi gör vårt jobb och är lojala. För allas gemensamma bästa!"

"Absolut." sa Martin. De andra nickade, reste sig och började småprata med varandra medan de gick ut.

Martin satt kvar, och när han blev ensam med Nellie sa han:

"Jag har fått uppgifter om att det är kusinerna från Korsberga som satt igång med nya teknikaliteter."

"De har uppenbarligen kommit över sin sorg efter gamla Matilda. Jag hoppades att de skulle satsa på andra intressen. Husrenoveringen bådade gott."

"De är färdiga där ute. Dags att rikta in sig på stan. Och de lutar sig inte tillbaka med vad de har. Unga och ivriga. De kommer inte ta ett steg tillbaka när DX2:an kommer upp."

"Men vi kommer bromsa deras aktivitet, vad de nu är ute efter."

"Eller utmana dem att ta i ännu mer."

"Vi får se."

"Javisst, jag menade inte att du skulle ändra dig. Jag ville säga att de är unga och ivriga. De kommer begå misstag. Helikoptern kommer stressa dem lite till. När de tabbar sig är det viktigt att upptäcka det snabbt. Vara nära. Jag vill vara nära. Därför behöver jag röra mig lite fritt framöver."

Från att ha stått framför Martin, började Nellie gå fram och tillbaka. Efter en stund sa hon:

"Jag kan ta bort dig från det gemensamma systemet. Men jag vill veta var du är, jag vill kunna nå dig under varje arbetsdag. Du ansvarar direkt till mig resten av månaden, så får vi utvärdera. Se nu till att det förtroende jag investerar i detta inte blir lönlöst!"

"Självklart." sa Martin och verkade lättad över att få ge sig av.

12

Det fanns knappast någon kvar i Hjo som visste varför bostadsområdet kallades Biafra – kriget i den lilla afrikanska regionen var för länge sedan glömt. Man nöjde sig med att det lät utländskt, vilket passade bra, eftersom nästan alla som bodde där hade utländskt ursprung. Området omfattade grupper med avlånga flervåningshus och på senare tid allt fler villakvarter. Det sträckte sig från Hammarn i väster ner till Ringvägen som bildade gräns mot den centrala säkerhetszonen. Ett stadsdelscentrum hade bildats närmast Ringvägen. I en öppen rektangel med ålderstigna trevåningshus i tegel stod ett nyare höghus med åtta våningar. Hur det hade fått byggas var för de flesta ett mysterium, i en stad där ingenting fram till dess hade stuckit upp högre än fyra våningar, förutom kyrkans torn, silobatteriet och några skorstenar på industriområdet.

Nu stod den där som ett riktmärke för nya tider, Burj Biafra, som den kallades i folkmun, en ståtlig byggnad i glas och metall. På bottenplan låg några butiker och en mindre restaurang vars uteplats brukade vara ett välfyllt samlingsställe på sommaren. Hela andra våning upptogs av en moské. Ursprungligen fanns en vindflöjel på toppen av höghuset som var smyckad med en gyllene halvmåne.

Hos vissa grupper i stan väckte denna religiösa symbol missnöje, vilket också framfördes i därtill avsedda forum. Några uttryckte dock sina åsikter på självvalda forum, såsom husväggar, och underströk betydelsen av sina korta sentenser med brinnande bildäck. Sammantaget gjorde det ett sådant intryck på stadsledningen att man tog beslut om vindflöjelns avlägsnande, och inte bara det: i rättvisans namn lät man inkludera alla religiösa symboler över en decimeter i höjd och bredd som var synliga på offentliga platser.

Så kom det sig att stadshuset fick friare sikt mot söder när korset på Missionskyrkans tak på andra sidan gatan monterades ner, och att skuggan av Hjo kyrkas torn som föll över staden blev mindre med längden och bredden av ett kors. Efter dessa åtgärder i frihetens namn skrevs endast en kommentar på kommunens forum som i all välmening påminde om att de två korsen hade suttit på respektive plats ganska länge och därmed representerade ett visst historiskt värde.

Moskén i Burj Biafra drog i varje fall fullt hus denna första fredag i december. Imamen talade om händelserna i stan och uppmanade till att leva troget och stå upp för islam.

Efter fredagsbönen strömmade folket nerför den stora trappan och skingrades i allt mindre klungor, medan en grupp män tog hissarna upp till åttonde våning. Där följdes de åt fram till en dörr som gled upp framför dem. Innanför öppnade sig en rymlig lägenhet, tre rum i rad med fönstervägg mot öster, utanför löpte en lång balkong. Bortom hustaken, gatorna och träden såg man Vätterns vidsträckta yta och den östgötska randen vid horisonten med Ombergs upphöjda limpa i mitten. Ovanför hade dagen målat en gråvitrandig himmel.

Männen såg sig försiktigt omkring i lägenheten, men inte för att betrakta den överdådiga inredningen med persiska mattor, guldfärg och kristallkronor. De verkade söka efter någon.

Efter en stund frågade en medelålders man med breda axlar och stor mustasch: "Har han inte kommit in, Yussuf?"

Den tilltalade, en liten senig man med små, intensiva ögon och mörkgrått hår, svarade:

"Nej, han är inte här."

"Men du sa: vi skulle till han!"

"Jag sa att vi skulle träffas hos honom, i hans lägenhet."

Yussuf hade satt sig i en stor, röd sammetsfåtölj i mellersta rummet och nu samlades övriga närvarande kring honom med undrande blickar.

Någon frågade: "Han kommer inte?!"

"Vänta lite. Sätt er." De församlade slog sig ner i soffa och

79

fåtöljer, några stod kvar.

Mannen med mustaschen fortsatte: "Först han är borta. Det är lugnt. Vi vet: han är straffad. Vi väntar flera år, gör vardagsjobbet. Det är lugnt. Så kommer äntligen riktigt jobb, vi ska attackera prästens hus, så och så. Bra, vi förstår att Översten måste vara fri från kåken. Men kommer inga order. Vi låter kafirerna göra inbrytning på vårat område. Äntligen vi får meddelande: vi ska svara, vi ska spränga, vi ska inte skada person. Nu vi borde äntligen träffa honom!"

Yussuf lutade sig fram: "Översten värdesätter er lojalitet och lydnad under den gångna tiden. Det har inte varit lätt för oss utan vår sanne ledare. Men vi ska komma ihåg att det har varit mycket svårare för honom. Han vill inget hellre än att möta er, men vi får inte ta några onödiga risker. När det blir nödvändigt visar han sig. Fram till dess ska vi fortsätta att bevisa vår uthållighet, vår hängivenhet. Vi är en del av den Heliga Armén och vi underordnar oss."

"Alltid. Alltid!" hördes från flera. Några såg fortsatt skeptiska ut.

"Snart kommer det ett särskilt tillfälle, en tidpunkt som vår Överste har sett ut, då vi kommer tillfoga motståndarna stor skada. Föreningen kommer vredgas och de kristna sörja. För att vi ska lyckas behöver vi vara på vår vakt, osynliga ett tag men väldigt observanta. Vi måste vara välorganiserade. När signalen kommer ska insatsen ske med största precision."

Yussuf lutade sig bakåt i fåtöljen och registrerade nöjt den iver och förväntan som lyste i flera ansikten.

"Ni är beredda, ser jag. Ni vill sätta igång. Det finns en sak vi kan börja med redan i dag. Det gäller spaningsgruppen. Föreningen har uppgraderat sitt system, de är ute med nya drönare. De har ett försprång."

Yussuf ställde sig upp och gick mot ingången och stannade bredvid tre stora papplådor.

"De har ett försprång, så länge vi inte har ännu bättre utrustning. Det här är från Polen, ordnat av Översten. Med detta kan vi ta oss in, inte bara i stans system som hittills, utan också i Föreningens hela nya kommunikationsanläggning."

Några kom fram och började öppna lådorna, andra satte igång att prata med varandra. Yussuf lyfte på sin handled och viskade något i sitt armband. Snart slogs ingångsdörren upp och det kom in två självkörande vagnar med mat och dryck. Lampor tändes och mjuk, orientalisk musik hördes ur lägenhetens högtalare. Männen tog för sig och en allt behagligare stämning spreds i sällskapet.

I ett rymligt arbetsrum i en trävilla alldeles intill vattnet satt en man framför en bildskärm och betraktade sammankomsten på åttonde våningen. När måltiden tog vid, knackade han in några ord på sitt tangentbord. Han såg hur Yussuf rickade lätt efter att ha lyft upp sin handled och tittat på sitt armband.

Den ensamme mannen ställde sig upp och gick till fönstret. Han stannade vid fönsterkarmen och såg snett ut mot skymningshimlen över sjön medan fingrarna lekte med det gråspräckliga, mörka skägget på hakan. Efter en stund tog han några knarrande steg utmed en bokhylla till hörnet av rummet. Där satte han sig i en gammaldags fåtölj med rött sammetstyg, tände läslampan, öppnade en tjock, mörkgrön bok med sirlig arabisk guldskrift på pärmen och började läsa.

13

Bestickens skrammel blandades med det dova ljudet av samtal vid borden och behaglig bakgrundsmusik. Den som var uppmärksam kunde upptäcka melodier från olika adventssånger som vävdes in i improvisationen. Det hade varit Elias' idé att han och Joel kunde spela under en del av måltiden vid missionsträffen på Andra Advent.

Runt borden på Hamnkrogen satt ett tiotal personer till, förutom så gott som alla från förra söndagen. Enligt önskemål från förra träffen följdes kvällsmaten av ett samtal kring temat: "Hur det hela började". Luna och Leon hade förberett sig länge och väl för att kunna presentera skapelse och syndafall så som de beskrivs i början av Bibeln. Leon hade också passat på att rådfråga Stella om olika synsätt på Urhistorien.

Deras dialog var utformad som en intervju där Luna ställde frågor och Leon svarade. Det blev en intressant presentation med rapp ordväxling mellan ett engagerat par. Sedan var ordet fritt.

En ung man undrade hur man kan få ihop Bibelns historia om skapelse och syndafall med en vetenskaplig världsbild: "Enligt forskningen är den moderna människan ungefär trehundratusen år gammal. Och homo sapiens har utvecklats ur andra arter, vi själva bär också på gener från neanderthalare. Dessutom härstammar människan från sydöstra Afrika och inte från Mellanöstern. Dessa fakta är långt ifrån skapelseberättelsen, för att inte tala om syndafallet. Allt verkar ha utvecklats långsamt, allt är delar av en naturlig urvalsprocess, även hur vi ser på ont och gott."

"Ett sätt att få ihop synsätten är att tänka sig en pågående skapelse", kommenterade Leon, "alltså sträcka ut Bibelns skapelseberättelse i tiden. I den långa evolutionsprocessen skulle vi kunna spåra tidpunkten för människans skapelse till den första graven. Att begrava sina döda tyder på självmedvetande och förmodligen även gudsmedvetande."

Någon framförde tanken att ont och gott handlar om inlärning. När vi inhämtar kunskap från en som är god, blir vi goda, när kunskapen tas emot från en ond person, så blir vi onda. Gud och djävulen är symboler för dem som lär oss saker. Barn som växer upp i destruktiva miljöer får dåliga vanor, medan de som uppfostras väl fungerar också väl som vuxna.

En kvinna undrade då vem det är som bestämmer vad som är god uppfostran, och fortsatte: "Alla som har försökt uppfostra ungar vet att de reagerar olika på samma uppfostran. Barn verkar ha ett motstånd mot ordning och reda, ett medfött motstånd. Fast olika mycket."

En annan hade hört att man kunde uppfatta hela bibelberättelsen symboliskt, som en bild för varje människas utveckling: "Paradiset fanns i vår mammas mage, där vi omfamnades av total trygghet och fick allt vi behövde. Vid födelsen kastades vi ut till den här kalla världen. Här får vi kämpa för att överleva under en ständig hemlängtan. Adam och Eva som utmanas och frestas, det beskriver alla svårigheter som vi går igenom under vår uppväxt och mognad."

"En fråga som kan ställas", inflikade Leon, "är om en symbolisk tolkning tar ondskan på tillräckligt stort allvar. Vi kan uppleva hat, stöld och svek väldigt påtagligt som onda saker. Jag tänker att all mänsklig destruktivitet bäst förklaras med att nånting blivit fel, det kan handla om en ond makt som påverkar oss."

David tog till orda: "Om Edens lustgård är en bild för mammas mage, då är la himmelriket också någe världsligt. Då spelar det i slutändan ingen roll hur vi lever, det finns ingen slutlig rättvisa. Då är vi bara på väg mot graven. Så skulle det ju kunna va, men för mig är det en stor tröst att Bibeln berättar om ett riktigt framtidshopp."

En ung kvinna sa: "Jag känner inget framtidshopp alls. Och då tänker jag inte bara på mig här i Hjo eller på alla stridigheter i det här landet. När man hör om hur vackert Gud har tänkt ut allt skapat och så gett mänskan uppdraget att ta hand om jorden, då blir man ju deppad. Mänskan har bara förstört! Vi har utrotat de flesta djurarter som Gud skapat. Vi har spridit skräp och gifter i jorden, föroreningar i luften, havet är fullt av plast och radioaktivitet. Temperaturen stiger, vi ser fram emot ännu en vinter utan snö. Vi har upplevt de första helt isfria somrarna på Arktis. Havsnivåerna har höjts med nästan en halvmeter de senaste 50 åren. Vi har inte bara fördärvat vår omgivning, vi har sabbat för oss själva! Idag finns det så många epidemier och flyktingströmmar att man har tappat kollen. Många orkar inte bry sig. Det känns hopplöst! Hur ska det sluta? Låter Gud världen gå under?"

"Ja, förr eller senare går världen under." svarade en äldre man. "Jordens rotation saktar in, solens värme avtar. Vi lever under förgängliga villkor även om vi tänker på mänskligheten som ett kollektiv. Och ser vi mer individuellt på oss, så har vi inte mycket tid här på jorden. Då är slutet nära."

De församlade försjönk i funderingar, endast skramlet från köket hördes.

Det var Luna som bröt tystnaden: "Därför behöver vi ett hopp av annat slag! Det som David talade om."

Elias hakade i: "I slutet av Bibeln står det om en ny himmel och en ny jord. Allt ska förvandlas en gång. Gud gör allting nytt. Mänskor kommer få bo tillsammans med Gud och det ska inte finnas någon sorg och smärta mer. "

"Javisst", sa David, "antingen har vi mänskor grundlösa drömmar å fantasier om paradiset eller så finns det ett liv bortanför tiden vi får här."

"Om Gud finns", sa Elias, "så bör han ha ett hem, ett gudomligt hem. Och om han är gud, så kan han väl bjuda in oss dit också?"

Först blev det tyst igen, sedan började folk prata med varandra så smått, man vände sig till grannen och över bordet. Det höll på ett tag innan Leon klingade i sitt glas. Sorlet upphörde långsamt.

"Som ni ser", sa han, "är det intressant att fundera kring Bibelns berättelser, och det är också lätt att spekulera, särskilt om tidens början och slut. Det finns mycket vi inte vet, det finns delar av berättelser som verkar motsäga det vi vet, men vårt samtal här i kväll har också visat att det finns ansatser till lösningar på våra frågor. Om vi under en samtalskväll kan komma på möjliga lösningsförslag, då är det verkligen inte uteslutet att det finns tillfredsställande svar.

I Urhistorien som vi har diskuterat denna kväll, verkar vissa frågor lämnas öppna med vilje. Vi får till exempel inte reda på ondskans egentliga ursprung. Det som däremot beskrivs tydligt så småningom är hur Gud gör upp med ondskan. Om skapelse och syndafall kan vi konstatera att vi kan se och uppleva deras verklighet, men vi förstår inte när och hur.

Alla problem, alla frågor, all längtan riktas i den bibliska historien mot en punkt. Det som Gud gör när han sänder sin Son, Jesus. Han vänder på syndafallet, kan man säga. För hans skull finns det ett hopp om ett annat liv där godheten tar över, men också ett evigt liv efter döden."

"Vi har tänkt att ha ett möte till innan jul", tog Luna vid, "nästa söndag. Temat för det blir just Jesus."

"Som gäst har vi bjudit in Stella som är präst." fortsatte Leon. "Hon kommer intervjuas om julen, om vad det betyder att Jesus har fötts på jorden."

Kvällen avslutades med att Joel och Elias spelade och sjöng en gammal adventspsalm som de hade förberett. Den visade sig passa fint som avrundning och pekade fram mot nästa möte:

Han kommer hit, en mänskoson
Ur Fadrens rike fjärran från
Och gästa vill vår boning
Han kommer ned till jordens grus
Med evig kärlek, nåd och ljus
Och bjuder oss försoning
Ett sken är nu i öster tänt
Det är advent, det är advent

85

Några satt kvar efteråt och bad musikerna spela lite till. Luna och David slog sig ner för att prata med damen från Hammarn som hade bett om ett besök. Hon presenterade sig för dem som Emma och uttryckte sin glädje över att mötet skulle bli av. De kom överens om att ses hemma hos henne på onsdag eftermiddag.

De tänkte inte på att tala särskilt tyst, att någon vid bordet bredvid kunde vara intresserad av deras samtal. Där satt en man och drack öl. Han reste sig upp när de hade planerat färdigt. Med nöjd min tog han sin blåa jacka från tamburmajoren och gick ut.

14

Luna hade svårt att koncentrera sig i skolan denna onsdag. Hon försökte intala sig att det som väntade på eftermiddagen inte var så stort och farligt. Hon skulle bara besöka en tant. Dagdrömmarna som trängde sig på växlade mellan scener med henne som en banbrytande missionär, den naiva flickan i en pinsam situation och med olika sorters faror som lurade omkring henne.

När hon äntligen kom hem till Fyrvaktarevägen gick hon rakt till Leons rum och knackade på. Han snurrade runt i sin kontorsstol och mötte henne med ett leende. Hon tog några raska steg fram och satte sig i hans knä. De blev båda förvånade över denna plötsliga närhet. Hon ångrade sin påflugenhet och ställde sig upp igen, men han drog tillbaka henne och höll kvar hennes hand.

Leon tittade ner på deras händer, hans tumme rörde sig fram och tillbaka över hennes handrygg.

"Det har gått fyra veckor sen ni kom. Jag förstår att det är jobbigt att bli av med sitt hem, bo i ett gästrum under så lång tid. Med sin mamma… Men annars hade jag inte fått lära känna dig så här." Han såg upp på hennes ansikte, sedan ner igen. "Det här huset blir mycket trivsammare när jag vet att du är hemma. Jag ser fram emot varje måltid då jag får sitta vid samma bord med dig. Är jag själv i träningsrummet, tänker jag på hur du såg ut på de olika redskapen. När jag ville öva intervjun en extra gång, var det för att få vara ensam med dig igen."

Leons hand släppte hennes hand och gled över till hennes lår, skickade värmeböljor genom hennes kropp.

"Jag har blivit rastlös av alla tankar på dig, Luna."

Det blev tyst ett tag, Luna hade inga ord som kunde mäta

87

sig med dem hon hade hört. Deras nedböjda huvuden nuddade vid varandra, handen på låret, tummen som rörde sig långsammare. Det var en tystnad som bar på något hemlighetsfullt, de stilla sekunderna vid ett vägskäl, medan beslutet tar sats för att få kroppen i rörelse åt ett visst håll.

"Jag tycker inte att du ska gå på det där mötet idag." sa Leon.

Luna lutade sig fram som för att försöka möta Leons blick. Sen ställde hon sig upp med ett ryck.

"Jasså, det var det här du ville få sagt!"

"Nej, jag menade allt jag sa!"

"Men om jag ska vara med dig, måste jag ställa upp på det du vill?"

"Jag är orolig för dig, jag är rädd om dig."

"Du tror mig inte om att kunna klara av det här steget."

"Jo, men jag tror inte att det är rätt steg att ta!"

"Du stöder inte saken. Men jag måste göra detta, det är mitt uppdrag!"

"Luna..." vädjade Leon, men hon vände om och gick ut, han hörde hennes hastiga steg nerför trappan.

Leon stampade till i golvet och vände runt stolen. Han lutade armbågarna mot skrivbordet och begravde ansiktet i händerna.

När han gick ner en halvtimme senare, satt Luna bredvid Joel vid köksbordet. Joel skruvade på en drönare som låg framför dem och förklarade någonting. När han såg Leon komma, sa han:

"David och Elias kommer och hämtar oss snart. De släpper av oss lite innan: Elias och jag ska röra oss i närheten av Emmas hus. Om mamma och pappa undrar, kan du väl säga att vi förbereder något inför nästa missionsmöte. Det är delvis sant. "

"Jaha, du ska fortsätta leka vaktbolag med din drönare, som du alltid gjort." Leon vände om och gick.

"Va?" höjde Joel rösten, "var det inte du som var så mån om deras säkerhet?"

88

"Bry dig inte om honom!" klappade Luna på Joels underarm.

"Vad har hänt?" vände sig Joel till henne.

"Du vet att han inte vill att vi ska göra det här."

"Men du vill fortfarande?"

"Aa."

En signal hördes från Joels armband. "Då får vi ge oss av. De är strax här."

Sida vid sida gick de ut från villaområdet och ställde sig vid Karlsborgsvägen, lagom till att Davids stora bil anlände. De satte sig i varsin fåtölj bakom ett litet bord mitt i bilen och dörren gled igen. David och Elias vände sina framsäten mot bordet också. David sa adressen och angav hastigheten "långsamt".

"Så vi hinner språka lite." förklarade han.

Nästan obemärkt började bilen sin färd, ett behagligt upplyst rum som gled genom den disiga vinterskymningen under gatlyktornas sneda ljuskäglor. I mörkret omkring lyste juldekorationer i olika färger, här och där en stjärna i något fönster. Efter avstämning om platser där de skulle skiljas åt och återses, tystnade de. En högtidlig, spänd förväntan la sig över sällskapet. När de hade lämnat rondellen närmast Burj Biafra och hunnit ett stycke västerut på Skövdevägen saktade bilen in, efter att David sagt till den att stanna.

Joel tog sin ryggsäck och hoppade ut tillsammans med Elias. De såg sig om innan de skyndade över gatan för att gena över till Hammarn. På väg att vända in bland villorna stannade båda till och tittade efter Davids bil när den hade passerat.

"Du ser vad jag ser." sa Elias.

"Bilen efter håller samma avstånd."

"Och den stod på samma avstånd när vi stannade."

"Och körde iväg samtidigt."

"Det är en sån där sport-Saab, va?"

"Ja, en Retro, manuell, men har säkert follow-funktion också."

De satte av in på en tvärgata.

"Ska vi meddela?"

"Ja, det är nog bäst."

"Eller blir de skärrade?"

"Det blir de nog, Luna bör inte få reda på det. Hon kanske blir rädd och gör nåt dumt?"

"David också, kanske?"

"Vi berättar efteråt."

"Men vi måste hålla koll på förföljarna!"

"Så att vi kan larma om något skulle hända."

"Eller gripa in."

De började springa. Joel tog täten med långa kliv, Elias rappade på med snabba steg.

Hammarn med sina tättstående trähus genomkorsas av några gator och många små gångar. Husen bildar rader eller står samlade kring små gårdar. Här och var finns också parkeringsplatser insprängda. Till en sådan anlände Joel med den flåsande Elias i hälarna. De saktade in vid en husknut och kunde urskilja Davids bil som stod parkerad. Saaben syntes inte till. En kvinna med två hundar i koppel mötte dem och försvann in på den gångstig som de kommit ifrån. Någonstans slog en dörr igen. Himlen var nu helt mörk, gatlampornas punkter, ljusslingornas formationer i trädgårdarna och fönstrens upplysta fyrkanter skapade ett mönster ögonen drogs till, skapade kontrast mot dunkla partier emellan som blicken inte kunde tränga igenom.

"Kom vi försent?" viskade Elias.

"Vi kollar huset!" föreslog Joel.

De korsade parkeringen och följde gatan som ledde från den. På båda sidor låg små trädgårdar, och man såg husens konturer bakom fruktträd och lekstugor. De gick utmed en hög häck på den mörka sidan utan trottoar. Joel pekade mot ett upplyst hus på andra sidan. De skulle just ta ett steg ut för att korsa gatan när en gestalt dök upp ur diket längre fram och skyndade bortåt. Joel och Elias följde efter på sin sida. Vid slutet av gatan som mynnade ut i en större väg, saktade de in. Där hann de precis se hur personen de följt hoppade in i en bil som genast körde iväg. Det såg ut att vara Saaben de sökt efter.

15

David och Luna befann sig i ett ombonat vardagsrum hemma hos Emma. De var omgivna av en brokig liten skara, samlad i en ganska trång och ojämn ring. Förutom Emma som höll på att servera te, var hennes son och dotter närvarande, båda i fyrtioårsåldern. Dotterns man hade slagit sig ner i en fåtölj. I soffan satt två arbetskamrater till sonen, en grannkvinna i den andra fåtöljen, på en pall bredvid: hennes barnbarn, en tjej i Lunas ålder. Som en utbuktning på cirkeln, på en bänk från köket, hade ett medelålders par med utländsk bakgrund tagit plats. Emmas val att bjuda in dem hade tidigare blivit ifrågasatt av hennes dotter, så nu passade Emma på att berätta om hur de hade mötts. Det visade sig att denne korte man med mörkgrått hår var en bekant från Emmas tidigare arbete. De hade stött ihop några dagar innan mötet och börjat prata. Så småningom undrade han om inte hon hade deltagit på missionsmötet på Hamnkrogen som alla pratade om. Berättade att han och frun var intresserade men inte vågade delta.

"Då var jag glad att kunna bjuda in dem hit!" Emma ställde ifrån sig tekannan och slog sig ner. "Varsågoda att ta av kakan!"

Fikastunden kom igång försiktigt, lågmälda ord utväxlades mellan grannar medan man tog för sig och sneglade mot andra sidan ringen.

Emmas dotter var först med att höja sin röst för att ställa en fråga till Luna:

"Hur kommer det sig att ni är kvar i stan? Ert hus blev vandaliserat, sen har några i er församling blivit misshandlade. Men du och din mamma är kvar. Eller är ni på väg att flytta, kanske?"

"Vi har funderat på att flytta, men än så länge är vi kvar. Det är också tack vare familjen Högberg, som vi får bo hos. Jag vill gärna stanna. Självklart har vi blivit mer försiktiga. Medan vi är här tillsammans med er så finns Joel Högberg och hans kompis någonstans i närheten för att hålla koll och larma om det skulle behövas."

"Hoppas vi undgår uppmärksamhet", fortsatte Emmas dotter och tittade omkring på de närvarande, "att inte fel personer har fått reda på om det här."

Mannen som var arbetskamrat till sonen fortsatte: "En ny våldsvåg verkar ha börjat. Vi har lärt oss hur man ska reagera: dra öronen åt sig ännu mer, gömma sig för att skydda sitt, för att försöka vara så osynliga som möjligt. Men ni går ut och bjuder in till möten på stan."

Kvinnan intill honom tog vid: "Varför gör ni er besvär egentligen?"

"Vi tänker att det goda vi tror på måste bli synligt." svarade Luna. "När det blir mörkare omkring oss är det viktigt att det finns såna som tänder ljus", försökte hon citera något hon hört från sin mamma.

"Ni vill sprida ert budskap." sa Emmas dotter.

Luna blev svarslös. Emma rynkade pannan mot sin dotter. David fortsatte:

"Det är klart att vi tror på vårat budskap, annars vore det la konstigt. Vi vill berätta ett budskap om fred och frid. Men det är för att vi har förstått att alla behöver det, vi vet att vi själva behöver det."

"Vad är det som gör er så speciella att ni kan berätta om den sanna friden?" undrade Emmas dotter och fick åter en sträng blick av sin mamma.

"Inget." sa David. "Det är inte vi som är märkvärdiga på något vis, utan ljuset, kan man säga. Vem som helst kan bära ljuset. Vi är här för å lämna över, så det sprids vidare."

"Kan ni inte berätta lite mer om ljuset och friden!" önskade Emma.

"Ljuset är Jesus." David tänkte efter mellan varje mening. "Det står i Bibeln att Jesus är ljuset som kom till vår mörka värld. Han kom från Gud med budskap om fred. Av Jesus får vi riktig frid. Han visar hur mycket Gud älskar oss. Litar vi på att Gud älskar oss, orkar vi vara mer kärleksfulla mot varann. Inte så ängsliga och rädda om vårat egna. Vi sprider frid och fred."

"Visst vill man ha frid och kärlek", sa Emmas granne, "och gärna ge det till andra också. Men jag förstår att det är mer komplicerat. Med Gud och Jesus. Det är väl det ni pratar om i kyrkan?"

Luna lutade sig fram på sin stol: "I kyrkan handlar det om Gud och Jesus, ja. Men vi pratade om Gud på Hamnkrogen också, och nu gör vi det här. Kyrkan är inte bara byggnaden, egentligen inte byggnaden alls, kyrkan är alla Guds vänner, de som vill det goda, de som gör det goda. Jag tänker att vi är som en liten kyrka när vi sitter tillsammans och pratar så här." Hon gjorde en handrörelse runt mot deltagarna.

Det blev tyst.

Emma lade sitt huvud på sned: "Mitt lilla hus, en kyrka! Det var fint!"

Grannen skruvade på sig: "Vackert, visst, men du får ursäkta Emma, det låter lite futtigt. Det krävs mer för att vara kyrka: präst och sån där måltid och prat om Bibeln…"

"Visst finns det mer", sa David, "men det är nog så här det börjar, ser ni. För hur tror ni dom började innan man byggde stora kyrkor? Jo, man samlades hemma hos folk. Det var enkelt. Och då kunde dessutom alla va med, kvinnor ock, som på den tiden inte kunde gå vart som helst."

"Men man blir knappast medlem i kyrkan för att man har varit på ett sånt här möte?" invände grannen.

"Det kanske är ett första steg?" sa Luna. "Jag tänker så här: För varje person som vill komma närmare Gud, så blir han bara glad. Han är inte den som säger: Vänta, stopp, du får inte vara med! Han utesluter ingen som vill vara med. Men han tvingar inte heller någon. Det är alltid ett erbjudande. Du får gärna ta ett steg till när du önskar, när du känner dig mogen. Och det går också att ta ett steg tillbaka, när som helst. Som i en vänskap."

"Det låter lite flytande, lite otydligt." tyckte Emmas son.

93

"Nånstans är väl tron på Gud alltid lite otydlig utåt", menade David, "tron är nåt personligt, mellan mig och Gud. Sen finns ju dopet om man vill ha nåt handfast. Det är nåt tydligt. Och nattvarden, en påminnelse, nåt å smaka på."

"Och sånt gör man i kyrkan", sa sonen, "döper och äter måltiden!"

"Det är förstås praktiskt med en större byggnad", fortsatte David, "där kan många samlas till dop och nattvard, där kan man rikta in sig på gudstjänsten, sjunga och be och lyssna på undervisning. Alla vet vad som gäller."

Det medelålders paret med utländsk bakgrund hade hittills suttit uppmärksamma och lyssnat. Nu tog mannen till orda medan han såg sig omkring med sin intensiva blick:

"Jag tänker att byggnaden är en speciell samlingsplats. Det är bra att be till Gud i hans hus."

Några höjde på ögonbrynen. Mannen fortsatte:

"Man kan förstås be överallt, men att be i Guds hus regelbundet, det är något speciellt. Ja, ni förstår kanske att vi har muslimsk bakgrund, min fru och jag. Men vi är här för att vi är intresserade av kristen religion. När jag mötte Emma och hörde om detta hemliga möte tänkte jag att det måste vara Guds vilja. Här kan vi vara med. Annars är det svårt för oss att möta kristna och prata öppet om religionen. Det har varit väldigt intressant för oss att lyssna."

Frun nickade och mötte Lunas blick med sina stora, mörka ögon. Några tittade menande på varandra, skruvade på sig. Mannen fortsatte:

"Jag förstår att ni reagerar, vi har haft många motsättningar där de som menar sig vara riktiga muslimer har terroriserat folk i den här stan. På flera håll är det spänt läge mellan muslimer och kristna. Vi som är intresserade kan bara möta er i hemlighet. Men konverteringsvågorna i Iran, Irak och Syrien började också med hemliga möten."

"Konvertering, det har jag hört från metallindustrin, men jag antar att det handlar om något annat här?" sa mannen som var arbetskamrat till Emmas son.

"Ja, här gäller det omvändelser", svarade David, "när man lämnar en religion för en annan."

"Vi har en man med syriskt ursprung i församlingen", fortsatte Luna, "som berättat att många muslimer har blivit kristna i Mellanöstern. När kristna börjar mötas, får de ofta göra det i hemlighet. De riskerar förföljelse, fängelse, de riskerar sina liv. Men på många håll har de hållit ut och blivit allt fler, till och med i majoritet, och förföljelserna har upphört."

"Vem kunde tro", suckade Emma, "att vi skulle sitta på ett hemligt möte här i lilla Hjo!

"Vi har i varje fall mötts!" sa David.

"Det är aldrig hopplöst!" sa Luna.

"Vi kan träffas igen!" sa mannen med muslimsk bakgrund. "Och", fortsatte han, "min fru och jag vill bjuda in er."

Frun nickade. "Vi har ett hus här på Hammarn också, längst ner på Slingervägen, och det skulle vara en ära för oss om ni ville gästa vårt hem."

De andra såg skeptiskt på varandra.

"Det kan vara klokt att inte mötas på samma ställe två gånger i rad." vände sig mannen mot Emma. "Sen kan vi kanske vara här igen?"

"Ja, vad säger ni?" såg sig Emma omkring. "Varför inte?"

"Tack för inbjudan!" sa Luna. "Det vore fint att komma hem till er!"

"Vi ska bara kolla", fyllde David i, "hur vi har det i vår lilla missionsgrupp. Vi skulle ta en träff till å börja med, sen utvärdera. Julen står för dörrn, det är mycket å göra."

"Det har vi säkert alla", sa mannen, "och därför kan det bli skönt med ett litet avbrott i förberedelserna, låt säga, kvällen före julafton. Ni kan släppa allt en stund, komma till oss, min fru bakar goda kakor, och så kan vi fortsätta det intressanta samtal som vi har haft idag!"

Hans fru nickade.

16

Dagen efter, tidigt på eftermiddagen, satt Stella vid köksbordet på Fyrvaktarevägen och planerade söndagens gudstjänst. Denna torsdag, fyra veckor efter inbrottet, var hon inte ensam i huset, eftersom Leon studerade hemma. De hade avverkat varsitt träningspass på morgonen, numera en rutin även för Stella. Efteråt konstaterade hon att de senaste veckornas idoga träning gett resultat: en nedgång med nästan fem kilo. Stella lagade lunch som de åt tillsammans, för övrigt satt Leon på sitt rum.

Stella kände sig mer tillfreds än på länge. Hon var nöjd med missionsgruppens insatser de två gångna söndagarna. Hon hade även fått erbjudande om en passande insatslägenhet som höll på att bli ledig. Det var en del saker som behövde klaffa, bland annat husförsäljningen, men utsikten gav henne tillförsikt. Gud verkade ha visat vägen. Allt tydde på att hon och Luna kunde stanna i Hjo ett tag till, och inom rimlig tid skulle hon få stå på egna ben igen.

Arbetet med predikan flöt på bra, hon var nästan färdig när rösten i hallen förkunnade: "gäst passerar in på området". Luna anlände och Stella började duka fram fika för fyra. Snart hördes Joels signal och Stella skickade Luna för att bjuda ner Leon till köket. Det blev en ganska tyst fikastund. Ungdomarna svarade på Stellas frågor om hur dagen hade varit men kommunicerade knappt med varandra. När de tre hade dragit sig tillbaka till sina rum funderade Stella på varför Luna inte satte sig bredvid Leon som hon brukade.

"I kväll måste jag fråga henne om vad som har hänt!" lade hon på minnet medan hon plockade undan. Hon sparade predikoförberedelserna och bläddrade på sitt blad mellan psalmerna som kantorn hade skickat som förslag. Nynnade på en av adventsmelodierna när Theos ankomstsignal avbröt henne.

"Du är tidig. Vill du ha fika?" log Stella, när han kom in i köket.

"Nej tack, inte idag." svarade han. "Jag behöver röra på mig. Jag ska ta en runda på Sanna."

"Men det är mörkt ute." sa Stella.

Theo klev fram, ställde sig bredvid Stella och tryckte en papperslapp i hennes hand medan han sa:

"Elljuset fungerar numera. Jag ger mig av direkt, så jag hinner förbereda maten sen."

Stella satt kvar och försökte komma på varför hon fått lappen. Hon bestämde sig för att gå ner till badrummet och titta på det där. När dörren var låst satte hon sig på toalettstolen för att låtsaskissa, rev loss en ruta toalettpapper, först då tittade hon ner i sin hand och läste:

Kom och möt mig! Jag väntar där elljusspåret börjar.

Plötsligt blev hon varm. Nu kissade hon verkligen och släppte lappen i toalettstolen tillsammans med toapappret.

"Någonting har hänt", tänkte hon, "det har med vår säkerhet att göra. Säkerhetskamerorna är kapade. Eller så är det något med Nellie. Eller vill han *mig* något?"

Hon ställde sig framför spegeln, borstade det mörka håret och strök lite parfym bakom öronen. Tittade in i gästrummet bredvid och sa att hon skulle gå ut en sväng för att ta lite frisk luft. Luna såg överraskat på henne och undrade om hon inte mådde bra.

"Jodå", sa Stella, "jag har bara suttit länge och blivit dåsig."

Hon tog på sig ytterkläderna i ilfart och skyndade ut på gatan, bort mot gångstigen som ledde ut från stan med villaområdet på ena sidan och industribyggnader på andra. Några minuter senare skymtade elljusspårens lampor fram mellan träden på Sannaområdet. Den raska promenaden i motlut hade gjort henne andfådd, nu saktade hon in för att inte verka för ivrig. Samtidigt var hon nöjd med att ingen mött henne på vägen. Hon gick fram till själva spåret och stannade på det mjuka underlaget vid en lyktstolpe för att synas. Träden stod stumma i den stilla decemberluften. Hon hann börja undra hur farligt detta egentligen var, när Theos resliga gestalt blev synlig. Han kom gående på spåret.

"Hej! Tack för att du kom!" hälsade han. "Ursäkta hemlighetsmakeriet, det var på grund av kamerorna. Du vet säkert…"

"Ja, jag misstänkte att kameror kunde finnas. Jag var diskret. Spolade ner lappen i toaletten."

"Det var klokt. Fast i badrummen finns inga kameror."

"Vad bra. Men vad är det som pågår?"

"Kom", sa Theo, "vi kan väl röra på oss lite."

Med ett varsamt tryck mot hennes rygg visade han åt vilket håll de skulle gå. De promenerade sida vid sida och Theo började berätta:

"Jag ville inte prata med dig framför kamerorna. Jag borde ha berättat tidigare. Nellie med sitt jobb och sin bakgrund, hon har velat ha övervakning hemma. Vi kom överens om säkerhetskameror utan ljudupptagning, fast inte i badrum eller sovrum. Men i gästrummet finns en. Jag skäms att vi inte har talat om det. Det är bara vi själva som kan kolla och inspelningen sparas tre dygn när vi inte är bortresta. Jag tittar aldrig. Men för några veckor sen, när du och jag fikade så hade Nellie kollat."

"Det är väl inte så farligt", sa Stella, "vi är gäster, och det är ganska givet att säkerhetschefens villa är övervakad. Men tack för att du berättar nu!"

Theo gick vidare och Stella förstod att han hade mer att säga.

"Nellie tyckte att vi såg ut att ha det trevligt i soffan. Och hon menade att jag tog ditt parti när vi diskuterade missionsgruppen på församlingsmötet. Båda stämmer ju. Inget av detta är konstigt i sig, tänker jag, men Nellie är lite känslig."

"Förståeligt", sa Stella, "hon har en främmande kvinna i sitt hem. En ensamstående kvinna som finns där varje dag och rör sig i de privata rummen. Ni kan aldrig riktigt slappna av."

"Jag kan", sa Theo, "men Nellie har svårt att slappna av över huvud taget. Faktum är att det för mig är svårare att koppla av med henne nuförtiden än tillsammans med dig."

Stella tyckte att det var skönt med mörkret omkring dem, för nu blev hon varm om kinderna. Theo fortsatte:

"Jag har funderat på om Nellie har skäl att vara svartsjuk. Hon har aldrig varit en lätt personlighet. Hon har haft sin stora livskris med olyckan, och från början tyckte jag nog att det var spännande. En utmanande kvinna på många sätt. Att hon var något år äldre gjorde att jag såg upp till henne. Jag var smickrad av allt som jag kunde betyda för Nellie, också när det gällde tron, jag fick vara med och lotsa henne in i församlingen. Det ena gav det andra, och vi har varit så upptagna av nästa sak som skulle hända hela tiden, studier, bröllop, arbete, hus och barn. Inte minst arbetet. De senaste åren har våra jobb slukat oss, jag har lagt mycket tid på mottagningen och hon har blivit säkerhetschef. Hon har behov av att betona sitt viktiga uppdrag för mänskors säkerhet och trygghet, för stan, för samhället. De här fyra åren som chef har gjort henne allt mer självsäker och hård. Hennes inställning har känts mer och mer främmande. Särskilt sen du och Luna kom. Det är som att vakna till, jag ser mitt liv ur ett nytt perspektiv."

"Vår närvaro har fått dig att tänka efter."

"Ja, och eftertanken har gjort mig frustrerad. Nellie och jag är egentligen ett väldigt omaka par. Jag kan undra vad vi behöver varandra till. Nu när barnen börjar bli stora. Jag vet inte på vilket sätt hon är fäst vid mig. Hon har blivit så okänslig. Eller så har jag fått större behov av ömhet. Vi har vant oss båda två att det är hon som bestämmer, men jag har fått sån lust att säga emot, få henne inse att så mycket har hänt på hennes villkor hela tiden. Jag längtar efter en ömsint famn. Jag behöver en förändring. Har börjat fundera på hur jag skulle göra ifall jag fick börja om, med den erfarenhet jag har idag."

Theo stannade till: "Ska vi vända om?" Stella förstod att han hade hunnit sätta ord på de tankar som hade hopat sig hans huvud. De började gå tillbaka. Efter en stund sa hon:

"Du visar mig stort förtroende, Theo Jag förstår att du måste ha haft en viss kamp de senaste veckorna, du har säkert grubblat och planerat inför det här samtalet. Du ska veta att det är svårt även för mig, för jag har lyssnat med öron som tillhör olika roller: gästen som ni har tagit er an, er vän, eller framför allt din vän måste jag säga. Jag är även församlingsprästen, det går inte komma ifrån, även om jag inte ser det här som ett själavårdssamtal. Jag får tillstå att jag även har lyssnat som den kvinna jag är."

"Du får gärna kommentera det du har hört."

"Som gäst känner jag att vi har inkräktat hos er och orsakat en oro. Det känns inte bra gentemot Nellie som dessutom har hjälpt oss så mycket. Som vän är jag glad att jag har fått lära känna dig närmare och jag hoppas att jag kan stötta dig genom vår vänskap. Vem vet, det kanske finns något gott i att vår ankomst har fått dig att stanna upp, tänka efter och prata med mig?"

"Ja, vem vet…" mumlade Theo.

"Som själavårdare är jag mest en lyssnande medvandrare som är rädd om förtroendet, som behöver fundera på var Gud kan finnas mitt i det här, vad som är hans vilja."

"Mm, Guds vilja. Och som kvinna?" stannade Theo till, de hade hunnit tillbaka till utgångspunkten. Under hela samtalet hade de rört sig, nu blev det tyst. De stod vid lyktstolpen och såg på varandra i lampskenet.

"Och som kvinna, hur känner du?" Det fanns en angelägen ton i frågan som suddade ut den sista rest av tveksamhet hos Stella inför hans avsikter.

"Theo, du är en fin man. Därför är det uppmuntrande att få känna din tillgivenhet. Jag är väldigt privilegierad som får leva så nära dig just nu."

Theo lyfte sin hand och smekte Stellas kind långsamt. Hon blundade. Sedan började han springa ut på asfaltsgången och ropade tillbaka:

"Vi ses därhemma!"

På kvällen, när invånarna i villan på Fyrvaktarevägen dragit sig tillbaka till sina sovrum, satt Luna i nattlinne med fötterna uppdragna på soffan där hon hade sin sovplats. Hon hade skärmglasögon på sig och öronsnäckor i öronen. Stella kom in i gästrummet med sina kläder under armen, efter att ha bytt om för natten i badrummet. Hon började gå runt i rummet och kolla väggarna tills hon nöjt konstaterade var kameran var placerad. Den satt i hörnet ovanför Luna. Hon släckte så att det blev ganska mörkt i rummet, endast en liten lampa lyste på nattygsbordet vid hennes säng. Så slog hon sig ner på kanten bredvid Luna. Efter en stund klappade hon henne på knät. Luna tog ut ena hörsnäckan ur örat.

"Ber dig pausa det du tittar på, så vi kan prata lite innan jag går och lägger mig."

"Vad vill du prata om?"

"Hur du har haft det idag."

"Bra."

"Ni var så tysta vid fikat… och det var inte särskilt muntert vid kvällsmaten heller."

"Ibland kan man inte vara så munter."

"Har det hänt nåt särskilt mellan dig och pojkarna?"

"Det har hänt en del."

Stella bet sig i läppen och det blev tyst ett tag. Så drog Luna ut den andra örsnäckan och tog av sig skärmglasögonen. Suckade och sa att det är en lång historia. Stella nickade. Luna började berätta om gårdagens möte på Hammarn, och Stella blev förvånad. Hon fick höra hur missionsgruppen hade fått förfrågan från Emma, hur meningarna hade gått isär om hemlighållandet. Luna sa inte mer än att Leon försökte hindra henne från att delta och att Joel vaktade under mötet tillsammans med Elias. Hon berättade också om deltagarna, om vilka frågor de ställde.

"David och jag turades om att svara." avslutade Luna. "Det blev lyckat!"

"Det låter fint!" nickade Stella.

"Du är inte arg?"

"Nej. Jag är mer förbryllad. Hur Gud kan ta över och låta saker ske. När vi vågar ta steget ut. Ni vågade."

"Det är spännande." Luna tog sin mammas hand. "Men de

är lite rädda också."

"De vågade inte komma till Hamnkrogen på träffarna." funderade Stella.

"Och det är något mer som Joel och Elias upptäckte."

"Vadå?"

"Någon har snokat kring Emmas hus medan vi var där." Nu såg Luna oron tändas i sin mammas ögon. Hon fortsatte: "Det var en man som var på baksidan. Han smög iväg och blev hämtad av en bil. Mer vet vi inte."

Stella tog ett djupt andetag.

"Men vi ska vara på ett annat ställe nästa gång." slank det ur Luna.

"Nästa gång?"

"Det där paret som jag berättade om", tvingades Luna förklara, "med muslimsk bakgrund, de har bjudit hem oss alla till sig. De bor också på Hammarn."

"Oj! Det låter inte så bra. När hade ni tänkt att det skulle ske?"

"Dan före julafton."

"Det låter inte bra! Det hör du själv, eller hur? Ett muslimsk par som du knappt vet namnet på. I juletid. På Hammarn."

"Vilka fördomar, mamma! Och alla de andra kommer! David är med! Joel kommer vakta igen! Du ser att han upptäckte att någon var i närheten!"

"Men vi vet inte vem som spionerade på er. I dessa tider, efter det som hänt med vårt hem, med Felix och Julia, skjutningar i stan..."

"Och nyss pratade du om vad Gud kan göra. Om vi vågar!"

"Ja, men det finns gränser. Vi får inte bli dumdristiga. Man ska inte sätta Gud på prov! Jag är rädd om dig. Det finns andra sätt..."

"Nu låter du som Leon. Och jag som berättade allt för dig!"

Efter en stunds eftertanke frågade Stella: "Är *du* inte rädd?"

"Nej, faktiskt inte. Jo, lite. Men jag vill det mer än jag är rädd."

"Du är ärlig. Det är bra."

"Du vet, mamma, igår i skolan, innan jag visste vad som väntade, då tänkte jag att det här kanske var dumt, att jag inbillade mig att jag skulle göra nåt viktigt. Men nu tror jag verkligen att det var viktigt. Och nu har jag träffat de här mänskorna och de vill träffas igen för att det betyder nånting. Du måste ha känt nåt sånt när du ska förbereda en gudstjänst för mänskor som är intresserade."

"Mm. Vi får fundera vidare, om det finns något säkert sätt."

"Du kan väl be för det, mamma!"

"Du vet att jag ber för dig varje dag. Men nu ska jag sova, och det kanske vore bäst för dig med, det är skola i morgon."

Till Stellas förvåning lade Luna ifrån sig skärmglasögonen och kröp ner under täcket. Stella passade på att klappa sin dotter på kinden och kysste hennes panna. Hon hade god lust att lägga sig bredvid, men gick till sin egen säng. Väl nerbäddad, lampan släckt, var det som om någon smekte hennes ansikte också. En tår rullade ner på kudden.

17

Samma torsdagskväll steg mannen med den blåa jackan in på Föreningens kontor på industriområdet. Med sig hade han en kepsklädd person med grå mustasch och hästsvans: Martin. Mannen hängde av sig sin jacka bredvid ingången, tände lampan vid soffgruppen och bad Martin slå sig ner. Martin ställde sig framför den stora flaggan med det broderade F:et, tittade på den ett tag. Sedan föll hans blick på skärmarna nedanför med frysta bilder, den ena en karta över Hjo med prickar i olika färger, den andra fyra rutor med varsin bild, som såg ut att vara tagna i Hjo.

"Det är alltså här de håller till nuförtiden, de vackra kusinerna från Korsberga!" klev Martin fram till en fåtölj och satte sig.

"Yes, men de är sällan här. De låter mig vara bossen i city." Den flintskallige mannen pillade med sitt armband tills det började höras musik i bakgrunden.

"De ser säkert att du sköter dig. Du är viktig för dem. Du var med på Hamnkrogen och fick reda på om mötet igår. Därför lyckades vi med spårningen och inspelningen."

"Vi spårade deras möte, vi monterade mikrofonen men vi fick ingen great information. Det vanliga religiösa snacket, that's all."

"Och när och var de möts nästa gång!"

"Yeah, då kan vi höra ännu mer yakety-yak."

"Det är mer! Igår kväll lyssnade jag på inspelningen en gång till, för när du och jag satt och hörde på allt, var det något som fastnade hos mig. En röst mot slutet. Den rösten var bekant. Jag lyssnade om och om igen, men kunde inte komma på var jag hade hört den. När jag gick och la mig slog det mig plötsligt: det är Yussuf. Det var så oväntat, så felplacerat..."

"Yussuf, den gamle räven!"

"Du ser, vi får inte underskatta Armén!"

"Jäkla shocking."

"Ja, å ena sidan är det upprörande att de faktiskt kommit närmare än vi. Å andra sidan visar det här att vi är på rätt spår. Dessutom är det inte säkert att de vet att vi vet. Men vi vet att de vet. "

"Va?"

"Vi vet allt. Men Armén kanske inte vet att vi jobbar på samma spår. De kanske tror att de kan jobba i lugn och ro med det här."

"Men det kan de inte. För vi vet om deras planer!"

"Just så. Vad är det vi vet?"

"Att de ska träffas igen."

"Var?"

"På Hammarn. Hemma hos... Yussuf. Han bor väl knappast på Hammarn!?"

"Eller hur? De har ordnat en adress. Det är nog nån annan som spelar hans fru också. Hans riktiga sitter säkert hemma och leker med barnbarnen medan han är på möte. "

"De har preppat."

"Ja, men vi har lite tid att förbereda också. Dan före julafton är mötet, det är en tisdag om tolv dar. Du sa att ni hade något på gång mot den här gruppen."

"Top secret. Det är inget vi vill ska komma ut."

"Det utgår jag från. Det vi gjorde igår ingår väl i detta? Vi har funnit tillbaka till varandra riktigt bra, du och jag, eller hur?"

"Okej, så här är det", mannen strök med handen över sin kala hjässa, fram och tillbaka, "Vilja och Minna har gett order om att vi ska avlägsna pastorsdottern."

Martin lutade sig långsamt fram i fåtöljen och knäppte händerna: "Mörda Luna?"

"No, no! Bara kidnappa flickan lite!" skrattade mannen. "Vi ska bara skrämma dem." Han smällde till på sin hjässa. "Du sa efter attacken mot deras hus att de säkert flyttar. De verkar behöva mer hjälp att lämna stan, så vi ska ge dem a helping hand."

Martin lutade sig tillbaka i fåtöljen igen: "Javisst, listigt tänkt."

"Eller hur? Och, by the way, dagen före julafton vet vi var hon kommer vara, vi kan preppa allt safe."

"Bra idé, man ska inte göra sånt förhastat." Martin tittade på sitt armband, reste sig upp och sa: "Jag måste vidare. Vi kan väl mötas igen snart, det här är en bra plats att planera på. Jag ser att du har tillgång till fin utrustning…"

"Ja, vi har great instruments." ställde sig mannen upp. "Fast, måste medge att jag inte är bra på att sköta dem. Men vi har folk som är clever. Och vi har nya grejer på gång… nya stridsföringsprogram på webben."

Han tog på sig sin jacka och öppnade dörren för Martin. "Man måste hänga med hela tiden."

De två männen lämnade rummet. "Det senaste som ska vara på gång är nåt, kind of, submarinalt program, som talar till det undermedvetna."

Martin stannade till: "Subliminalt program?"

"Yes, det var så de hette!" vände sig mannen mot honom.

"Har ni nåt sånt på gång, säger du?"

"Vi har det inte än, vad jag vet, men kusinerna pratade sig varma om två olika typer, vilket som skulle komma bättre till pass i Hjo. Det var bara matter of time att de skulle skaffa något av dem, som jag förstod det."

Martins blick gled upp över mannens flintskalle, ut över hyllorna i halvdunklet, som om han började ana lösningen på en gåta.

Mannen fortsatte mot utgången. "Kommer du?" Martin vaknade till och följde efter. En röst meddelade att affären larmas på. Ute på parkeringen erbjöds Martin skjuts in till stan, men han avböjde och sa att han rörde sig lika snabbt på sin scooter. När grindarna öppnades var han först att köra ut på gatan och fortsatte hemåt i den mörka vinterkvällen. På gator, gång- och cykelvägar sicksackade han kvickt mot centrum, till sitt lilla trähus på en innergård i en gränd bakom torget. Där levde han för sig själv, men inte utan sällskap.

Morgonen därpå väcktes han av att armbandet signalerade samtal från chefen. Han satte sig upp i sängen, gnuggade sömnen ur ögonen och svarade. Nellie önskade god morgon med överdriven vänlighet och undrade hur hans underrättelseverksamhet framskred. Martin var desto mer belåten med att kunna avlägga rapport innehållande nya, spännande fakta som han lyckats ta reda på under sin inkognitotid. Utan att röja avlyssningen, valde han att berätta om mötet som skulle äga rum på Hammarn dagen före julafton med David och Luna samt att några från Armén hade infiltrerat gruppen. Han sa att Föreningen också var aktiva, de hade något på gång inför jul, men han behövde mer tid för att ta reda på vad. Han la till att DX2:an nog kunde komma väl till pass för övervakning både här och där. Nellie blev hörbart nöjd och lät Martin fortsätta sina efterspaningar för sig själv. Han skulle ta reda på mer detaljer och informera henne kontinuerligt. Det lovade han göra, och Nellie tog avsked.

Han tittade mot fönstret och konstaterade att det knappt hade börjat ljusna, så han blundade och lät överkroppen falla bakåt i sängen. Snart sov han igen.

En stund senare vaknade han av ett tilltagande ljussken som lyste mot honom. Bredvid sängen stod en ung kvinna med blont hår, overklig som en ängel. Hon höll fram ena handen, det lyste rakt ur hennes handflata. Hon sa god morgon med len stämma och rörde munnen mekaniskt. På golvet bredvid henne stod en smal siameskatt. Nu hoppade den upp och gnuggade sitt mörka ansikte mot Martins överarm. "Besök kommer om 45 minuter." sa den lena rösten.

"Just det", mindes Martin, "Yussuf har lovat titta in vid elva." Han satte sig på sängkanten och höjde rösten:

"Tack Liss! Några meddelanden?"

"Inga meddelanden."

"Vädret?"

"Molnigt, uppklarnande under dagen. 5 grader. Nederbörd: 3 millimeter under senaste dygnet. Nordvästlig vind, 8 meter per sekund.

"Nån nyhet?"

"Huvudnyhet: 21 döda efter nattens oroligheter i Malmö. Polis har drabbat samman med flera grupper av kriminella. Ett femtiotal skadade har förts till sjukhus."

"Tack, du kan gå."

Hon lämnade rummet med en viss stelhet i stegen. Katten hade lagt sig på Martins bröstkorg, blundade, spann.

"Nej, du, Estrid", satte han sig upp i sängen med katten i armarna, "dags att komma igång, för vi väntar en gäst. En intressant liten gubbe, ska du se."

När Yussuf kom, punktligt vid elva, väntade två temuggar på soffbordet i vardagsrummet.

Martin ledde in gästen: "Fint att du kunde komma, slå dig ner. Det är nog bäst att vi möts så här i dessa tider."

"Du var fåordig i ditt meddelande i går kväll, nu är jag nyfiken på vad som är så angeläget att jag får gästa ditt hem."

Yussuf satte sig i soffan.

"Liss!" ropade Martin ut mot köket. "Du kan komma med teet! Häll upp i båda muggarna!" Sen vände han sig mot Yussuf: "Det har hänt en del sen sist... det har både skjutits och exploderat."

"Och alla har lyckats missa, som vi kom överens om."

"Ja, utåt är det fortfarande ganska fredligt, men bakom kulisserna sker mindre fredliga förberedelser. Det gäller som vanligt att samordna de olika intressena så att alla kan få ut sin beskärda del. Som jag brukar säga: sprid lagom skräck. Ingen vinner på fullt kaos."

"Det är klokt. Vi vill inte ha kaos."

"Därför måste vi informera varandra."

"Är det något särskilt du tänker på?"

"Några från Missionskyrkan har börjat hålla möten ute på

stan. Det passerar säkert inte obemärkt för er församling? Tänk om det börjar gå muslimer till såna rekryteringsmöten?"

"Vi känner till mötena på Hamnkrogen. Än så länge innebär de ingen fara för oss."

"Men ifall det förekom andra, mer hemliga möten?"

Yussuf lyfte muggen till sin mun och tog några små klunkar, sedan ställde han ifrån sig muggen, lutade sig bakåt i soffan och sa:

"Nu när du tar upp den typen av möten, vill jag berätta om något som hände häromveckan. Jag träffade en gammal bekant i något sammanhang som hade varit på Hamnkrogen och som tyckte att det var så giva nde att hon ville att fler skulle få vara med, som kanske inte hade möjlighet att delta på Hamnkrogen, så hon planerade ett litet möte hemma hos sig. Mot slutet av vårt samtal blev till och med jag inbjuden. Det hade varit oartigt at tacka nej, och jag erkänner att jag var lite nyfiken själv."

"Så du fick första parkett."

"Det var en god möjlighet att få inblick."

"Och du visade stort intresse för kristendomen?"

"Jag var inte oartig."

"Verkligen inte", drog Martin på munnen, och nu sa han rakt ut: "Du bjöd in dem allihopa hem till dig med din låtsasfru och en arrangerad adress på Hammarn."

"Jag förstår att du redan är informerad."

"Men det var fint att få höra om det från dig också. Och eftersom vi är så öppna mot varandra, ska jag berätta om vad Föreningen har i kikaren. Det är viktigt att vi fortsätter informera varandra från alla håll så att vi behåller kontrollen."

"Hm."

"Det blir en ny stöt mot prästfamiljen. Den här gången är det kusinerna från Korsberga som fått uppdraget: ett bakhåll på julafton. Någon av dem kommer foras bort i närheten av villaområdet där de bor nu. Bara för en kort tid. Så ska vi nog få iväg dem från stan till slut."

"Ligger säkerhetschefen bakom det här också?"

"Ja. Hon är pressad av sin nye chef, kommundirektören.

Han är inte alls glad över utvecklingen med en församling som visar sig ute på stan. Nellie Högberg behöver visa vilken sida hon står på, ifall hon vill behålla jobbet. Hon måste ta i ordentligt."

"Ni tar stora risker. Det är en del som kan gå fel när man ska fånga in en person."

"Kusinerna är på hugget, de verkar gilla risker just nu."

"Riskerna gäller fler. Om någon skadas? Om det blir känt att säkerhetschefen beordrat detta?"

"Det blir inte känt. Jag kan lita på Flintskallen och jag kan lita på dig, eller hur? Det är bra att du är med på de där hemliga mötena, vi ska ha närvaro överallt."

"Visst."

"Vi behöver dela en information till."

"Jaha?"

"Var finns Översten? Kommer vi kunna räkna med honom snart?"

"Som du säkert vet, är han fri sen en tid. Men han har inte kommit till oss i stan, han har skäl att hålla sig undan ett tag. Vi ska inte räkna med honom."

"Tråkigt. Dessa dagar hade vi behövt hans omdömesförmåga och handlingskraft. Och hans slughet."

"Har ni mötts?"

"Nej, nej, men man har hört ett och annat. Får det vara mer te?"

"Nej tack, jag ser att klockan är mycket, jag måste hinna med ett ärende innan lunch."

18

Stjärnorna glimmade över hamnen den tredje söndagen i Advent. Det bildades tunna strängar av is på vattenpölarna, ovanligt kallt var det, särskilt för att vara så tidigt på vintern. Stella som var på väg till kvällens möte på Hamnkrogen hade stigit ur bilen och ställt sig vid södra piren för att titta ut mot den tysta sjön.

Hon hade blivit inbjuden av missionsgruppen för att bli intervjuad denna sista träff innan jul. Tidigare upplevde hon det naturligt att inte delta, ville inte att någon skulle känna sig kontrollerad av prästen. Nu var hon å ena sidan glad över att ha fått inbjudan, förväntansfull att få se det som hon hade varit med om att sjösätta och som verkade ha lyckats riktigt bra.

Å andra sidan var hon sorgsen och något orolig på grund av ett meddelande hon som församlingspräst fått tillskickat under den gångna veckan. Det var kommundirektören som skrev att han fått kännedom om mötena på Hamnkrogen. Så som dessa beskrivits för honom stred de mot religionslagarna. Även om inte uttalad bön eller läsning ur religiös urkund förekommit, så hade man propagerat för kristendomen, citerat Bibeln och sjungit religiösa sånger. Sådant var endast tillåtet i därtill avsedda lokaler som innehade statligt tillstånd. Saken kunde prövas, om församlingen ansökte om sådan tillåtelse. Fram till dess måste denna verksamhet upphöra.

Stella hade blivit illa berörd, det var en snäv tillämpning av lagen, som inte förekommit i Hjo tidigare. Var det Nellie som låg bakom detta? För att samla poäng hos direktören? Eller hade religionsförtrycket gått in i en ny, hårdare fas?

Hon svarade att de inte kunde ställa in den redan inplanerade träffen, men att det var den sista för året. Det handlade dessutom inte om någon gudstjänst, utan om samtalskvällar, där varje deltagare kunde uttrycka sin mening. Sådana öppna samlingar brukar inte anses som brott mot religionslagarna, avslutade hon. Berättade inte för någon om brevväxlingen. Blev dock alltmer nervös inför kvällen. Tänk om någon är utsänd för att sätta stopp för denna träff!

Stella tog några djupa andetag av den kyliga luften. Ett muller närmade sig norrifrån. Snart drog skuggor fram över stjärnorna. Det plaskade till några gånger i vattnet utanför vågbrytaren när projektilerna träffade ytan. Hon rös till, trots vetskapen om att stridsflyget bara övade. Vände sig om för att gå mot ingången.

Inne i restaurangen väntade värmen och en vacker syn med juldukade bord och gamle David som gick runt och tände stearinljusen. Från ett hörn hördes mjuka klanger, det var Elias som spelade en julmelodi på elpianot medan Joel stämde gitarren. Luna satt vid ett bord och verkade läsa i sina glasögon med Leon bredvid sig, bakåtlutad med armarna i kors. Stella stängde av uppvärmningen i koftan, gick fram till sin dotter och klappade henne på axeln. Luna sköt upp glasögonen, ställde sig upp och gav mamma en kram.

Halvtimmen senare var det fullt med folk kring borden, kända ansikten från tidigare möten och några nya. David hälsade välkommen, rykande skålar med potatismos och odlade köttbullar bars in från köket.

Mot slutet av måltiden spelade Joel och Elias två julsånger, några äldre deltagare nynnade med. Därefter ställde sig Luna upp och presenterade kvällens gäst som skulle bli utfrågad om julens betydelse. Stella klev fram och fick applåder.

"Vi tänder mycket ljus så här på vintern", inledde Luna, "bland ljusslingor och laserbelysning skymtar man också stjärnor i fönstren. Stjärnan används som symbol i många sammanhang men den har en särskild betydelse vid jul, eller hur?"

"Ja, den påminner om Jesus som föddes i Betlehem", gick Stella rakt på sak, "ett speciellt ljus syntes på himlen som såg ut som en stor stjärna. Det var ett tecken från Gud om att han hade gjort ett stort ingripande i historien."

"Gud tänder ett ljus i en mörk värld, som ett tecken, lite hemlighetsfullt..."

"Det är typiskt Gud, kan man säga, att han handlar i historien, han gör stora saker, men ofta i det fördolda. Det blir inte tvingande för människor att se vad han gör, men det kan upptäckas och tas emot av den som är öppen."

"En Gud som är nära men ändå inte visar sig?"

"Det kan man säga, en fördold Gud."

"Är det inte något som vi kan känna igen oss i också nuförtiden?" Luna tittade ut mot de församlade och mötte uppmärksamma blickar.

"Visst är det så." nickade Stella. "Vi ser inte Gud, men vi kan ana tecken på hans närvaro. Detta sker även i de händelser som vi minns vid jul. Det föds en liten pojke på ett ockuperat område i utkanten av ett stort världsrike, av enkla föräldrar. Allt under en resa som de är tvingade till. Tecknen som omger födelsen och pojkens senare liv tyder ändå på att det är Gud själv som på ett fördolt sätt besöker den mänskliga historien."

"Men varför skulle Gud behöva besöka oss på det här sättet?"

"Det har sin bakgrund i att mänskan hade brutit kontakten med Gud. Till och med hans eget folk, som han hade utvalt och hjälpt på många sätt, vände honom ryggen."

"Just det. Förra träffen talade vi kring detta med människans skapelse och syndafallet. Och dessförinnan om ont och gott."

"Precis. Här finns en motsättning, en kamp där Gud vill det goda för världen och för mänskorna, att livet ska vara härligt och fint. Men livet är inte fullt av härlighet, utan väldigt mycket präglat av stridigheter, lidande, sorg och saknad."

"Men kan inte Gud bara befria oss, ta bort det mörka? Håller han inte hela världen i sin hand, från minsta grässtrå till stjärnor och galaxer? Varför måste han bli mänska?"

"Gud vill hjälpa, men det är inte så lätt att befria oss mänskor, för vi är inte bara fångade under en främmande makt, utan även manipulerade av det onda, vi är själviska, högfärdiga och stridslystna. Även om vi vill, har vi svårt att skilja på sant och falskt, ont och gott, och därför väljer vi ofta det onda."

"Något vi också kan se på samhällsutvecklingen omkring oss."

"Ja, problemet är att vi på något vis även skulle behöva bli befriade från oss själva. Det kräver en invecklad räddningsaktion. Att Gud kommer till oss som mänska är en del av denna räddning."

"Vad är skälet till att han kommer så enkelt, så utsatt? Hade det inte varit mer effektivt med en general i spetsen för en stor befrielsearmé?"

"Jag tänker mig att det finns många härskare här på jorden, inte bara mänskliga, utan krafter och sammanhang som har makt över oss, som vi enskilda kan vara väldigt maktlösa inför. Gud ser hur utlämnade vi är. Han skulle kunna gå i strid med makterna på deras egna villkor. Men Gud väljer en annorlunda strategi, han kommer underifrån, han tar på sig det mänskliga varats alla förutsättningar, vandrar våra vägar, lider våra sjukdomar, blir föraktad för våra synder och dör till sist vår död. Han verkar underlägsen härskarna. Men det är bara för att hans kamp och seger sker på ett djupare plan. På ytan ser det ut som att Jesus krossas när han dör, men det visar sig att det är just så han bryter igenom det som är riktigt destruktivt på djupet: synd, död och ondska. På det sättet visar han vägen till ett nytt liv, ett liv med den där härligheten som vi hade förlorat, ett liv i fullständig fred och frihet."

"Och den vägen börjar när han föds som ett litet barn i ett stall."

"Ja, ända från början finns dubbelheten där. Han har ingen barnsäng, utan får ligga i en foderkrubba i ett kyligt stall, samtidigt tänds en alldeles unik stjärna på himlen ovanför, bara för hans skull."

"Betyder den här dubbelheten också att de du kallade härskarna fortsätter att utöva sin makt här på jorden, att strider, sjukdomar och sorger finns kvar?"

"Ja, i hög utsträckning. Skillnaden är att de inte längre har sista ordet. Livet här och nu är inte allt. Ljuset som har tänts är tecknet på att ett större ljus är på väg. Jesus var den förste att gå genom död till liv, men nu finns det en väg att följa. Detta hopp kastar sitt ljus över våra liv, även när vi lever i djupaste mörker, under hot och hat, med svagheter och sjukdomar. Ljuset sipprar in från Guds värld, från Guds framtid."

"Och kan upptäckas av den som är öppen?"

"Precis. Dessutom kan det här ljuset bäras och förstärkas genom oss! Har man fått syn på fredens väg som Jesus valde, så kan man följa den vägen och själv bli en fredsbärare. Så kan vi låta ljuset lysa tydligare i vår värld, i vår omgivning. Då blir även tecknen på Guds närvaro fler."

"Det låter uppmuntrande och inte särskilt invecklat egentligen! Samtidigt kan det vara så svårt att tro på allt det här. Gud över rymd och tid blir ett svagt litet barn..."

Stella tänkte efter. "Jag tror det är viktigt att vi förstår att vi inte kan förstå detta helt. Det finns ett problem med vår förståelse. Om Gud är gud, så måste hans väsen, hans kunskap sträcka sig bortom det som vi kan förstå, men han kan inte kommunicera med oss på ett sätt som vi inte förstår. Han måste gå in under våra villkor. Han blir människa för att hjälpa oss att förstå honom. Därmed tar han en stor risk: att mänskor avfärdar honom med att han är alltför mänsklig för att vara Gud.

Om jag som vuxen går ner på huk bland femåringar och förklarar för dem hur livets kretslopp fungerar, kan en annan vuxen anklaga mig för att inte berätta ordentligt om hur det ligger till. Och barnen som bara hör mig tala med deras ord och begrepp kan uppfatta det som att min tankeförmåga är lika utvecklad som deras femåriga förstånd. Det var julens utmaning för Gud, inte bara att han blev ett litet barn som kunde förföljas, en man som kunde tillfångatas och avrättas, men även risken att missförstås om vi bara bedömer honom utifrån det han visar oss för att vi ska förstå."

"Just det." sa Luna. "Det är väl också en kritik som kan riktas mot Bibeln, att den är alltför mänsklig för att vara gudomlig. Det är bara några gamla gubbar som skrivit ner vad de tycker och tänker om Gud. Det kan vara svårt att se Guds ord i mänskors ord."

"Precis, och då är det viktigt att komma ihåg Guds dilemma, att han måste använda mänskligt språk. Ju närmare han vill komma oss, desto mer måste han bli som vi. Men samtidigt är vårt språk tillräckligt utvecklat för att peka på att det finns något bortom, något som vi inte kan förstå. Därför är det viktigt att vi förstår att vi inte kan förstå Gud och hans handlande helt."

"Och när vi inser det, så har det lönat sig för Gud att ta risken?"

"Det kan man säga, för då har Gud fått komma nära samtidigt som han får förbli Gud."

Luna lät det bli tyst en stund, sedan sa hon:

"Vi tackar dig, Stella, för att du har fått oss att tänka efter inför jul! Snart blir det tillfälle till samtal, men först lite musik till efterrätten. Hoppas att den mjuka pepparkakan smakar!"

Medan de sista besökarna tackade för sig, växlade Stella några ord med David, innan hon också gav sig av. Missionsgruppen satt kvar runt ett av borden. De hade inte träffats sedan onsdagens uppdrag på Hammarn.

"Det är inte bara den gamle mannen som är trötter, ser jag." sa David. "Vi kan la stämma av läget, utan att bli långrandiga."

"Jag tycker det var ännu en lyckad kväll", sa Elias. "Flest deltagare hittills. Bekymret är bara att om vi fortsätter, så får vi hyra in oss i Guldkrokshallen snart."

De andra småskrattade.

"Jamen folk strömmar ju hit. Och när folket strömmar till templet, då är den yttersta tiden inne. Då blir det aldrig mer några krig. Vilken profet var det som skrev om detta, Joel? 'De ska smida om sina svärd till plogbillar och sina spjut till vingårdsknivar'?"

Joel skakade på huvudet.

"Jag tror bestämt att det var Mika. Vi får hoppas att freden infinner sig här också."

"De här tre träffarna har faktiskt gått över förväntan." tog Joel vid. "Det har kostat dig massor, David!"

"Var och en har gjort sitt." svarade David. "Ni har varit lysande i era uppgifter, s'a ni veta. De här samlingarna har säkert betytt en hel del för dom som vart med. Vi får va tacksamma för att de blitt av. Också med tanke på det som Stella berätta' innan hon gick. Vi kan inte ha nåra fler träffar här ett tag framöver."

"Varför då?" uttryckte Elias ungdomarnas förvåning.

"Kommunen vill utreda om de inte strider mot lagen."

"Det är klart", sa Leon, "vill man, så kan man tillämpa religionslagarna för att stoppa sånt här."

"Så ruttet!" sa Joel. "Stör vi någon med våra träffar? Det är frivilligt att vara med. Det här är ren illvilja!"

"Förr eller senare kommer motståndet." tyckte Elias.

"Ännu en orsak att fortsätta med våra hemliga träffar", sa Luna, "bra att vi har en till inplanerad."

"Seriöst?!" Leon tittade sig omkring och insåg att det bara var han som inte visste. "Efter att de där skurkarna förföljde er? Ni borde vara nöjda med att ni kom undan helskinnade! Och nu vet vi att kommunen kollar oss. Vi borde hålla till i kyrkan, åtminstone ett tag."

"Ja, det är la detta vi ska ta ställning till ock." sa David. "Tisdag om en dryg vecka är vi inbjudna till ett nytt möte på Hammarn, hemma hos en av deltagarna."

"Det kan inte vara sant?" Leon tittade på sin bror.

"Elias och jag upptäckte de där som följde efter. Vi kan vara med och vakta igen."

Leon skakade på huvudet. "Det hjälper ingenting mot de där." Han vände sig till Luna: "Stella går aldrig med på det! Jag måste tala om det här för henne."

"Hon vet redan." svarade Luna.

"Då får jag prata med mamma!"

"Det skulle inte va så lämpligt", sa David, "jag tänker att vi får fatta beslut i våran grupp i förstone. Om vi vill satsa och behöver förstärkning så får vi ta ställning till det ock. Alltså. Det är klart att det här skulle va riskabelt. Det är också klart att förra mötet betydde en del för dom som va med. Ingen ska övertalas å göra nåt som en inte vill. Därför får frågan gå till oss var och en, tycker jag."

"Jag vill detta." sa Luna. "Även om det finns risker så vill jag det. Särskilt om vi blir förbjudna att hålla till här."

"Jag är med." sa Joel. "Vi kan göra mer än förra gången. Förbereda för ännu bättre skydd."

"Det här är en sån situation", såg sig Elias omkring, "när man skulle vilja sova på saken, kanske få en fingervisning i drömmen… men eftersom vi inte kan ta nån tupplur nu, så får jag bestämma mig: jag hänger på!"

"Jag menar att vi kan fortsätta." sa David. "Inte för att jag tycker det är ofarligt, men jag tror att det är nu vi behöver visa lite kurage och hålla ut. När dom fråga' oss varför vi gick med på att möta dom, så sa Luna att vi ville va med och spri' ut ljus. Det vore trist om den där lågan släcktes innan den tog sig."

Siste man att uttala sig blev Leon:

"Jag är *inte* med." Han reste sig upp. "I kväll är vi färdiga med det uppdrag som vi fick och som vi har planerat för tillsammans. Jag är inte med på nåt som ni hittar på efter detta. Jag har varnat er, det här kommer sluta illa. Jag går." Han tittade på Luna men hon såg ner i golvet. Han ställde in sin stol, gick mot dörren och klev ut i mörkret.

19

De satt alla samlade kring matsalsbordet som en storfamilj, det var på fredagskvällen innan Fjärde Advent. Veckan hade varit hektisk, många saker behövde ordnas på olika håll, som det kan bli innan jul. Inför denna kväll hade Stella meddelat att hon önskade att de åt tillsammans. Hon skulle laga en specialitet.

"Jag har inte kunnat dölja fiskdoften", log Stella när de hade bett för maten, "men nu kan jag berätta att jag inte bara har lyckats beställa fisk, utan till och med makrill. De är tillagade enligt min mammas gamla recept, med spenat, dillsås och potatis till. Typiskt västkustskt! Varsågoda!"

Som efterrätt serverades blåbärspaj med vaniljsås, och Stella fick mycket beröm för denna utsökta middag. Bara att lyckas få ihop alla ingredienser var en bedrift.

"Gläder mig att det smakade", sa Stella, "själv har jag alltid tyckt att det här är görgott. Med detta vill jag även fira något som blev färdigt i dagarna." Hon höjde på ögonbrynen, blicken glänste. "Vi har lyckats sälja huset!"

Luna såg sig omkring med ett invigt leende.

"Jasså, minsann!" vände sig Nellie mot Theo.

"Det var en överraskning", sa Theo, "hur kunde det gå så fort?"

"Det började med att jag fick reda på av Sixten i församlingen om en ledig bostadsrätt, som jag har berättat för några av er. Det är en trea på Vasagatan, närmast parken, på tredje våning. När jag fick reda på priset, kunde jag sälja huset förmånligt, som mäklaren uttryckte det. Det fanns några intresserade direkt när huset hade lagts ut, och nu är det klart vem som köper det."

"Gratulerar!" sa Leon.

"Tack! Ja, jag förstår att det kan vara skönt för er att höra när vi äntligen kan flytta. Lägenheten blir klar att tas över under januari, förmodligen redan strax efter nyår. Så det har gått snabbt, egentligen. Men nu är det snart jul och vi har bott här i över en månad, så Luna och jag har pratat om att vi kunde vara i vårt gamla hus, det handlar ju bara om några veckor, nu när det ändå är städat och fint… så innan julafton skulle vi kunna ta vårt pick och pack."

Det blev tyst. Tankar malde.

"Ja", sa Nellie till slut, "det är inte så långt till januari."

"Nej", sa Theo, "det är inte långt, så ni kan lika gärna stanna här den korta tiden!"

"Ni bor väl här för att få skydd", slog Joel fast, "ni är utsatta på Hammarn. Det hjälper inte att det är jul."

"Jag tror inte de bryr sig så mycket om de är utsatta", sa Leon, "tvärtom: Luna gillar spänningen på Hammarn."

"Vad är det du säger?" stirrade Theo på sin son.

Leon ryckte på axlarna, Luna tittade ner och Stella sa: "Vi är hur som helst väldigt tacksamma för den här månaden!"

"Det här är inte färdigdiskuterat." menade Theo. "Ni behöver i varje fall inte ha bråttom. Det här kom plötsligt. Vi får tänka vidare på saken."

"Ni kan lämna allt", sa Stella, "jag plockar undan i köket!"

Leon gick först från bordet, Joel och Luna följde honom ut i hallen bredvid varandra. När Joel skulle ta halvtrappan upp till sitt rum och Luna halvtrappan ner, knuffade hon till Joels arm.

"Tack!"

"För vadå?" undrade Joel.

"För att du ville beskydda oss. Du vill att mamma och jag ska vara säkra."

"Det är klart."

"Du har hela tiden tänkt på vår säkerhet. När den där drönaren följde efter oss och du lyckades fånga den på film."

"Du är väl inte intresserad av drönare! Du har ändå inget att dölja…"

"Jag har varit barnslig. Dum mot dig. Förlåt! Och du har ändå fortsatt att stötta. Du avslöjade dem som spionerade på oss."

"Elias och jag."

"Du försökte inte hindra mötet som vi ska ha på tisdag."

"Just det!" hajade Joel till. "Jag har upprättat en säker förbindelse med David. Han har det senaste kodsystemet i sitt armband. Det skadar inte om vi kan kommunicera ostört när ni ska till mötet."

"Jaha?"

"Det jag ville säga var att innan kvällsmaten skickade David ett meddelande på den här förbindelsen om att Emma kontaktat honom. Hon skulle höra av sig till alla i gruppen om att ni behövde ses på en annan adress på Hammarn. Det var en syster till den där mannen. Hon vill också vara med, men hon är rörelsehindrad. Det blir lättare för henne om mötet kan vara hemma hos henne. Jag har fått adressen, det ligger långt upp, något av de sista husen innan stigen till vattenfallet."

"Du har koll, Joel!" Luna klappade honom på armen. Hon började gå nerför trappan, men tittade tillbaka. "Bra att vi gör det här tillsammans."

Joel såg efter henne och kliade sig i nacken. Samtidigt stängdes en dörr försiktigt. Dörren in till Leons rum.

När Stella var färdig gick hon ner till badrummet för att duscha. Hon stod länge och lät det varma vattnet lugna sinnet. Samtalet vid kvällsmaten kom tillbaka. Hade hon kunnat agera bättre? Hon trodde inte det. Det var familjen Högberg som var kluven. För Nellies och Leons skull behövde de flytta så snart som möjligt, samtidigt vore det fint att stanna med Joel och Theo. Men att öka på spänningen genom att förlänga vistelsen nu, när hon sagt sig beredd att flytta, det vore inte rätt. Fast skulle det hända dem något på Hammarn igen blev det tråkigt för alla. Fanns det någon kompromiss?

Stella torkade sig och tog på nattlinnet. När hon borstade tänderna, knackade det på dörren.

"Kom in, det är öppet!" försökte hon överrösta fläkten med munnen full av skum.

Dörren öppnades och stängdes. Stella spottade och sköljde munnen. Hon torkade bort lite imma från spegeln framför sig och fick se något rutigt. Hon vände sig med ett ryck mot dörren och där stod Theo, lång och barfotad i boxershorts och T-shirt. Själv blev hon helt stel i sitt tunna vita nattlinne som klibbade fast här och där på den fuktiga huden.

"Jag trodde det var Luna." sa hon.

Han tog ett steg mot henne: "Hoppas jag inte skrämde dig! Jag vill prata med dig efter det som hände vid kvällsmaten och det här är väl det enda stället..."

"Jaha, nej, det är ingen fara."

"Jag blev ledsen över att det skulle ta slut så snart. Du vet vad din närvaro har betytt för mig. Jag känner fortfarande det som jag har berättat för dig. Så kom jag på att det kanske är lika bra att detta tar slut för då kan något nytt börja."

Han tittade ner mot hennes bröst. Nu var hon naken, upplevde hon, inte bara naken, det var som om hans blick sökte sig genom revbenen ända in mot hjärtat. Hon visste knappt själv vad som fanns där. Bekräftelsebehov? Törst efter trygghet? Kärlek?

Hur som helst höll åtrån på att kväva all förnuftig reflexion. En varm våg sköljde över henne, hennes bröst sprängde under tyget. Hon höll hårt i handfatet för att inte ta ett steg fram och omfamna mannen som lämnat sin fru, kommit ner till henne och knackat på hennes dörr.

Theo började vända sig om och Stella insåg att hon måste säga något.

"Kanske kan vi stanna till julafton?" Det var vad hon fick ur sig.

Theo såg på henne igen: "Det låter som en bra kompromiss. Fint att avsluta med fest."

"Ja, fint, så får vi se." mumlade Stella, medan hon kände att hon sjönk allt djupare in i hans ögon. På hennes läppar lekte ett vimsigt leende.

Nu log också han, steg fram och klappade henne mjukt på kinden. Hon slöt ögonen. Han böjde sig fram och pussade hennes andra kind försiktigt. Plötsligt hörde hon hur dörren stängdes. När hon öppnade ögonen var han borta.

20

Julveckan anlände med blåst och regn och nyheter om upplopp som spred sig runtom i landet. Den flintskallige mannen satt på Föreningens kontor framför datorskärmarna under den stora blågula fanan. Han tryckte på sitt armband tills en kvinna med lockigt, blont hår dök upp på ena skärmen.

"Hello, Vilja, här kommer latest news."

"Hoppas det är nåt viktigt."

"Det är absolut viktigt! De har ändrat plats för mötet i morgon."

"Lysande. Någon har läckt."

"Eller så är det bara en safetyåtgärd."

"Knappast. Hur har du fått nys om detta?"

"Sussy i den operativa gruppen har kontaktats av Leon Högberg, säkerhetschefens son. Han sa att han trodde vi var intresserade."

"Någon har läckt." Ovanför Viljas ansikte visade sig nu också Minnas. Hon hade ställt sig bakom sin kusin och blickade in i kameran med sina stora, blåa ögon som såg ovanligt kalla ut på skärmen.

"Intressant att han vill berätta detta för oss och inte för sin morsa. Eller är det säkerhetsmorsan som har kokat ihop detta och använder honom?"

"Kan det vara en fälla?" frågade Vilja. "För att skydda gruppen och leda oss till ett annat ställe? Men i så fall hade de kunnat flytta mötet utan att meddela oss. Lägga ut en fälla på plats."

"Han meddelade Sussy att det där mötet var mot våra intressen." sa mannen.

"Och vad är hans intresse?" undrade Minna.

"Personal." sa mannen.

"Personligt." sa Minna. "Det är ett godkänt skäl. Vrede. Besvikelse. Hämnd."

Vilja sken upp: "Motsättningar i familjen. Det kanske verkligen börjar hända grejer. Man blir allt lite nyfiken på hur det står till med säkerhetsbossens familj."

"Snart får vi reda på det, av någon som varit där själv." sa Minna. "Har vi fått adressen?"

"Ja...Yes."

"Vi har alltså inte fått den. Vad vet vi, din clown?" suckade Vilja.

"Någon av de översta husen på Hammarn, närmast vattenfallet. Och det är enough för att vi ska kunna få tag på tjejen, eller hur?"

"Okej, det är inte alls dumt. Det blir som att driva lammet in i fållan." sa Minna.

"Tjejen kommer springa rakt i säcken!" skrattade Vilja.

"Och vad ska vi göra med flickan in the sack?" flabbade mannen tillbaka.

"Inget trams!" väste Minna. "Inte nu när vi snart ska sätta in stöten och ta över hela rasket. Vilka som ska göra vad med tjejen bestämmer vi. Hon ska ut hit. Vi har gjort i ordning säkra, välisolerade utrymmen i källaren. Din uppgift är att se till att ni fångar fjärilen och för hit henne."

"Fina språket dom använder! Poeter är dom kvinnor." sa mannen med den stora mustaschen.

"Men den flintskalle, han inte kan prata svenska." skrockade den andre.

De befann sig i en lägenhet på Biafra, satt bakåtlutade på varsin stol med armarna i kors. Från en stor skärmyta på väggen i det mörklagda rummet tittade tre personer rakt på dem: till vänster mannen med kalt huvud och till höger Vilja och Minna.

"Bekvämt med den utrustning", sa mannen med mustaschen, "här sitter vi armarna korsat och dom pratar till oss."

"Vi får deras hela plan, allt dom vet presenterat. Bra flintskallen tar allt på data."

"Också förrädare presenterat."

Dörren bakom de två männen öppnades och för några sekunder hörde man hur barn lekte i rummet bredvid. Yussuf klev in och ställde sig bakom de sittande männen. Ivrigt följde han samtalet på skärmen med sina små intensiva ögon. När det tog slut och skärmen slocknade satte han sig i en karmstol i hörnet. Männen vände sina stolar mot honom.

"Rätt bedömning, bra att ni kallade." sa Yussuf. "De har fått reda på ändringen, alltså. Jag får titta på hela materialet sen."

"Du får höra namn som är förrädarens!"

"Det kan vara bra att veta. Men det är inte så viktigt." sa Yussuf.

"Du kan byta tillbaka adress!"

"Det hjälper nog inte. Har de fått reda på det en gång, kan de få reda på det flera gånger." Yussufs ögon rörde sig som om han ritade en karta på mattan framför sig. "Låt oss se. De vill fånga flickan, just det. Men de vill göra det redan innan julafton. Och de vill göra det på Hammarn, när hon är på väg till vårt möte. De har anpassat sig till våra planer. Eller utnyttjat dem. Använda oss som lockbete, lura oss att hålla möte så att de kan agera…"

"Vad säger du?" frågade mannen med mustaschen. "Vill dom utnyttja oss? Inte mer! Föreningen har gjort för många stötar fram mot oss."

"Ja!" sa den andre. "Vi måste sätta plats på dom."

"Vi ska sätta dem på plats", sa Yussuf, "vi får fundera ut något. Något slugt."

21

Dagen före julafton gick Stella och Luna upp senare än vanligt. Ingen av dem behövde ge sig av någonstans på förmiddagen. Skolan var slut för året och Stella skulle så småningom fortsätta förbereda julens gudstjänster hemifrån. Men först ville hon träna. Efter sin morgonbön gick hon bort till träningsrummet, satte på Händels Messias i hörlurarna, hennes älsklingsmusik i juletid, och började trampa på motionscykeln. Hon glömde bort sig själv alltmer och gick upp i musiken. När det var dags för kören att sjunga: "And the glory of the Lord shall be revealed", svängde hon med huvudet och blundade. Hon fylldes av tillförsikt: hennes beslut att låta Luna delta på mötet denna kväll var nog ändå rätt. Gud kunde bli tydlig för människor på det här sättet. Och Luna kunde fortsätta att blomma ut, som människa och kristen.

Efter körens slutackord öppnade hon ögonen och blev så överrumplad att hon trampade snett och höll på att ramla av sadeln. Mittemot henne satt Nellie i roddmaskinen och rörde sig fram och tillbaka med handtagen i händerna. Stella tog av sig hörlurarna och hängde dem på styret, en avlägsen basröst sjöng vidare i dem. Nellie fortsatte sina rörelser, och utan att titta upp sa hon:

"Hoppas jag inte stör. Jag tänkte att vi får plats båda två."

"Javisst." började Stella trampa långsamt. "Trodde inte att du var hemma."

"Nej, det kan man inte tro… idag ska jag jobba kväll… Du har vart flitig på att träna den här månaden!"

"Det är en ny erfarenhet. Har varit väldigt skönt: anstränga sig och inte tänka på nåt annat."

"Du måste ha gått ner flera kilo. Du ser allt bättre ut."

Ett leende flög över Stellas ansikte men förbyttes i rodnad. "Själv har jag knappt hunnit att vara härnere och ville inte heller springa omkring där ni bor. Men nu när ni är på väg tänkte jag att vi faktiskt kunde mötas lite ostört. Imorgon blir det ju bara lite firande här tillsammans efter gudstjänsten... tänk, jag trodde jag skulle vara lättad när ni ger er av."

Stella saktade ner och slutade trampa. Nellie tittade kort upp på henne medan hon fortsatte sin rytmiska rodd.

"Nej, jag blir inte lättad. Det finns en osäkerhet som inte kommer släppa, en oro som har vuxit och förmodligen kommer tillta. Jag har inte känt så sen jag var ung. Jag var ensambarn och hade inte världens bästa bakgrund. Levde med min ängsliga mamma från och med mellanstadiet. Hamnade i jobbiga klasser i skolan, fick bygga upp min tillvaro själv. När jag började få självförtroende, började trivas med mig själv, så tappade jag synen på ögat. Det var som att börja om från början eller ännu värre: jag var på minus. Jag trodde jag var dömd att leva ensam utan hopp om att finna kärlek, att få egen familj. Tack vare god själavård och Theo så blev det inte så. Jag har byggt upp ett nytt liv med Theo, jag har kunnat bli allt tryggare, vi har våra pojkar som vi har lyckats ge ett ordnat hem i en svår tid."

"Så kom vi." sa Stella.

"Att ni kom är inte problemet. Vi har haft gäster förr. Att ni stannar länge klarar vi av. Frågan är vad ni gör! Vad gör ni med vår familj?"

Nu stannade roddmaskinen och Nellie riktade sin enögda blick som en skarp stråle mot Stella.

"Den typ av skadegörelse ni håller på med är sånt som inte går att reparera. Jag har insett att er flytt inte kommer återställa familjefriden."

Hon började ro igen.

"Det håller på att bryta ut en ny våldsvåg i stan. Jag är ansvarig för säkerheten, har fullt upp med att hålla koll på skeendet, visa beslutsamhet mot medarbetare, uppträda med kraft mot de kriminella nätverken. Jag tänker att jag gör en insats för oss alla. Under tiden kommer du med idéer som undergräver säkerheten i stan och dessutom drar du in våra barn i de där dumdristiga planerna. Din dotter flörtar än med Leon, än med Joel och pojkarna går inte att känna igen, förvirrade och förförda som de är. Hon har till och med lyckats vända dem mot varandra. Och som kronan på verket sitter du i vår soffa med min man och ställer in dig medan jag är på jobbet. Du bantar och tränar för att göra dig attraktiv och jag vet inte allt vad ni har hunnit göra ihop, jag vet bara att Theo tar avstånd från mig, jag får ingen uppmärksamhet, ingen tillgivenhet. Jag tänkte att det går över när ni flyttar, men nu har jag blivit osäker. Det kan mycket väl bli värre."

Nu satt Stella hopsjunken och tittade ner i golvet: "För då kan du inte kontrollera mig längre. Det blir svårare att placera en kamera i mitt sovrum."

"Övervakning ger trygghet. Och det vill jag ha i mitt eget hus. Den som inte har något att dölja behöver inte ta illa vid sig."

"Misstänksamhet ger inte trygghet. I det du har berättat, Nellie, så tror jag inte att det är vad du har sett och hört som skapat dina största bekymmer, utan dina slutsatser. Det värsta sakerna som du tänker dig har aldrig hänt! Det kan dina kameraupptagningar bekräfta. Du ska veta att jag fick reda på övervakningen sent, det var inget som ni berättade om när vi kom."

"Det är nåt man kan räkna ut."

"Men inte var kamerorna sitter. Du skulle sett om jag hade letat. Men vi vet båda att det inte är kamerorna i sig som ger säkerhet. Det enda som verkligen håller är tillit. Nu när du inte litar på mig så hjälper det inte att bedyra någonting, men jag vill ha sagt att jag inte har haft för avsikt att bryta in i ert äktenskap."

Stella klev av cykeln.

"Du verkar lägga all skuld för det dåliga som har hänt och allt det hemska som du tror har hänt på Luna och mig. Vi har ansvar för det vi har gjort, rätt eller fel. Men det finns händelser som andra ansvarar för och beslut som har tagits av fri vilja, utan att Luna eller jag har lockat eller lurat någon. Och det finns olika perspektiv på saker och ting, vissa sammanhang är svåra att bedöma och förstå."

"Såna uttryck kan man alltid gömma sig bakom." sa Nellie, lossade sina fötter från träningsredskapet och ställde sig upp mitt emot Stella. "Vet du, i kväll, dan före julafton ska jag jobba med att övervaka en begivenhet som du och din dotter är upphov till. Inte för att nån har bett mig, ingen av de inblandade i missionsgruppen har informerat mig. Jag har tagit reda på det. Jag ser att du vet vad det handlar om. Men jag vet inte om du förstår hur farligt det är, i ditt ställe hade jag aldrig låtit min dotter utsätta sig för detta. Här kan vi prata om olika perspektiv på saker och ting! Mitt perspektiv visar att du inte är kapabel att bedöma hotbilden i en sån här situation."

"Jo, jag är rädd för i kväll." Stella knep ihop munnen för ett ögonblick. "Det har varit ett svårt beslut att låta Luna vara med. Du kanske minns hur hon var när vi flyttade hit: en försynt flicka, osäker även i tron. Nu har hon en sån övertygelse, en offerglöd som jag inte vill släcka. Jag vill tro att det är Gud som kommit nära genom allt det här, det verkar så, och då får jag inte stå i vägen."

"Du väntar för mycket av Gud. Att han på nåt övernaturligt sätt ska leda och bevaka dem du värnar om."

"Jag är tacksam för att du är med och övervakar. Jag visste inte… Gud använder din övervakning precis som han använder missionsgruppens olika möten. Jag vet att han har använt dem. Det är just för att jag vet att Gud oftast inte griper in med under som jag tror att vi behöver visa mod. Han vill verka genom oss. Och ibland utrustar han någon med en särskild vilja att våga trots allt, att inte väja, utan gå genom det svåra, för det är den enda vägen att nå fram, nå fram till det där målet som är omöjligt att komma fram till uppsäkrat och tryggt. "

"Du har blivit blind av ditt projekt. Du använder en viss teologi för att skydda din önskedröm. Jag vet vad det betyder att förlora något och inte kunna få det tillbaka. Vi måste skydda det vi har. Jag fattar inte vad det är för mål du drömmer om. Vad är det som ska uppnås med denna hjälteinsats? Vad är det för ära du vill skaffa dig själv och hur många andra ska behöva betala priset?"

"Målet är utanför mig själv. Det handlar om att hjälpa mänskor att upptäcka Gud. Det är inget vi kan välja. Guds kärlek tvingar oss. Gå ut i hela världen…"

"Du är fanatisk. Du är beredd att offra din dotter med din huvudlösa idealism. Hon är din enda dotter, det är den familj du har kvar. Men det är väl så du fungerar. Jag börjar förstå varför din man inte stod ut."

"Nu går du för långt, Nellie. Du har gått för långt!"

"Någon behöver säga saker rakt ut."

"Du har gått för långt."

"Det här vansinnet kan fortfarande förhindras. Jag har varit tydlig." Nellie började gå mot dörren. "Gud kanske vill använda mina obehagliga sanningar för att få dig att inse." Dörren slog igen med en smäll.

Stellas ögon fylldes med tårar och det var som om hon inte orkade bära deras tyngd. Hon sjönk ihop på golvet.

"Du har gått för långt." viskade hon, och efter en stund: "Visst har hon gått för långt, Gud! Det är inte din röst. Du förolämpar inte. Du visar inte ett sånt förakt. Det kommer från ett annat håll."

Hon drog handryggen mot sin näsa. "Eller kan du använda en sån ond röst? Vill du stoppa det som är på gång med så hemska ord?"

Hon snörvlade. "Luna! Jag skulle kunna gå i hennes ställe. Jag kunde fråga henne igen. Men då blir det en annan sak. Det här är så stort för henne, en sån avgörande erfarenhet. Att få vara utsänd på ett sånt här uppdrag. Ja, Gud!"

Hon ställde sig upp och torkade sina ögon. Återvände till sovrummet. Luna var inte kvar, så hon fortsatte till badrummet för att duscha. Sedan försökte hon samla sina tankar inför juldagens gudstjänst som inte var färdigförberedd, men hon drog bara på tiden vid det lilla skrivbordet och skrollade fram och tillbaka mellan tidigare anteckningar. Hon gick upp till köket för att ordna med lunch, möttes av Leon som redan var i farten med att koka pasta och riva morötter. De skulle bli fyra, sa han, Nellie hade precis åkt iväg till jobbet. Inom kort hördes Luna och Joel diskutera i hallen. När de trädde in i köket slutade de. Alla höll andan ett par sekunder, innan Leon bjöd till bords med överraskande vänlighet. Den goda tonen höll i sig under måltiden.

Efteråt satt mor och dotter kvar vid bordet och Stella kunde ta upp sina farhågor inför kvällen. Luna suckade:

"Jag tänkte väl att det var därför du såg så betryckt ut vid lunch. Du ska veta mamma att det precis var säkerheten inför i kväll som Joel och jag pratade om, och David kunde också vara med för Joel har fixat en skyddad överföring. Det är så här: Vi tar Davids bil och parkerar alldeles nära adressen som vi ska till, Elias och Joel stannar i bilen osynliga, David och jag går till mötet. Om något skulle vara misstänkt, de upptäcker något skumt i omgivningen, vi ser en suspekt person närma sig på gatan eller vi anar oråd på mötet, startar David larmet med sitt armband, Joel får signalen, de kan rycka in och kalla på vakter direkt. David och jag vänder tillbaka till bilen så snart vi kan."

"Du vill fortfarande göra detta?"

"Ja, mamma", sträckte sig Luna över bordet efter sin mammas hand, "jag känner att det här är ett viktigt litet möte. Vi får inte svika dem på Hammarn. Kanske kan det här lilla leda till något större?"

"Bara det inte leder till något dumt."

"I så fall får vi sluta. Men då har vi i varje fall försökt!"

22

Bilen saktade in längst upp på Slingervägen, styrde mot en parkeringsplats och stannade med fören mot ett staket. Himlens mörker sänkte sig djupt över hustaken på Hammarn denna kväll, gatlyktornas ljus nådde knappt ner till marken. Bildörren gled upp. David och Luna klev ur och möttes av ett råkallt luftdrag. Luna rös till. Kring denna översta, avsmalnande del av Hammarn slöt sig dunkla skogspartier i en halvcirkel. Ett stilla sus hördes, som en avlägsen hälsning från sommarens lövade trädkronor, men suset kom inte från träden – de stod nakna och stela – utan från Hjoåns vattenfall.

"Bakom nästa bil följer ni häcken och svänger in på gränden till vänster." hördes instruktionen inifrån bilen. "Sen blir det höger, som vi sa."

Luna vände sig om och vinkade.

Joel vinkade tillbaka: "Vi finns här, lycka till!"

"Här sitter nattens väktare som aldrig slumrar." mumlade Elias bakom sina skärmglasögon.

Paret gick tysta bredvid varandra som om de behövde smyga. Svängde in på gränden, en bilbred gång med trästaket på ena sidan och manshög häck på andra. Luna tittade sig omkring, hon rörde huvudet med små snabba rörelser:

"Jag hör nånting."

"Min hörsla är inte så bra, sörru, men du hör nog vattenfallet vid Grebbans kvarn."

"Nej, det är nåt mer, det är ett surrande... Kan det vara en drönare?"

"Då får vi raska på, vi är snart där."

De tog några snabba steg och skulle just svänga höger när en ljusstråle svepte över Lunas jacka. De gjorde halt. Den röda strålen syntes tydligt fara fram och tillbaka i diset som om den letade efter något långt uppifrån. Eller som om den ville rita ett mönster framför dem på marken.

"Ska vi fortsätta?" frågade Luna.

"Den däringa röda pricken är inget å leka me'. Sånadär används som sikte i mörker."

"Ska vi vända? När vi är så nära?"

"Det vore la säkrast." sa David.

"Om vi delar på oss", sa Luna, för hon kom att tänka på Joel och hans förklaring om drönare, "så kan vi vilseleda drönaren. Den som drönaren följer går en liten runda åt fel håll, den andra tar sig till mötet och berättar vad som har hänt."

Strålen närmade sig, pricken sicksackade upp på Lunas ben och stannade på hennes lår.

David viskade: "Dom verkar höra oss, och det är dig dom hotar. Nu vill jag att du skyndar tillbaks till bilen, så det inte händer nån olycka. Själv kan jag lunka iväg och säga till att vi får ställa in dehäringa mötet."

De sprang iväg åt varsitt håll: gamle David in mellan husen, Luna tillbaka genom gränden. Strax innan kröken ut mot gatan kände hon hur någon tog tag i armen bakifrån, hon höll på att tappa balansen och skrek till, men det hördes inte, en handskklädd hand hade täckt över hennes mun. Spontant försökte hon rycka sig loss, vända huvudet och se vem som tagit fast henne, utan resultat. Hon skuffades framåt några steg, vändes åt sidan och drogs baklänges genom häcken. Där i halvmörkret på andra sidan hamnade hon i armarna på en mörk gestalt. Det gick inte att se mer än en dunkel siluett. Det stack till i överarmen. Hon försökte skaka på huvudet och skrika, men det var som att skriket fastnade i huvudet. Hårda händer höll henne. Hon blev yr.

Några minuter senare ryckte David upp skjutdörren på sin bil och klev in i halvmörkret. Han drog igen dörren och kastade sig flåsande i ett säte, blundade. Mitt emot honom satt de två grabbarna och såg på honom förvånat.

"Vad har hänt?" frågade Elias.

"Var är Luna?" undrade Joel.

"Va?!" öppnade David ögonen och ropade "ljus!". Det blev ljust i bilen men han såg ingen Luna.

"Du blöder! Och byxorna!" sa Elias.

David tittade ner på sina handflator. De var upprivna, likaså ena knät. Nu märkte han att de gjorde ont "Jag skulle berätta att det inte blir nåt, det kom en drönare, en röd prick mot Luna. Hon vände om och jag sprang för att meddela å ramla på det uschla underlaget. Hon har säkert sprungit vilse."

Elias satte igång att kalla på henne. För varje ny signal som ljöd i högtalarna steg deras oro. Det kom inget svar.

"Då måste vi ut och leta! Hon kan vara skadad." öppnade Joel dörren. "Stanna här David!"

"Nej, nej!" hejdade Elias honom. "Vi får inte tappa huvudet bara för att det är bråttom. Var såg du henne sist, David?"

"Hon började springa tillbaka genom gränden."

"Alltså måste hon ha sprungit för långt, förbi bilen."

De delade upp sig och gick iväg åt varsitt håll, lyste med sina lampor utmed vägen, in i trädgårdar, in bland träden. Efter en kvarts letande gav Elias signal om att återvända till bilen.

"Vi måste larma. Det är kallt ute. Hon är inte i närheten av bilen, alltså behöver ett större område sökas av."

Joel lyfte sitt armband till munnen och larmade. Han blev snart kopplad till sin mamma. Det kändes hoppfullt att höra hennes röst, hur hon tog kontroll. Skulle skicka en vaktbil. DX2:an, den stora drönaren var redan i närheten, förklarade hon, den skulle genast börja söka över området med sin värmekamera.

När vakterna anlände, använde de sin shadowtracker för att ta ett doftspår från sätet där Luna hade suttit i bilen. Sedan följde de hennes väg med hjälp av instrumentet in i gränden. Där fick de gå några varv fram och tillbaka. Aktiviteten märktes i husen omkring, några nyfikna samlades, spekulerade lågmält med varandra medan de följde vakternas rörelser.

Till sist upptäcktes spårens avvikelse in i en trädgård genom häcken. På andra sidan blev doftspåren svagare, ändå var det lätt att följa den väg Luna försvunnit på: när vakterna lyste upp gräsmattan syntes djupa fotavtryck av två personer som ledde mot andra änden av trädgården. Spåren fortsatte genom två trädgårdar till innan de ledde ut på gatan. Där försvann alla ledtrådar, enligt vakterna för att förövarna måste ha kört iväg med bil.

Det fanns inget mer vakterna kunde göra den här kvällen. De tröstade David och pojkarna med att något blodspår inte hade hittats, vilket kan tyda på att de inte ville göra henne illa. Luna hade förmodligen kidnappats, en kidnappad person är mest värd utan större skador. Snart skulle de säkert höra av dem som stod bakom den här aktionen.

David och pojkarna traskade tillbaka till bilen, tysta gick de bredvid varandra, David något haltande. De hängde med sina huvuden, vände sig inåt mot de scenarion som trängde sig på. Det var nästan outhärdligt att tvingas inse att något allvarligt faktiskt hade hänt Luna som de tills nyligen hade varit tillsammans med.

"Vi åker hem till oss", sa Joel när de satte sig i bilen, "ingen ska vara ensam nu. Pappa kan plåstra om dig, David. Och mamma hör av sig när hon vet mer."

I källarvåningens gästrum på Fyrvaktarevägen satt Stella på en stol vid det lilla skrivbordet. Det gjorde hon ända sedan Luna hade lämnat huset tillsammans med Joel. Endast en liten lampa lyste på nattygsbordet bredvid. Ovanför skrivbordet de två avlånga fönstrens tomma ögon. Med huvudet lutat mot händerna bad hon eller tänkte. Bad *och* tänkte: oskiljaktigt gick bön och tanke i varandra, blev ett med hennes andning.

Theo hade också varit med när ungdomarna gav sig av. Håglöst stod hon kvar bredvid honom i hallen efteråt. Om inte en kamera hade registrerat deras rörelser, kanske han hade lagt armen om hennes axel. Om hon inte hade haft Nellies desperata utbrott i färskt minne, kanske hon hade lutat sitt huvud mot hans bröst. I stället hörde hon sig själv säga: "Jag behöver vara ensam nu." Han nickade. Var och en gick till sitt.

Väl framme i gästrummet satte hon sig ner och började gråta. Hon ville inte alls vara ensam. Nu föll hon ändå som en sten i övergivenhetens brunn. Rädslan sprängde i henne, den hade tilltagit under dagen, minnet av Nellies ord hade blåst upp den och kvällens mörker målat den riktigt svart. Hon önskade att det här mötet äntligen var över, att dagen var över och även morgondagen så att de kunde komma hem till sitt.

Gråten avtog sakta, hon lutade sitt fuktiga ansikte i händerna och började viska och vädja om hjälp. När orden blev till upprepningar ebbade de ut, en stillhet infann sig, bön och tanke vävdes ihop, blev ett med hennes andning.

Hon väcktes av signalen från hallen som förkunnade att någon var på väg in. Är de redan hemma, tänkte hon och ställde sig upp, utan egentlig koll på hur lång tid som hade passerat. Hon klev ut i korridoren, hörde röster och gick uppför trappan. Där stod Theo med Joel, Elias och David. Theo bad dem komma in med bekymrad min. Stella följde dem till köket och fick se Davids såriga händer och spruckna byxknä. Theo tog fram förbandslådan, böjde sig ner och tvättade såret, de andra stod bara och tittade på, nu hade Leon också anslutit. De lyssnade på läkarens erfarna, lugnande ord. Sedan sa Stella, mest för sig själv:

"Jag går och möter Luna."

"Vänta!" sa Joel. Alla vände sig mot Stella. Theo rätade på sig och drog fram två stolar:

"Vi sätter oss, Stella, så ska vi få höra vad som har hänt. Nu är såren rena."

Medan Stella lyssnade på berättelsen, där David och pojkarna turades om att redogöra för olika avsnitt, blev hennes blick alltmer frånvarande. När de var klara blev det tyst. Theo lade sin hand på Stellas axel, men hon ställde sig upp och sa:

"Ni måste vara hungriga, jag tar fram lite mackor och kokar te."

"Jag vill inte ha." sa Leon och gick iväg.

De övriga satt snart runt köksbordet, sörplade och tuggade.

"Inte kände jag att jag va så hungrig." sa David.

"Undrar var Luna är?" sa Stella.

Theo tittade på henne: "Ja, det är verkligen sorgligt att Luna har blivit bortförd. Det är hemskt att några har kidnappat henne!"

Pojkarna sneglade på Stella över sina koppar. Hon rynkade pannan, verkade koncentrera sig, som om ögonen tittade inåt, som om de såg hur betydelsen av orden sipprade in genom själens skyddsbarriärer, satte igång en rörelse, en känslostorm vars vågor sedan spreds utåt, konvulsioner blev synliga, först som ljudlös bävan, sedan eruptioner av gråt, den där fula, ohämmade gråten. Pojkarna kröp ihop inför smärtan som slog emot dem. Theo och David sträckte sina händer mot Stella och klappade hennes rygg från varsitt håll.

De satt så en bra stund, lät bedrövelsen bölja fram, tills de hörde Nellie anlända. Theo mötte henne i hallen, de växlade några ord.

"Vi får lyssna på det senaste från Nellie." sa Theo när de klev in i köket. Leon dök upp igen. Han stod kvar i dörren, medan Nellie satte sig vid bordet. Hon knäppte händerna framför sig lite formellt och betraktade lugnt den hulkande Stella. Berättade sedan att de med hjälp av bilder från DX2:an har kunnat bekräfta att Luna förts bort i bil. Vidare analyser kunde kanske leda fram till en identifiering av bilen. Den viktigaste nyheten var dock att det hade kommit ett meddelande till säkerhetsavdelningen med följande innehåll: "Flickan är oskadd. Ni hör från henne inom 24 timmar."

Stella brast i gråt igen, men det var en ljusare gråt. "Gu'ske lov!" sa David. Elias undrade om man kunde sluta sig till något med hjälp av meddelandet.

"Inte än", förklarade Nellie, "för det är skickat från ett av de mörka näten, skickligt förpackat."

Förövarna ville alltså inte ge sig tillkänna. Nellie berättade dock att hon misstänkte Föreningen, utifrån information som hade kommit in tidigare. En medarbetare som var bekant med de här kretsarna hade satts in på fallet direkt. Så fort han samlat in de uppgifter som behövdes kunde man göra en framstöt mot Föreningen för att befria Luna.

"Vi ska se till att Luna får komma hem välbehållen." sträckte Nellie fram handen över bordet och klappade på Stellas hand. "Fram till dess ska du förstås stanna kvar hos oss. Vi kan inte göra mer just nu, men framöver väntar många uppgifter, så jag föreslår att vi går till vila och försöker sova så gott det går."

Nellie erbjöd Elias också att vara kvar och övernatta. Han tvekade ett tag men bestämde sig till slut att låta sig skjutsas hem av David. Kanske var det ändå tryggast att sova i sin egen säng därhemma.

När Fyrvaktarevägens decimerade skara drog sig tillbaka, tog Joel vägen om sin brors rum. Satte sig i fåtöljen, drog upp benen som han brukade, knöt armarna runt knäna. Leon snurrade runt på skrivbordsstolen och såg otåligt på sin lillebror.

Joel tittade ner i golvet: "Du hade rätt. Vi skulle låtit bli."

"Så är det. Men gjort är gjort."

"Det är så osannolikt. På den korta vägsnutten. Att de skulle skiljas åt."

"Det var idiotiskt av David att låta henne gå ensam, visst. Men att låta de två gå över huvud taget – man kunde räkna ut att de inte klarar sig om nåt händer."

"Vi skulle följt med i stället för att vänta i bilen. Men vi räknade med att David skulle larma om nåt dök upp."

"Som sagt."

"Och så tar de den svagare. Det är så fegt."

"Det handlar inte om feghet, utan om att få ut störst effekt, vem det är som saknas mest, vad som skapar störst rädsla."

"Bara för att vi vill prata med folk om kristen tro!"

"Du är så naiv, Joel. Har du glömt inbrottet? De vill inte ha några kristna som missionerar, en präst som lägger sig i. Har du glömt hur de misshandlade Julia och Felix? De har verkligen inte gjort nåt, men de är kristna som råkar bo på Hammarn. Folk ska vara rädda för dem, lojala mot dem. Om ordningen ruckas, får de mindre makt, mindre pengar. Fattar du så illa?"

"Jag fattar", suckade Joel, "men då kan vi lika väl lägga ner.

Eller göra som Ljuset, hålla på i vår lilla kyrka, börja med ett trevligt musikcafé och bli en halvreligiös klubb med färre och färre medlemmar. Allt medan mänskor sitter hemma och drar öronen åt sig. Rädda, passiva, utan begrepp om att det finns en gemenskap som kan förändra deras sorgliga situation."

"Fina ord som döljer det faktum att du ställde upp för att imponera på en tjej. Nu blev du ändå ingen hjälte. Du lyckades inte skydda Luna."

"Jag vet att jag inte har lyckats." Joel skakade på huvudet. Efter en stunds tystnad tittade han upp på sin bror som satt med armarna i kors: "Du har kontakter, du vet säkert om såna som är med i Föreningen, kan inte du höra dig för?"

"Det har jag redan tänkt på. Har tagit kontakt med en under kvällen."

"Ja, och?"

"Har inte fått svar än."

Leon vände sig mot skärmen igen. Joel ställde sig upp bakom hans rygg.

"Hör av dig om du får reda på nåt! Du får gärna väcka mig." Han gick sakta över till sitt rum.

På andra sidan korridoren, i föräldrarnas sovrum låg Theo och Nellie bredvid varandra i sängen. Han viskade: "Du var skicklig med att lugna de andra. Jag förstår att läget är ytterst kritiskt. Vi vet inte vad de är ute efter, hur långt de är beredda att gå."

"Så är det." suckade Nellie. "Vi får verkligen hoppas att de bara vill skrämmas. Annars blir den här julen en katastrof." Efter en stund la hon till: "Vi behöver hjälpas åt, vad som än händer."

"Vi ska hjälpas åt." viskade han.

Hon klappade honom på kinden.

I rummet under satt Stella på knä vid Lunas soffa. Där hade hon rasat ihop och blivit kvar. Hur skulle hon kunna lägga sig utan att säga godnatt till Luna? Hon började jämra sig och klaga inför Gud. Hur kunde han låta denna hemska kidnappning ske? Trots alla böner!

Det var som om anklagelserna inte nådde fram. De studsade i taket och föll tillbaka över henne skoningslöst: allt var självförvållat. Nellies ilskna stämma började eka i skallen som en tilltagande huvudvärk: "Hon är din enda dotter! Du är beredd att offra din dotter. Du offrar henne med din blinda idealism. Du är fanatisk!"

Någon gång måste sömnen ha övermannat henne, för hon vaknade av smärta i knät, låg med överkroppen på soffan, ena underbenet hade domnat. Kröp upp, sträckte ut sig. Efter ett tag sov hon vidare. En virrig, krampaktig sömn.

23

"Skål för lilla dockan som har gått i fällan." skrattade Vilja. Hon hade tagit plats i en stor, randig fåtölj i finrummet. I den andra satt kusinen. De lutade sig fram mot salongsbordet med det halvt nerbrunna stearinljuset och en tom flaska Zinfandel, lyfte sina glas och lät dem klinga mot varandra.

Vilja och Minna hade bänkat sig denna kväll i kristallkronans dimmade ljus för att följa kidnappningen på Hammarn. Föreningens tekniker sände händelserna som ett underhållningsprogram. Flikade in ömsom lustigheter, ömsom förklaringar, likt en skicklig radiokommentator. Härmade Davids dialekt under bilfärden, gjorde narr av ungdomarna vid deras avsked, klargjorde när ljudet var sämre att Lunas ärm måste ha skrapat mot armbandet. När det blev helt tyst och kusinerna tittade på varandra med spänd förväntan, konstaterade han att Luna var infångad. Som avslutning visades flygbilder över Hammarn tagna av stans DX2:a.

"Snyggt jobbat", kommenterade Minna, "smart att störa dem med lasersiktet från drönaren. Perfekt att de gick skilda vägar. Lite flyt ska man ha."

"Vilket team vi har!" skrattade Vilja. "Knappt man tror att flintskallen ligger bakom det här. Vi får ge honom lite cred när de kommer."

Nöjt lutade sig kvinnorna bakåt i fåtöljerna, smuttade på vinet, höjde volymen, lät dansbandsmusiken pulsera genom kroppen.

Signalen skar in som en dissonans i de rena ackorden. Minna tryckte på sitt armband, kameran svävade fram och stannade ovanför det runda bordet. Det välbekanta, flintskalliga huvudet visade sig på väggen.

"Good job!" lyfte Vilja sitt glas mot kameran.

"Proffsigt utfört", sa Minna, "men varför häckar du på kontoret, jag trodde du skulle köra hit flickan. Och så grinig du ser ut!"

"Klart jag är grinig. Vi har failat!"

"Nej!" skrattade Vilja. "Det var ju skitsnyggt gjort!"

"Det var skitsnyggt, ja! Men det var inte vi som gjorde det. Vi har failat. De hann före!"

Kusinerna tittade på varandra för att se efter om den andra förstod. Mannen upprepade:

"De hann före. Vi låg i bakhåll längre fram, efter svängen. Vi väntade, så kom the old man, blev fälld av snöret som det var tänkt men tjejen kom inte."

"Drönaren var inte ni alltså." kopplade Minna.

"Nej, den måste vart deras."

"Jädra svartskallar!" väste Vilja. "Jag visste att någon har läckt."

"Det är suspekt." sa mannen. "Vi fick reda på ändringen sent, ändå är de precis före. En liten gatbit mellan bilen och oss och de lyckas fånga tjejen. Det är helt incredible."

"De tigger om krig!" sa Vilja.

"En ny provokation." menade Minna. "Huliganerna började med inbrottet hos den där prästkvinnan och vi svarade med vårt lilla arrangemang hos paret på Hammarn. Vi har pangat och smällt lite också, men allt det där var bara lekstuga. Nu är det allvar."

"De har nog testat oss hela tiden, de vill se hur långt vi kan gå." Vilja ställde sig upp: "Vi måste visa styrka!" vaggade fram och tillbaka, dunsade ner i fåtöljen.

"Ja, vi måste visa styrka", funderade Minna, "samtidigt verkar de vara ett steg före. Vi behöver tid att förbereda oss."

"Vi kan göra nån liten explosion på lämpligt ställe?" tyckte mannen.

"Nej", sa Minna, "vi ska ge dem ett ultimatum."

Vilja tittade på henne, det tog lite tid att fokusera.

"Ett ultimatum: 24 timmar." Nu såg Minna rakt in i kameran, hon hade plötsligt insett något. "Om de inte lämnar över prästinnans dotter till oss inom tjugofyra timmar, så tar vi inga hänsyn mer. Då får vi ta henne med våld. Och vi kommer använda de metoder som behövs för att nå våra mål. Vi kommer ta oss in i Biafra om det behövs, barnen kommer inte gå säkra. Se till att skicka över det här meddelandet till svartskallarna!" "Tjuggofyyra timmar." slog Vilja fast. "Tjuggofyyra!"

"Och du, bald head, får ta din sportbil ut till oss så vi kan planera vidare."

"Allright. Kommer snart."

Minna tryckte på sitt armband och förbindelsen avslutades. "Vi kan inte ha kontakt på det här sättet mer, men nu har de i varje fall hört vårt ultimatum i direktsändning."

Några minuter senare körde den blåa Saaben in på en gränd i innerstan, svängde så att gruset sprutade och stannade på en gård. Runtomkring hukade sig låga träbyggnader i mörkret, spejade med sina glimmande fönster. Mannen i den blåa jackan hastade in genom en dörr utan att knacka, sparkade av sig skorna i farstun och klev in i det upplysta köket. Martin halvsatt på diskbänken med en kopp i handen, katten slingrande runt vaderna.

"Sätt dig!" sa Martin.

"Jag har inte plenty of time."

"Det här är viktigt."

"Jag vet, jag har precis pratat med kusinerna. Vilja tror att någon läcker. Fattar inte hur Armén får reda på allt. Verkar som om de har buggat oss. Bra att vi träffas IRL."

"Eller hur? Man har lärt sig ett och annat under åren. Men berätta nu hur det har gått! Var är flickan?"

"Well, vi har henne inte."

"Vad säger du? Hon är ju borta!"

"De andra hann före. De måste ha lyssnat av oss, obviously."

"Hur reagerade kusinerna?"

"Först blev de ganska irriterade, förstås, Vilja ville ha krig direkt, hon var lite drunk, men Minna samlade sig. Hon ställde ett ultimatum. De ger Armén tjugofyra timmar att lämna över tjejen. Det är mest för att vinna tid, för sen blir det nog big battle. Knappast att Armén lämnar ifrån sig tjejen."

"Hon är klipsk, Minna!" tyckte Martin, men la till: "Det blir svårt att gjuta olja på vågorna!"

"Va?"

"Det blir svårt att behålla ordningen. Säkerhetsnellie är på mig, hon vill inget hellre än att få göra nån insats, hon pressar mig på information."

"Du är välkommen att presentera Yussuf för henne, för vi har inte tjejen. Och när du ändå varnar Yussuf, kan du påminna honom om de tjugofyra timmarna, by the way, tjugotre." Han ställde sig upp: "Allright. Jag måste gå. Annars blir kusinerna ännu mer crazy på mig. Vi hörs: the signal as usual." Han tog på sig skorna, och dörren i farstun for igen med en smäll.

Martin pillade med sitt armband. Katten hoppade upp på diskbänken via en stol, belönades med att bli klappad.

"Nej, du, Estrid, jag får inte tag på den där Yussuf. Hur ska detta sluta?"

24

Den lilla staden kan vara en idyll, den ideala platsen för människor att bo på. Som en lagom stor och trevlig kropp, varken obetydlig eller oöverskådlig, varken tråkigt tystlåten eller påträngande pratsam. En gemenskap rymlig nog att kunna vara anonym i och tillräckligt begränsad för att enskildas initiativ ska kunna sätta spår.

Gamla anor kan vara en viktig tillgång för en stad, en gåva från gångna tider. En historia går inte att skaffa, installera, den måste mogna fram, sätta sig i väggar och gator, fostra invånarnas talesätt och vanor, bli till traditioner med rötter som ger stadga och näring till stadens liv. Det finns skeden då traditioner kan hämma öppenhet och utveckling, men i kristider står de för något fast att falla tillbaka på, något beprövat att hämta kraft ifrån.

Staden är summan av invånarnas liv tillsammans, präglad av beroende. Även då stadsborna ser ut att leva bredvid varandra, gå förbi varandra, lever de i ständig ömsesidig påverkan. När en enskilds insats för det gemensamma uppmärksammas blir beroendet uppenbart, åtminstone i en liten stad. Framtiden skapas tillsammans. Ingen lever för sig själv. Alla är del av en helhet.

Vilket inte betyder att alla bidrar till helheten. Individer och grupper kan tillföra eller ta ifrån, skapa enhet eller splittra, vara varandras utveckling eller tillbakagång. Den lilla staden är en känslig organism, minst lika lättpåverkbar av onda avsikter som av goda. Tillit, sammanhållning och ordning kan snabbt bryta samman, fiendskapens gift lamslå näringsutbytet i kroppen, en dominant kraft ta makt över delarna, skrämma dem till isolering, suga ut kroppsdelarna så att de skrumpnar.

Den lilla staden kan vara en vacker idyll eller en kaotisk avgrund.

Julaftonsmorgonen anlände med sitt milda sken över Hjo. Högtidsdagen och det fina vädret gav de uppstigande mänskorna hopp. Likt gamla mardrömmar löstes minnet av de gångna veckornas oroväckande händelser upp. Känslor och bilder från förra julen kom tillbaka, och från gamla jular då allt var väl, och sporrade folk att förbereda för firandet enligt beprövade och älskade traditioner.

En gammal tradition var att hjobor bjöds in till församlingshemmet för att äta tillsammans på julafton. Den goda seden hade legat i träda ända sedan splittringen. Denna förmiddag dukades det åter till julbord i det som blivit Ljusets lokaler. Den nya diakonen hade bemötts med ett överraskande mått av givmildhet när han dagarna innan besökte caféer, restauranger och affärer för att be om bidrag. Flera uttryckte sin glädje över att det vid jul åter skulle finnas ett gemensamt firande i stan.

Nu förbereddes eftermiddagens fest. Två äldre damer berättade om gamla dråpliga händelser i församlingen för diakonen medan de hjälptes åt. Han var en tacksam åhörare, dels för att han var ny, men också för att han skrattade gärna och mycket.

Att julen i Hjo skulle bli glad och harmonisk var dock allt annat än självklart. Hur det skulle sluta berodde på enskilda individers insatser, deras mod eller illvilja, självgodhet eller självuppoffring.

Nyckelpersonen som de avgörande händelserna kretsade kring var: Luna. Många ville veta var hon befann sig. Vissa krävde att få tag på henne. Andra oroade sig för om hon var välbehållen. Några hade henne i sitt våld.

Själv sov hon.

Hon sov djupt inpå förmiddagen. När ögonen till slut slogs upp möttes hon av ett ansikte. En leende kvinna som stod böjd över henne med ena handen vilande på hennes axel, den andra klappade hennes kind. Luna tog ett djupt andetag, det fungerade. Hon knöt sina händer, de kändes. Hon lyfte lätt på huvudet, det gjorde ont.

"Ligg kvar en stund till", sa kvinnan med len röst, "snart

känner du dig bättre." Hon klappade Luna lite till och satte sig sedan på stolen vid sängen.

Hon verkade bekant. Det vänliga leendet, stora, mörka ögon under tydliga ögonbryn.

Luna lät huvudet ligga på kudden, rullade det lite åt sidan för att se sig omkring. Hon låg nerbäddad i en säng, lakanen luktade lavendel. Det lyste behagligt i det lilla rummet, rullgardinen nerdragen. Gammaldags mönstrade tapeter, bild på en fågel ovanför sängen. Den vinande vinden som fick huset att knarra då och då, ibland andra svaga ljud utifrån, kanske från en gata.

"Jag var på väg nånstans." tänkte hon, sedan kom hon ihåg avskedet från sin mor, just det, med Joel på Fyrvaktarevägen, bilen, sedan allt snabbare resten av händelserna, ända tills hon springer utmed häcken, handen som tar tag, känslan av skräck, viljan att skrika.

"Det här", sa hon knappt hörbart, harklade sig, "det här... är inte ett sjukhus."

"Nej", log kvinnan, "men jag är sjuksköterska och det här är ett hus inte så långt hemifrån."

"Du har tagit hand om mig. Hur...?"

"Luna, du har varit i stor fara. Faran kunde bara hindras på ett smärtsamt sätt. Du har sovit hela natten, vi har tagit hand om dig, jag har funnits vid din sida. Snart ska du få dricka och äta, så kommer du må fint igen."

"Ni har tagit hand om mig. Men mamma. Vet mamma?"

"Din mamma har fått reda på att du är utom fara och att du snart kommer höra av dig."

Luna tänkte efter.

Hon frågade: "Hur gick det till? Hur har jag hamnat här?"

"Det ska någon annan berätta för dig. Han som bor i det här huset. Det var han som kallade hit mig för att vara vid din sida under natten."

Sakta piggnade Luna till, satte sig på sängkanten, kvinnan räckte fram ett glas vatten. Luna hade trosor och top på sig. Tröjan, byxorna, strumporna låg prydligt på en karmstol vid väggen.

Kvinnan läste Lunas blick: "Det är jag som har klätt av dig dem. Det är bara jag som har tagit hand om dig härinne. Din jacka, dina skor finns i hallen."

Luna nickade lätt medan hon drack.

"Du kan göra dig i ordning i badrummet här bredvid", gick kvinnan fram och öppnade en dörr, "så hämtar jag mat. Okej?" Hon sträckte fram handen och tog glaset, gick ut genom den andra dörren.

På osäkra ben gick Luna till badrummet och hörde snart att kvinnan kom tillbaka, flyttade på någon möbel. Luna gjorde sig i ordning i det lilla utrymmet utan fönster. Hon hittade till och med en hårborste att använda innan hon återvände till rummet. Karmstolen stod vid nattygsbordet där det var dukat, en kopp te, smörgås och ägg. Rullgardinen fortfarande nerdragen. När hon satte sig såg hon också att det låg en hjärtformad pepparkaka vid smörgåsen.

Kvinnan klappade Lunas blonda hår. "Vad fin du är! Glad julafton!"

"Just det!" häpnade Luna. "God jul!" Plötsligt blev hon rastlös. Det var julafton! De skulle fira tillsammans hos Högbergs. Presenterna som hon hade förberett låg och väntade i lådan under soffan. Medan hon tuggade på smörgåsen gick hon igenom varje paket, undrade vad alla skulle tycka. Det måste bli en bra avslutning på deras tid som gäster!

"Jag skulle träffa nån innan jag åker hem?" tittade Luna upp, bara pepparkakan kvar.

"När du är färdig. Han väntar på dig."

Luna tog pepparkakan i sin hand och följde kvinnan ut ur rummet, nerför en trappa, "jag känner igen henne", tänkte hon, "jag har sett henne nånstans, läkarmottagningen kanske?" Kvinnan knackade på en dörr. Golvknarr hördes inifrån.

En man tog emot i ett rymligt arbetsrum. Först syntes bara hans bredaxlade siluett i det märkligt skimrande ljuset genom neddragna persienner mitt emot. Med mörk stämma hälsade han: "Luna, det gläder mig." Handslaget gjorde nästan ont. "Slå dig ner och berätta först hur du mår." Han hade en lätt brytning. Visade mot en fåtölj med rött sammetstyg som stod i ena hörnet, omgiven av varmt ljussken från en gammaldags läslampa. Bredvid, utmed hela väggen en bokhylla i mörkt trä.

"Jag mår bättre nu." satte sig Luna längst ut på sitsen, händerna i knät med pepparkakan. "Hon var väldigt snäll, sjuksköterskan, jag vet inte…"

"Sara", fyllde mannen i, "hon är en värdefull människa."

"Hon sa… Sara sa, att du kunde berätta hur jag hamnade här. Innan jag åker hem. Det är snällt av er att hjälpa mig så här, på julafton, jag hamnade visst i händerna på någon farlig, några farliga… personer. Det var hemskt."

"Hmm." lät det djupt från mannens bröst. Han stod lite bredbent, la händerna bakom ryggen. "Jag ska berätta vad som hände i går kväll. Vilka farliga personer som rövade bort dig."

Luna snurrade på pepparkakan mellan fingrarna.

"Vi fick reda på att Föreningen var intresserade av era gruppmöten. Föreningen är en otrevlig sammanslutning i vår stad, det känner du säkert till."

Mannen började gå fram och tillbaka över den rikt mönstrade persiska mattan, golvet knarrade därunder.

"En längre tid har Föreningen varit ute efter att förstöra för er. De lyssnade av första mötet på Hammarn. De har säkert snokat ännu tidigare. Därför visste de att ni skulle träffas hos Emma. Fick reda på att ni bestämde ett nytt möte. Sen kom också information om att adressen ändrats."

"Vi vet att någon har spionerat." sa Luna.

"Just det. Har ni tänkt på varför?"

Luna tittade på mattfransarnas virrvarr. Hon hade inte funderat på just varför.

"För att hitta ett lämpligt tillfälle att sabotera. Få er att sluta med möten. Föreningen vill inte att det ska finnas andra grupper, att folk samlas självständigt. Folk ska vara rädda för att gå på möten. Du blev måltavlan, prästens dotter, ledare, och ändå en ung flicka."

"Fegt."

"De är inte fega. Det handlar om vad som är mest effektivt.

Så de planerade kidnappningen, la sig i bakhåll, du och din gamle vän kom gående i mörkret."

"Och de tog fast mig."

"Nej." Mannen stannade och tittade på Luna. "Vi var steget före. Vi hade planerat bättre."

Luna höjde på ögonbrynen. "Var det ni som tog fast mig? Jag förstår inte."

Mannen började gå igen. "Minns du drönaren?"

Luna nickade: "Den röda strålen."

"Den stoppade er från att gå i deras fälla. Din vän, David, fortsatte, men honom tog de inte. Vi plockade in dig utan problem, om jag får säga så."

"Det var ni... David klarade sig? David hade kunnat vända om också. Vad hade ni gjort om vi kom tillbaka tillsammans?"

"Han hade fått en mindre dos och lämnats kvar. Dina vänner hade hittat honom i god tid."

"Och jag fick en större dos." Luna rös till när hon återupplevde sticket i armen, hårda händer som höll fast, mörkret omkring. "Det var brutalt! Det var riktigt brutalt gjort!"

"Det hade varit värre för alla inblandade om de tagit fast dig."

"Men varför gå på mig? Gå på dem! Ni visste var de gömde sig."

"Så kan man tänka. Men det hade också blivit värre, blod hade flutit!"

"Deras blod, om de inte gav sig. Är det inte er uppgift att hålla ordning, att stå för säkerheten i stan?"

"Nej. Du misstar dig." Mannen ställde sig framför Luna. Hans ansikte nåddes av lampans ljussken: som ett träsnitt, stränga drag med djupa fåror, ögonen mörka springor, gråspräckligt skägg. "Jag är ingen vakt. Jobbar inte åt Nellie Högberg."

"Vem är du då?"

"Jag kallas Översten. Det är för att jag räknas som ledare för Armén. Du kan ha hört talas om oss."

Luna kanade längre bak i fåtöljen. Är det Armén som har räddat henne? Räddat? Nej. Hon måste tänka om! Tänka om, men hur? Hon kände huvudvärken återvända. Försökte ändå koncentrera sig. Rullgardinen var neddragen, persiennerna här. Är hon fången? Ja, så är det, hon är tillfångatagen och vet inte var!

Hon såg sig omkring med nya ögon och nu föll blicken på en grön bok som låg på läsbordet bredvid, med arabisk guldskrift. En kristen flicka hos Armén, en ung flicka som var på väg till ett kristet möte. Framför henne den ökände Översten, mest fruktad i hela stan, en våldsam extremist. Hon ville fly! Men först behövde hon fokusera på att inte kissa på sig i den fina fåtöljen.

"Då… då vet jag. Fint att ni har räddat mig. Sköterskan… Sara sa att jag kunde ta kontakt med mamma när vi har pratat. Får jag det?"

"Ja, det går bra. Om du vill, kan du åka hem."

"Är det så, får jag åka hem? Då åker jag hem. Jag kontaktar mamma så att hon kan hämta mig." Hon la ifrån sig pepparkakshjärtat på boken och greppade sin handled, där armbandet brukade sitta.

"Du ska få ditt armband innan du lämnar oss. Vi tog av det för att det är lätt att spåra och lyssna av. Ingen får komma och hämta dig här. Det förstår du säkert. Vi behöver vara försiktiga." Översten lutade sig fram mot Luna, sträckte ut armen. Hon började darra. Hans hand nådde pepparkakan, rättade till den på boken så att hjärtat hamnade rakt, som om den hörde till bokens omslag. Basrösten fortsatte:

"Luna, jag ser att jag skrämde dig. Du behöver en paus efter allt du har hört och förstått. Du kan besöka badrummet. Du är fri att tala med din mamma och åka hem idag. Men jag ber dig att först komma tillbaka en stund, jag säger till Sara att ta fram en kopp te. Jag behöver prata med dig om en sak till."

Översten följde henne till trappan, hon hastade upp till sovrummet, in i badrummet. Det var befriande att få kissa. Lite prat och sedan åka hem, tänkte hon, bara lite prat. Det är väl ingen fälla. Hon får åka hem. Vad skulle han göra med henne? Vad som helst! Han kan göra vad som helst. Hon måste fly!

Snabbt! Hon spolade i toaletten och skyndade ut i rummet, fram till fönstret, hoppades att vattenbruset från toaletten skulle överrösta när rullgardinen åkte upp.

Luna blev bländad av ljuset. Från en disig, mjölkvit himmel sken solen rakt i ansiktet, speglades i vågorna nedanför. Det var Vättern, det gick inte att ta miste på randen vid horisonten. Hon försökte titta neråt utan att öppna fönstret. Det var högt, alldeles för högt, måste vara två våningar under. Hon drämde näven i fönsterkarmen, lutade sitt huvud mot handen. "En liten stund", viskade hon, "sen ska jag åka hem".

Dörren till arbetsrummet stod öppen när Luna kom ner. Översten drog just upp persiennen.

"Hoppas du inte blev upptäckt när du stod i fönstret däruppe. Här nere är det mindre risk. Om vi håller oss långt in i rummet."

"Upptäckt?" stannade Luna till, mattan kändes varm under fötterna.

"Föreningen är aktiva med sina drönare. Bra kameror. Svåra att upptäcka. Och de har mer på gång."

Översten stod vid sidan av fönstret och tittade snett utåt. Luna kom åter ihåg hur de hade blivit förföljda den gången på väg hem med grabbarna, Joel som upptäckte och filmade.

"Slå dig ner!" vände sig Översten om, en handrörelse mot fåtöljen. På det lilla bordet två rykande muggar och en skål med bananer. De första bananerna sedan förra vintern för Luna.

När hon var på plats, drog Översten fram en puff i samma röda sammet som fåtöljen och satte sig vid hennes fötter.

"Låt mig berätta. För fyra år sen blossade kampen mellan oss och Föreningen upp. En hård kamp. De tycker vi hör hemma på Biafra. Att vi ska hålla oss där. De vill ha makten över stan. Den tillhör dem, de är äkta svenskar, hjobor. En gång för länge sen tog vi över Hammarn med list. De blev rasande, har försökt att ta tillbaka kvarteren om och om igen. För fyra år sen, det var höst, vi höll på att ta över industriområdet. Det var hård kamp. Vi hade bråttom, Ramadan närmade sig. Vi mördade en av deras män. Jag hade inte direkt anstiftat det men jag var inte emot, jag var ivrig, jag ville visa makt. En vecka senare, fastan hade börjat, var min son på väg hem från kvällsbönen. De kom på en scooter och sköt honom. Med flera skott. Han var 27 år. Hade fru och tre barn. Vi släppte industriområdet. Vi slutade slåss. Många i Armén ville fortsätta men jag orkade inte mer. Lät polisen göra sitt. Ta fast mig. Jag har suttit fängslad i fyra år. En svår tid."

Han pekade mot bordet och sa: "Ta en frukt och drick om du vill!" Luna skalade en banan, andades in den söta doften, tog ett bett. Översten sörplade lätt när han drack.

"Jag sörjde min son." ställde han tillbaka muggen. "Min fru kom och hälsade på mig i fängelset några gånger, jag sa knappt nånting. Hon grät. Sen fick jag höra att hon var på sjukhus. Hennes syster hade märkt att ögonen var gula. Hon hade blivit smal, inte berättat om smärta i magen. Jag förlorade henne också. Hon dog i levercancer. Jag sörjde min fru. Jag var mycket ensam. En kväll tog jag med en bok som jag trodde var Koranen från biblioteksrummet. I min cell upptäckte jag att det var en del av Bibeln på arabiska, det som kallas Nya testamentet. Jag läste, och jag läste hela natten. Det var bra i min sorg att läsa om Jesus. Han möter människor med vänlighet och hjälp. Han är också arg på dem som förtrycker, de högfärdiga. Han får själv lida på grund av andras hat men fortsätter vara ödmjuk. Jag har läst vidare. Det ger mig mer frid. Funderingar på ett annorlunda liv."

Han pekade mot boken bredvid skålen på läsbordet: "Du la ditt hjärta på den."

"Är det en Bibel?" häpnade Luna.

"Ja, det är min nya Bibel som jag skaffade när jag blev fri. De släppte mig tidigare. Jag skötte mig på anstalten. Och min fru hade dött."

Luna tittade förvirrat på mannen som satt vid hennes fötter. Den hon för en stund sedan blev livrädd för berättar historier, om sina sorger, om bibelläsning och frid. Hur farlig är han egentligen?

"Var det *det här* du ville berätta för mig?"

"Ja."

"Kan jag kontakta min mamma nu?"

Översten drog en suck. "Du kan kontakta din mamma. Sara hjälper dig. Hon är i köket."

Luna reste sig genast och gick mot dörren. När hon kände dörrhandtaget i handen, friheten inom räckhåll på andra sidan dörren, stannade hon plötsligt och vände sig om.

"Varför berättade du allt det här för mig?"

"Jag behöver din hjälp."

25

Det rådde stor förvirring på Fyrvaktarevägen. På julaftons morgon hade invånarna i villan kommit släntrande till köket när solen redan började titta fram mellan vajande träd i parken. Alla var fåordiga, förberedda på en lång väntan. Men redan på förmiddagen hade samtalet från Luna kommit. Stella var på sitt rum när signalen ljöd, hon tog på sig sina skärmglasögon och fick se sin dotter. Luna verkade må bra. Hon kunde inte avslöja var hon befann sig, berättade att några personer hade räddat henne från en stor fara, tagit hand om henne, hon fick allt hon behövde. På frågan när hon kunde komma hem, var svaret att det skulle dröja, förmodligen till nästa dag. Det hade med säkerheten att göra, både hennes och andras. Julfirandet där hemma fick ske utan henne. Stella uppmanades ta fram presenterna under soffan i gästrummet.

Stella blev tagen, kunde inte hålla tillbaka tårarna. Då blev Luna rörd också, försökte trösta sin mor med att hon skulle låta höra från sig så snart det blev möjligt. Mer kunde hon inte säga för tillfället.

Efter samtalet samlades alla i vardagsrummet. Nellie frågade ut Stella om vad som sagts, om Luna verkade tvingad, såg hon rädd eller stressad ut, påverkad på något sätt? De andra blev lättade över att Luna hade verkat välbehållen och ganska lugn, och att hon snart skulle återvända. Nellie förblev misstänksam, nämnde något om stockholmssyndrom, att Luna kan ha påverkats att utveckla sympati för sina kidnappare. Theo försökte lugna alla med att det inte fanns något uttalat hot eller begäran om en lösensumma.

Joel undrade vad orden om att bli räddad från en stor fara kunde betyda. De resonerade fram och tillbaka men nådde inte fram till någon slutsats. Förvirringen var påtaglig. Stellas oro tilltog. Leon såg riktigt sliten ut.

Det fanns inget annat att göra än att avvakta, förutom för Nellie, som bestämde sig för att åka in till kontoret och försöka få fram mer information. Ingen ville veta av något firande denna dag, det fick vänta tills Luna hade återvänt. Den som önskade hade möjlighet att gå i kyrkan på eftermiddagen och delta på krubbandakten, sen skulle de äta lite julbord på kvällen.

Det första Nellie gjorde när hon satte sig vid sitt skrivbord, ensam i hela stadshuset, var att ta kontakt med Martin för att fråga ut honom.

"Jag har kunnat få reda på en sak", svarade Martin, "nämligen att Föreningen inte ligger bakom. Det är Armén som har tagit fast tjejen."

"Och närmare, vet du var de håller henne fången?"

"Nej, min kontakt har gjort sig onåbar."

"Vi har en ung tjej i händerna på Armén och inget att gå på. Är du medveten om att de är kapabla att ha ihjäl folk? Du fick möjlighet att agera på egen hand. Du har haft ett halvt dygn på dig. Det håller på att spåra ur i stan…"

"Får jag påminna om vem som ligger bakom upprinnelsen till det hela? Var det inte du som ville skrämma prästen från stan? Kan undra vad som låg bakom egentligen, inte var det väl svartsjuka?"

"Du kan dra upp det där gamla. Det visar bara att du inte kan glömma hur illa skött uppdraget var. Eller om vi ändå är igång med spekulationer, måhända var det inte alls illa skött från din sida; det är väl inte så att du medvetet såg till att jaga iväg dem från huset hem till mig, att det ligger i ditt intresse att få igång och underblåsa våldet? Du med dina kontakter profiterar inte på motsättningarna händelsevis?!"

"Okej", gav Martin efter, "vi kommer inte vidare med lösa anklagelser. Jag ska fortsätta att jaga min kontakt. En sak till. Jag har fått en varning om att det kan bli ytterligare upptrappning i kväll."

"Tack för den nyheten! Också väldigt precis!"

"Jag hör av mig när jag vet mer."

"Hoppas för allas vår skull att du gör."

Nellie kopplade bort honom och masserade sina tinningar med fingertopparna. Luna hos Armén. Upptrappning i kväll. Alla lediga vakter får kallas in. Det räcker inte. Hon måste kontakta polisen! Efter lång väntan fick hon prata med stationsbefälet i Skövde. De var fullt upptagna med att hålla ställningarna mot alla våldsamheter i sin egen stad och hade inte resurser att avsätta. Dirigerad vidare till vakthavande polisbefäl i Göteborg möttes hon av sarkasm: I Göteborg rådde brist på poliser, då flera hade skadats och två stycken skjutits ihjäl under den gångna nattens kravaller. Hon skulle vara glad att det bara var en kidnappning och hot om våld i Hjo. Om det verkligen behövdes hjälp fick hon vänta ut kollegorna i Skövde.

"En fin påminnelse om varför vi har egna vaktstyrkor numera." tänkte Nellie bittert. Hon var hänvisad till sig själv. Och en handfull vakter. Men vad skulle hon göra? Lika bra att kalla in lediga vakter inför kvällen.

Hon öppnade databasen med vakternas uppgifter, avvaktade med att gå vidare, slöläste för att få tiden att gå. Kom in på noteringarna i samband med Martins anställning.

"Vilken fräckhet", tänkte hon, "att anklaga mig för svartsjuka! Vad vet han om svartsjuka, den gubben! Har han nån relation själv?"

Verkade inte så. Det fanns ovanligt lite att läsa om Martins bakgrund. Han hade sagt att han var uppvuxen i trakterna. Vid första anblicken visade filerna bara att han senast kom från Ljungby. Nellie sökte vidare och fann att Martin hade bytt namn. Både för- och efternamn. Den upptäckten gjorde det genast möjligt att följa tråden tillbaka till Hjo. Det kom fram att Martin faktiskt varit gift, under tiden i Hjo, över tjugo år sedan.

"Alice. Hon skilde sig säkert från den självbelåtne stroppen!" Letandet fortsatte i ett annat register. "Nej, hon dog. På sjukhus." Här slutade tråden. Om inte hon valde att öppna ytterligare ett register, som betydde otillbörlig slagning i systemet. Men nu var det nödläge, intalade hon sig. Slog in säkerhetskoden, läste och blev förvånad över det som uppdagades.

26

Leon var trött och samtidigt rastlös. Han hade knappt sovit något under natten, väntade på svar från personen han hade kontaktat inom Föreningen. Hon svarade inte, trots allt mer desperata meddelanden från hans sida. Vreden tilltog. Så småningom trängde sig insikten på att han bara kunde vara arg på sig själv. Han hade orsakat Lunas lidande, bitterheten hade förblindat honom, hämndbegäret vuxit i samma takt som hans upplevelse av kontroll gentemot henne och missionsgruppen avtog.

Efteråt blev han överväldigad av följderna, att just Luna skulle drabbas så hårt. Han kunde inte värja sig mot tankar på allt hemskt som kunde ske henne. Ju längre natten framskred desto mer förfärliga blev de uttänkta händelserna i hans huvud. Att se Stellas chock igår och fortsatta oro för sin dotter denna förmiddag gjorde saken ännu värre. Dessutom var han trött och nervös på ett sätt han inte upplevt tidigare, en inre upplösning höll på att ta över och lamslå honom.

Han bestämde sig för att agera. Tog ytterligare ett koncentrationspiller. Gick in till sin bror, vilket inte hänt på länge.

Joel frågade förväntansfullt ifall det kommit ny information om bortförandet. Han fick först inget tydligt svar, bara att Leon visste ett ställe där man kunde leta efter Luna, därför skulle han ge sig av. Joel ville absolut följa med. För att få honom att stanna, berättade Leon att han skulle möta någon i Föreningen. Det var förenat med vissa risker, därför behövdes han på hemmaplan, så att han kunde ta emot samtal från sin storebror och larma om det skulle bli nödvändigt. Joel undrade vem som *egentligen* ville bli hjälte, men sa inget.

Snart gick Leon med hastiga steg ut från villaområdet mot Karlsborgsvägen där det beställda fordonet väntade. Han hoppade in i den lilla röda hyrbilen, angav koordinaterna på displayen och tryckte på kör. Bilen rullade genom stan, förbi den stora julgranen på torget. I det soliga vädret var ovanligt många människor ute och rörde sig. Här i innerstan känner de sig säkra, tänkte Leon, medan bilen fortsatte förbi kyrkogården på sin väg mot Korsberga.

Medan bilen svängde genom kurvorna över Hökensås funderade Leon på olika formuleringar, hur han skulle vinkla sitt ärende för att nå resultat. Inne i Korsberga tog bilen av två gånger innan den nådde fram till destinationen: den gula herrgården med två våningar omgiven av en manshög mur.

Leon steg ur, betraktade huset genom smidesgrinden, letade upp knappen vid porttelefonen. En kvinnoröst lät honom komma in. Med en högtidlig bävan promenerade han över stenläggningen mot huset, på båda sidor nyplanterade rader av träd. När han nådde fram till ingången hördes en röst säga "välkommen", dörren öppnades, han klev på och möttes av en ung kvinna med lockigt, blont hår som var klädd i badrock med lila prickar på.

"Vilja", sträckte hon fram handen. "Trodde det var tomten, när jag såg den röda kärran. En överraskning, i varje fall."

"Leon Högberg." De tog i hand, han försökte le, svalde. Såg sig omkring, blicken stannade på den stora svenska fanan mitt emot.

"Det låter bekant", funderade Vilja, "har vi träffats?"

"Nej, jag har tagit kontakt med er... organisation , eller en medarbetare. Jag har försökt att kontakta henne igen men inte fått svar, så jag tänkte, det är ett viktigt ärende, att jag kunde be om ett kort samtal med... er ledare."

"Det handlar om arbete! Så synd!" Blicken mätte honom från topp till tå.

Han blev besvärad. "Ja, jag ber om ursäkt, så här på julafton!"

"Har precis duschat." Hon slog ut med armarna så att badrocken gled isär och blottade ett stort V med hud. "Vi förbereder oss för kvällens högtid."

"Jag vill inte störa. Jag fick ingen kontakt. Om jag kunde få en adress till någon medarbetare i stan, för visst informationsutbyte."

"Beror på vilken information det handlar om." Hon såg spjuveraktig ut.

"Omständigheterna kring en flickas försvinnande."

"Åh, intressant! Det vill jag gärna prata om själv. Kom så sätter vi oss i salongen!"

Hon öppnade ena dörrhalvan under flaggan, gick in före honom och slog sig ner med sina prickar i en randig fåtölj. "Sätt dig", nickade hon. Han gick fram till den andra fåtöljen, såg sig omkring i det plottrigt färgglada rummet, sjönk ner bland ränderna. I kristallkronan ovanför speglade sig solen tusenfalt. Genom de stora fönstren såg man altanen, bortom den en staty, kanske var det en springbrunn på sommaren, ännu längre bort ett gammaldags lusthus.

Hon sparkade av sig plyschtofflorna och drog upp sina fötter. "Berätta!"

Leon var osäker. "Om jag har förstått det rätt, så finns ledningen för Föreningen på den här adressen. Det är därför jag har åkt hit."

"Jag har nära koppling till ledningen. Deltar i verksamheten." Eftersom Leon fortfarande såg tveksam ut, la hon till: "Jag tillhör släkten, det är därför jag bor här. Allt du berättar för mig kommer ledningen till del."

"Jag har följt Föreningen på håll under en tid. Med beundran." tog han i. "För några dar sen fick jag möjlighet att meddela en av era medarbetare om förhållandena kring ett möte som skulle hållas i går kväll. Ett hemligt möte som var mot era intressen. Det verkar som att mitt meddelande har hjälpt er att gripa in, ni lyckades hindra sammankomsten."

"Jag känner till att vi fått information om ändrad adress för ett möte på Hammarn."

"Det måste varit jag."

"Du sa att en flicka har försvunnit?"

"Hon skulle till det där mötet. Jag tänkte att det var ert sätt att stoppa det hela... en tydlig markering."

"Jag sov ganska länge i morse, det är julafton, har inte hunnit höra. Men jag förstår att det här är viktigt för dig. Du har hjälpt till, så att säga." Hon satte fötterna i tofflorna och ställde sig upp. "Vi ska kolla med en i vår stab som med all säkerhet vet hur det har gått. Följ mig!" Hon tog åt höger i hallen. Bredvid en trappa som ledde uppåt fanns en dörr. Där gick hon in, medan hon frågade: "Är hon en nära bekant?"

"Jag känner henne från kyrkan."

"Ah, en syster från kyrkan! Ni tar hand om varandra?" Belysningen tändes i det trånga trapphuset. Hon sprang nerför, badrocken gled något för varje steg och blottade ena axeln. Därnere en korridor, luktade nymålat. Hon knackade på den första dörren till vänster och steg på. Han följde efter in i utrymmet, ett kalt rum med bord och två karmstolar, gamla pocketböcker på en hylla, säng i hörnet.

"Hm, han är inte här." Hon vände sig mot honom, de stod ansikte mot ansikte, han kände parfymdoften, kunde inte låta bli att titta på hennes bara axel. Hon lutade huvudet åt sidan, lyfte handen och petade på hans bröst med sitt pekfinger. "Sätt dig", sa hon, "jag ska kolla var han håller hus!"

Leon backade villrådigt mot stolen, Vilja skyndade ut ur rummet och dörren gled igen med ett klick.

Han väntade några minuter, kände på sängen, kikade in genom en smal dörr bredvid, det visade sig vara ett litet badrum. Blev otålig och tänkte glänta på dörren ut till korridoren. Den var låst. Förargligt, tänkte han, nu fick han fortsätta vänta här tills hon kom.

Då slog det honom plötsligt att han var fången. Han knackade på dörren, bultade, ropade: "Hallå, är det nån där?" Lyssnade. Tystnaden bekräftade hans farhåga. Han satte sig på sängkanten och tänkte igenom hur han hade dragits in i detta, steg för steg. Besvikelsen vällde upp inombords och med den kom tröttheten tillbaka. "Larma!" tänkte han, knappade på sitt armband för att kontakta Joel. Det lyckades inte. Försökte med mamma, också det förgäves. Rummet måste vara avskärmat, insåg han. Rättare sagt: cellen.

Han blundade och lät överkroppen falla bakåt på sängen.

27

"Ja du, Estrid, hur ska det gå?" satte sig Martin vid köksbordet med sitt eftermiddagste. "Snart är det fullt krig i stan och jag vet fortfarande inte var den gamle räven har sin lya." Katten satt på bordet, tittade på honom och fnyste till, som om hon förstod vilket rovdjur det handlade om. Genom fönstret kunde man se siluetten av ett träd, en svart hand med tusen fingrar som försökte klamra sig fast vid den sista ljusranden på himlen. Julafton hade passerat därute medan Martin gått omkring i huset handlingsförlamad, undrat om något skulle ha gjorts annorlunda och vad som kunde tänkas hända framöver.

När han satt där i lampskenet vibrerade armbandet till med ett meddelande:

"Här kommer en julklapp!" Det var från en av medarbetarna i vaktstyrkan, krypterat.

"Håller du på med sånt, Wille?" svarade Martin.

"Vänta, ska du få höra! Du bad mig hålla koll på den där Yussuf och hans kommunikation."

"Ja?"

"Först skrev han till flera mottagare i morse som jag förstod handlade om Föreningens begäran om att få flickan överlämnad. Det bekräftar den information som du fick. Alldeles nyss kom svaret: Ge dem besked, vi ska lämna över flickan."

"Oväntat." Martin sträckte ut handen för att klappa katten på huvudet.

"Jag har kunnat spåra avsändaradressen. Ett hus på Långgatan."

"Nummer?"

"Sjutton. Kan det vara ledningen som håller till där?"

"Om det här stämmer, är det årets julklapp."

"Då kan vi planera ett tillslag på direkten. De har alltid hållit till på Biafra, här är det mycket enklare att slå till."

"Det är bäst att vi rekar på plats först. Kan vara ett villospår."

"Ska jag?"

"Nej", sa Martin, "ta ledigt, du har gjort en riktigt bra insats, jag fixar det här. Om det behövs hör jag av mig igen. Förresten: du kan fortsätta hålla ett öga på Yussufs samtal."

Martin avslutade med ett knapptryck. "Nu du, Estrid, har vi fått napp. Kan det vara den där fula fisken?" Katten slickade sig om munnen. "Jag tror det!" Han ställde sig upp. "Det gäller att inte göra något överilat. Stora fiskar ska väntas ut."

Vintermörkret hade tagit över helt när Martin klev ut i gränden, gick förbi stadshusgaveln mot det julupplysta torget. Folk höll sig hemma och följde sina högtidli ga traditioner, för Martin var det längesedan julafton betydde något positivt. Nu kände han ändå en högstämd förväntan, som om han var bjuden på fest.

Han nådde hörnet där Långgatan öppnade sig söderut, drog ner kepsen i pannan, rättade till skärmglasögonen, promenerade långsamt med händerna i fickan på den högra trottoaren. Såg sig omkring lagom mycket, som om han betraktade detta pittoreska stråk i lampornas sken, stenhusen närmast torget, sedan träbyggnaderna på rad. Efter hundra meter sneglade han särskilt mycket mot andra sidan där nummer 17 låg, en hög villa lite längre in från gatan än grannhusen, svag belysning i några fönster.

Martin fortsatte ända ut till strandpromenaden, gick en minut utmed sjön, vände tillbaka. När han passerade adressen nästa gång, nu på samma sida gatan, såg han att det mitt emot fanns en liten infart mellan två hus. Den siktade han in sig på när han nådde fram för tredje gången. Han tog några steg in från trottoaren och ställde sig i dunklet utmed ena husväggen. Länge iakttog han fönstren från sitt gömställe. Bilar körde förbi, någon gång passerade ett par, senare en grupp ungdomar. Ingen lade märke till honom.

Ett gammalt minne gjorde sig påmint: parkbänk vid vattnet i stadsparken en varm sensommardag. Den mörkskäggige, stilige unge mannen som slår sig ner bredvid honom under de höga bokarna, erbjuder sina tjänster, imponerar med svaren på hans prövande frågor, ambitiös och bestämd. Tycks passa fint för uppgifterna som skulle utöka verksamheten, lite naiv men har drivkraften som han själv saknade då. Han skulle ha hållit honom kort, inte lämnat ifrån sig initiativet. Åter en gång kom känslor av grämelse och vrede över honom. Han borde ha varit mer uppmärksam, mer misstänksam...

Han vaknade till ur tankarna av att en bil saktade in och stannade mellan honom och huset. Porten vid villans hörn öppnades. Två gestalter kom gående över gårdsplanen. Martin hann filma med sina glasögon innan de klev in i bilen och åkte iväg. En gestalt stod kvar i porten, mörk siluett mot ljus bakgrund. Det måste vara han, tänkte Martin, ja, han kände det ända ner i magen, drog sig instinktivt närmare väggen. Några sekunder stod de så, innan porten stängdes.

Väl hemma gick han till sovrummet med jackan på sig, kastade kepsen på sängen och satte sig bredvid. Knäppte på skärmen, laddade över filmen och ljussatte ansiktena. Två kvinnor som gick mot bilen. Identifieringsprogrammet bekräftade att den ena var Luna, prästens dotter, den andra en viss Sara, sjuksköterska som hörde hemma på Villagatan. Vilket betyder Biafra, konstaterade Martin. Med tilltagande spänning vände han intresset mot mannen i dörren. Visst var det han. Skägg och hår hade grånat, ansiktsdragen ännu mer markanta, bestämda. Rynkiga helt enkelt.

Martin lutade sig bakåt och funderade: "Nu kör de alltså iväg med flickan. Regissören kvar på sitt gömställe. Nöjd med att ha hunnit före med bortförandet? Rädd för kusinernas hot? Eller är överlämningen en del av planen? Det återstår att se. Nu är det bäst att låta händelserna ha sin gång och följa dem noga. Flickan får helt enkelt offras."

Martin ställde sig upp, med kepsen i hand gick han ut i hallen och ropade: "Liss, du kan värma maten!"

28

"Varför svarar han inte?" Joel började bli frustrerad. Det var kväll och Leon hade inte återvänt. Snart skulle julbordet serveras. Det kändes som att han hade suttit fast på sitt rum hela dagen, tvingats vänta sysslolös.

Samtidigt var Leon på gång att undsätta Luna. När han lyckades befria henne skulle allt gammalt groll vara glömt, hon skulle ångra att hon inte lyssnade på hans beskyddande varning, tacka för den uppoffrande hjälpen och de skulle bli ett par. "Är det *detta* jag är rädd för?" blev han plötsligt varse sitt själviska perspektiv. "När Luna kan vara kidnappad och Leon inte svarar? Tänk om han också har råkat illa ut?"

"Äntligen!" tänkte han när armbandet vibrerade. Men det var inte Leon. En djup mansröst utan presentation:

"Det gäller Luna. Hon har angett dig som kontakt. Hon har valt att delta i en aktion för att förhindra att våldet sprider sig i stan. Har med sig ett larm med lokalisering. Skulle hon behöva hjälp, larmar hon. Det går till din mamma och dig. Om det sker vill jag att du manar din mamma att skicka vakter direkt."

"Det ska jag göra."

"Din insats kan också behövas så småningom. Jag kontaktar dig i så fall."

"Är det något jag kan förbereda?"

"Nej. Någon annan fråga?"

"Min bror, Leon, har åkt iväg för att leta upp Luna."

"Vart då?"

"Det sa han inte."

"När åkte han?"

"Innan lunch."

"Du kan inte kontakta honom?"

"Nej. Han skulle höra av sig om det var något. Jag börjar bli orolig."

"Bra att du berättar. Vi ska försöka leta upp honom. Jag hör av mig."

Förbindelsen avbröts.

Nästa person som Översten kontaktade var Yussuf.

"Överlämningen är på gång. Flickan har utrustningen."

"Hoppas hon klarar av uppgiften."

"Vi har övat."

"Det kommer bli stor press."

"Hon kan alltid larma."

"Eller byta sida. Avslöja dig."

"Då får vi fortsätta på annat sätt. Vi förlorar lite tid."

"Och flickan."

"Flickan är vårt instrument. Det är viktigt att ni alla förstår. Vi lämnar över flickan som infiltratör, för att stärka vår position. Inte som en eftergift, inte för att vi är rädda! Se nu till att höghöjdsdrönaren är i rätt position och att spanarna sköter tekniken!"

"De är beredda, ivriga att sätta igång."

"Bra. De kontaktar mig när baggarna börjar leverera!"

På Fyrvaktarevägen höll Theo och Nellie på att ta fram julmaten. Han satte på spellistan med deras julfavoriter men stämningen ville inte infinna sig. Theo försökte nynna med någon gång men melodin smakade falskt i munnen. Nellie var i beredskap, hade nyligen kommit hem för att delta vid julbordet. Hon försökte dölja sin ängslan inför det som kunde hända denna kväll.

Då kom ett samtal. Nellie hastade ut i hallen. Det var från Martin:

"Två saker. Flickan är hos Föreningen. Det är säkert nu, och det är ju bättre. Allt tyder också på att kvällen och natten blir lugn."

"Har du fått tag på din kontakt?"

"Nej, men vi har lyckats lyssna av några samtal."

"Ni fick inte höra var flickan är?"

"Nej."

"Fortsätt signalspaningen, jag sänker den yttre beredskapen."

"Okej."

Nellie återvände till köket något lättad. "Det ser ut som att jag kan stanna hemma i natt. Vi kanske ändå kan äta i någorlunda lugn och ro tillsammans. Jag går och säger till Stella och pojkarna att de kan sätta sig till bords."

29

"Jag känner igen dig nånstansifrån." Luna satt mitt emot Sara i bilen och fick äntligen möjlighet att reda ut varför Sara verkade så bekant. Förberedelserna inför resan hade tagit allt fokus under eftermiddagen. De hade pratat igenom överlämningen och möjliga scenarion efteråt, hon hade fått instruktioner och praktisk övning. Nu gavs lite utrymme till samtal medan bilen lämnade Hjo på väg norrut, mot kyrkogården i Grevbäck, den plats som utsetts för överlämningen.

"Vi har mötts nyligen", Saras mörka ögon utstrålade värme i den mjuka belysningen, "hemma hos Emma, men det är inte lätt för dig att känna igen mig, för jag hade peruk på mig."

"Du var där med din man! Det var ni som hade bjudit in oss till mötet i går!" utbrast Luna.

"Nja, det var inte min man. Vi spelade. Vi var där på uppdrag av Översten."

"Ni spionerade!"

"Mannen är Överstens högra hand, han lyckades få en inbjudan. Han såg det som ett spaningsuppdrag. Översten skickade med mig för att han känner mig; vi är släkt på håll, sysslingar. Han vet att mina föräldrar är kristna."

"Jaha, då är du...?"

"Jag är muslim, fast inte praktiserande. Mina föräldrar har flyttat tillbaka till Irak och blivit kristna där. Jag kände igen det ni beskrev på mötet hos Emma, att många muslimer har blivit kristna i Mellanöstern. Själv bor jag på Biafra, släkten här och vännerna är muslimer. "

"Översten berättade att han läser Bibeln. Han hade en arabisk bok som jag trodde var Koranen."

"Jag har sett den, det är Bibeln. Jag har flera vänner som är intresserade av Jesus. Själv har jag ingen bok men en bibelapp. Har en annan app också som mamma har rekommenderat med föreläsningar av kvinnor som jämför kristendom och islam. De som pratar har varit muslimer och blivit kristna. Det är intressant."

Bilen saktade in för att svänga upp till kyrkan från stora vägen.

"Jag är glad att vi har mötts." sa Luna. Nervositeten började blossa upp i magen. "Tack för att du har tagit hand om mig och följer med mig hit!"

"Jag gör det gärna. Det är så lite jämfört med din insats. Hela stan kan vara tacksam för att du valt det här. Men kom ihåg att inte ta för stora risker, det är inte meningen att du ska bli skadad! Du kan avbryta när som helst. Om du larmar kommer vaktstyrkan inom en kvart…"

Bilen stannade.

"Vi har gott om tid", fortsatte Sara, "klockstapeln är på andra sidan kyrkan."

De klev ur. En liten stenport lystes upp av bilens belysning. De två passerade genom den, började gå uppför den gropiga gången mellan gravarna. Lamporna slocknade. De stannade till i det kompakta mörkret, bara deras andning hördes. Över kyrktaket trädde stjärnhimlen fram ju mer deras ögon vande sig.

"Det här känns ganska otäckt nu." viskade Luna.

Sara lade armen om hennes axel: "Vi kollar om kyrkan är öppen!" Hon tände lampan på sitt armband, de fick syn på sidoingången rakt framför, stegade uppför trappan. Sara kände på handtaget, tryckte ner det, drog i dörren. Den gick upp med ett högljutt knarr.

"Kom!" Sara gick före in i den lilla medeltida kyrkan, där det säkert inte hade firats gudstjänst på många år. Lampans stråle visade vägen framför dem på det dammiga trägolvet, de kom till mittgången och vände åt höger, förbi en myrstack. Sara svepte runt med ljusstrålen, det glänste till ovanför altaret. De fortsatte mellan bänkraderna utan att prata, som om något oemotståndligt lockade därframme. De klev upp i koret och blev stående framför knäfallet. Två ljusstakar med stearinljus stod på stenaltaret, en tändsticksask bredvid.

"Någon brukar komma hit", sa Sara och gick fram för att tända ljusen.

Altartavlan lystes upp, en stor bågformad retabel. Mot gyllene botten framträdde Kristus på korset. Soldater med vapen på ena sidan, en knäböjande kvinna i blått på den andra. Altarreliefen hade dörrar på sidorna, halvbågar som kunde stängas. I dunklet såg de ut som två gyllene vingar, änglavingar som sträcktes ut i en gudomlig omfamning. Luna föll ner på knä vid altarringen, Sara ställde sig bakom och lade handen på hennes skuldra. Tårarna började rinna nerför Lunas kinder.

Ett surrande ljud trängde in i tystnaden, orsakad av en bil som kom körande utmed kyrkans norra sida. Röster hördes, bildörrar slog igen. Luna ställde sig upp, snyftade, torkade sitt ansikte. Hon drog en djup suck när hon vände sig om för att gå ut.

Vid klockstapeln väntade några personer som lyste mot Luna och Sara när de närmade sig. En av dem viftade med någon sorts skjutvapen och sa:

"Stanna! Flickan kommer hit. Bara flickan!" Den ena lampan fortsatte att lysa på Sara, den andra följde Luna. "Sträck fram händerna!" Handlederna bands ihop. De förde iväg henne.

Sara såg på när Luna knuffades in i bilen, lyssnade på det avtagande fordonsljudet tills det försvann.

Hon stod kvar, tagen av tystnaden som lade sig över kyrkogården, såg upp mot rymden. Det var som om oändligheten därute speglades inom henne, andades in i hennes lungor, fyllde varje liten lungblåsa med ett bländande mörker. En viskning växte fram därinifrån, tog form på hennes läppar, en viskning ut mot stjärnor och galaxer. Hon viskade Namnet.

30

Det var en gammaldags bil som gick ovanligt fort, märkte Luna. Den kördes manuellt av en man som verkade vara ledaren. Han skämtade på ett hotfullt sätt:

"Ska vi stanna till vid vägkanten och have some fun när vi har en så nice flicka i sällskapet?"

De andra två männen flabbade. Den ene satt bredvid föraren, den andre intill henne i baksätet.

"Ni behöver inte vara så blyga därbak, vi lovar att inte titta!" Flabb igen.

Så höll det på, men lyckligtvis stannade det vid dessa olustigheter. Luna försökte koncentrera sig på sin första uppgift, att kolla om de körde mot Korsberga, vilket var en förutsättning för att planen skulle kunna klaffa. När de passerade genom grinden och den upplysta herrgårdsfasaden blev synlig, var det ingen tvekan om saken. Hon kände en viss lättnad.

De parkerade framför ingången.

"Välkomnar prinsessan till slottet!" flinade flintskallen som hade kört bilen, när han öppnade hennes dörr. Tog tag i hennes arm och förde henne genom ingången.

Medan mannen vände sig om för att vänta in de andra två, såg Luna sin möjlighet att släppa iväg de första skalbaggarna. Hon slog ihop fotknölarna med den inövade rörelsen. En handfull gråa småkryp ramlade ner på golvet ur hennes byxben. De inklampande fångvaktarna föste henne vidare, någon råkade trampa på en bagge, men märkte det lyckligtvis inte. De övriga kröp hastigt mot väggen.

Männen hängde av sig sina jackor vid ingången, hölstren med pistoler blev synliga. De ledde henne rakt över hallen mot en flygeldörr. Den flintskallige knackade på, steg in, några röster hördes, han kom tillbaka, nickade till de andra. Den ene ledde in henne, den andre stannade utanför.

Inne i salongen var belysningen dämpad, till höger, vid ett långt middagsbord med stor kandelaber satt ett sällskap. De tystnade och vände sig mot dörren när Luna fördes in. Rakt fram stod en julgran upplyst med olikfärgade lampor, i taket en kristallkrona som skimrade svagt.

"Här har vi henne, äntligen, vår överraskning för kvällen!" reste sig Minna från bortre bordsändan, klädd i röd kort klänning, det blonda håret elegant uppsatt. "Låt mig se på dig!" klev hon fram. "Ta av handfängseln!"

Mannen klippte av det tjocka buntbandet som lämnade djupa fåror på handlederna. Luna masserade dem försiktigt. Minna ställde sig framför i sina glittriga pumps.

"Ta av henne koftan, det är varmt härinne!"

Minna sträckte ut sin bara arm, lyfte upp Lunas haka med sina långa röda naglar, mötte hennes blick. "Så. De har skickat över dig till oss. Luna. Svartskallarna har insett att det är säkrast. Har de skickat med nån hälsning?" Minna vände sig mot bordet, några småskrattade.

Luna skakade på huvudet.

"Inte? Det var tråkigt. Då kan du berätta för oss hur det är att vara fånge hos de där terroristerna. Beskriv för oss hur de är, fanatikerna som du har mött!"

Luna sänkte huvudet.

"Nånting kan du väl berätta. Vi vet att de var brutala, men du kan prata med oss, vi förstår. Vi är väldigt intresserade hur du har haft det, eller hur?"

Bifall hördes från bordet. "Ja, ja!" ropade Vilja på stolen närmast, klädd i en svart jumpsuit, benen i kors, vänd åt sidan med armbågen på stolsryggen. Bakom henne hade den flintskallige mannen tagit plats. Han hejade på: "Berätta! Speak out!"

Luna teg.

"Du verkar blyg, fast vi vet att du är en duktig talare. Dina möten på Hamnkrogen har lockat folk från hela stan. Till och med någon ur våra led har hittat dit och blivit charmad!"

Luna sneglade mot bordet. Den flintskallige mannen drog på munnen. Just det! Honom hade hon sett på Hamnkrogen.

"Tala! Vad gjorde de med dig?" höjde Minna rösten och kom närmare. "Vi har inte hela natten på oss!" Hennes saliv skvätte mot Lunas ansikte. "Vi börjar bli uttråkade, fast det är fest!"

Luna böjde ner huvudet ytterligare och fortsatte att vara tyst. Bordsgästerna hade också tystnat. Desto skarpare lät Minnas argsinta ord:

"Svarar du inte på frågor? Då kanske lite information kan få dig att reagera! De har fått nog av dig. Dina egna. Du är angiven. Det är dina kära syskon i kyrkan som har hjälpt oss ha koll på era möten. Inte för att vi har bett om det. De vill inte att du fortsätter, de vill tillbaka till den gamla goda ordningen, när de religiösa höll sig i kyrkan! Pojkarna som du kanske tror är dina beundrare visste inte hur de skulle få stopp på dig, bli av med dig. Men de hittade ett fint sätt att ge dig en läxa. Med vår blygsamma hjälp!"

"Det är inte sant." tittade Luna upp, skakade trotsigt på huvudet: "Det är inte sant!"

Minna var blixtsnabb. Örfilen träffade rakt på kinden. "Påstår du att jag ljuger?!" Slaget orsakade inte bara smärta och förödmjukelse, det väckte även en ny rädsla. En djup skräck över att hon kunde drabbas av vad som helst efter detta; gränsen var överskriden, hon hade ingen integritet kvar.

Vid bordet blev det tvärtom. Någon hojtade: "Vänd andra kinden till!" Och den tidigare spänningen förbyttes i uppsluppenhet. Minna såg på dem med nöjd min och gjorde en teatralisk gest mot Luna:

"Den lilla flickan tror att hon är förmer. Okej! Vi ska hjälpa henne att uppträda värdigt! Därmed har det blivit dags för dig att ta över, kära kusin. Vi fortsätter med andra delen av underhållningen!"

Vilja steg upp, tog en klunk vin, rättade till sina blonda lockar och bytte plats med Minna.

"Ja. Då är det så här: Du kan inte ha kvar de här lumpna

paltorna på dig. Du ska få klä upp dig! Och man vet aldrig om våra mörkhyade vänner har preparerat din kostym. Du ska få en passande kollektion av mig i stället."

Lunas kind brände, hon mådde illa av nervositet. Nu var det väl dags att larma med den lilla dosan i fickan, annars kunde det bli försent. Men vad händer om de upptäcker de kvarvarande baggarna? "Gud, hjälp mig!" tänkte hon. Då slog det henne vad hon kunde försöka göra.

"Klä av dig!" ropade Vilja. Viskningar och fniss kring bordet.

Luna började att dra polotröjan över huvudet. Den verkade fastna i något, hennes halsband kanske? Hon slet och ryckte och verkade trassla in sig. Samtidigt slog hon ihop fotknölarna några gånger, hoppades att alla var upptagna med hennes tröjkonster, medan de återstående baggarna föll ut ur byxbenen och kröp iväg.

"Hjälp henne!" dirigerade Vilja. Då lossnade tröjan. Luna sträckte fram den och blev tillsagd att fortsätta. Med en liten lättnad efter det lyckade konststycket, drog hon av sig byxorna, sedan strumporna. Det fanns inte längre någon återvändo. Hon stod i trosor och linne. Vissling från bordet, skratt.

"Som du förstår, måste vi befria dig från alla klädesplagg." Vilja skrattade tillgjort mot sällskapet. Några uttryckte sitt gillande. Luna bet ihop, tänkte att uppdraget faktiskt var slutfört, vad som hände med henne nu spelade mindre roll. Hon drog av sig trosorna och till sist linnet. Det enda som återstod var den gyllene halskedjan med en liten ängel på.

"Här har ni henne! Människan i sin nakna oskuld, utan något att dölja! Det är nästan så jag vill göra henne sällskap!" Applåder och tillrop från bordet. Luna försökte göra sin exponerade hudyta så liten som möjligt, samtidigt inte se rädd ut, låta bli att gråta.

"Nu ska du få passande kläder." Vilja viftade med röda underkläder som hon tagit fram ur en kasse. Jubel kring bordet. Luna hade inget annat val än att ta på sig dem.

Nästa sak som kom fram ur påsen var en vit klänning med

tyllkjol. Den visade sig vara för liten, det krasade i sömmarna när den vaktande mannen bakom henne fick dra upp dragkedjan i ryggen.

"Snart klar!" Vilja sträckte fram ett läppstift och målade hennes mun alldeles röd. Till sist tog hon upp en guldfärgad plastkrona och satte på hennes huvud. Luna stod stel som en krum pinne, kroppen var känslolös, som om själva personen hade lämnat den. Hon betraktade intensivt stjärnan i julgranens topp.

"Får jag presentera kvällens prinsessa!" Jubel, stoj och stim, glas som klirrade. En överröstande befallning, vakten tog tag i hennes arm, de gick ut i hallen, nerför en trappa, genom en korridor, inknuffad i ett rum utan belysning.

Hon var i mörker. Runt henne en tyst kammare utan dimensioner. Sakta vaknade hennes sinnen. Först blev hon medveten om surret av ljud och röster som ekade i huvudet. Sedan att det luktade nymålat. Fötterna började frysa på det kalla golvet. Ögonen uppfattade ljus som sipprade in under dörren. Hon trevade sig fram, kände på dörrkarmen, hittade ljusknappen och tände. En rad med ljusdioder i taket lyste upp det kala rummet, möblerat med bord och stol, en säng i hörnet.

Luna satte sig på sängen med ryggen mot väggen, drog upp fötterna under sig och virade in sig i täcket. Bara huvudet stack upp. Blodröda läppar, gyllene krona.

31

"När juldagsmorgon glimmar, jag vill till stallet gå", nynnade Stella när hon gick till badrummet, "och våra knän vi böjer för dig, o Jesus kär." Sången var inte ett uttryck för bekymmerslös julstämning – hon var djupt oroad – bara ett försök att motivera sig inför eftermiddagens gudstjänst. Hon behövde hämta kraft inför en uppgift som kändes övermäktig. Hur skulle hon kunna predika mitt i det här kaoset?

Den gångna natten hade hon sovit oroligt, legat vaken långa stunder. Det berodde inte bara på att Luna var borta, utan också på den uppslitande konfrontationen som ägde rum kvällen innan, på Julafton.

När Nellie hade fått reda på att Leon inte var hemma och förstod att något måste ha hänt under hans sökande efter Luna, rann bägaren över. All bitterhet och frustration öste hon ur sig, och måltavlan var återigen Stella. Den här gången skedde det inför öppen ridå: Theo och Joel fick ta del av långa haranger av anklagelser, om hur Stella motsatte sig ordningen i stan, hur hon hade viglat upp ungdomarna till att starta den där patetiska missionsgruppen och ignorerat alla förnuftiga varningar, hur hon skickade sin egen dotter till suspekta hörn av stan och offrade henne till mörkrets makter. Och sist men inte minst var det hennes fel att Leon hade dragits med och försvunnit.

Theo gick emellan, lade sin hand på hennes axel och menade att alla hade agerat av fri vilja. Dessutom hjälpte det inte att utpeka en syndabock, utan man måste se situationen i hela dess komplexitet.

Nellie skakade av sig Theos hand, i stället för att lugna henne gav hans ord ytterligare bränsle åt vredesutbrottet: nu tog han Stellas parti igen! Stella hade förvridit hans huvud, slagit in en kil mellan dem, utnyttjat deras gästfrihet genom att försöka snärja honom.

Vem vet hur det hade slutat om inte Joel tagit till orda, märkbart skakad av sin mors argsinthet, och berättat om samtalet han fått tidigare på kvällen. De tre vuxna häpnade över nyheten om mannen som tagit kontakt för att informera om Lunas insats och som också lovade att ta reda på var Leon hade tagit vägen. Joel framhöll att mannen skulle höra av sig igen, men i den rådande stämningen tyckte han det var klokast att inte säga något om sin egen tilltänkta medverkan. Theo konstaterade att det fanns goda förhoppningar om att saker skulle ordna sig och bjöd till bords.

Julbordet blev en tystlåten tillställning denna julaftonskväll. Det lilla som sades var mest av artighet och handlade om de sällsynta godsakerna, kött- och fiskrätter som numera var svåra att få tag på.

Över ris à la Maltan dristade sig Joel ändå att fråga:

"Vem kan den där mannen vara?"

"Det bör vara samma person som skickade meddelandet om Luna den kvällen hon försvann." Nellie pratade utan att titta upp från tallriken. "Tekniskt kunnig med tanke på hur mejlet skickades."

"Förmodligen är det väl nån från stan", funderade Theo, "lät det så på uttalet?"

"Jag vet inte. Nej, han talade inte dialekt. Han bröt nog lite."

Nellie tittade upp: "Det ska alltså låta som någon från Armén. Enligt senaste uppgift är Luna hos Föreningen. Att det skulle vara frivilligt tvivlar jag på. Vi kan inte lita på att den där mannen talar sanning. Uttalet är tillgjort. Du sa att rösten var väldigt mörk. Den kan vara förvrängd."

De kom inte vidare den kvällen.

Nu på juldagsmorgonen gjorde sig gåtan med mannen påmind igen. Stella hade inte bett för just detta i sin morgonbön så nu la hon till en önskan, där hon stod framför handfatet i badrummet, om Guds hjälp till den hemlige mannen. Sedan tog hon ett djupt andetag, klev ut i korridoren och gick uppför trappan för att äta frukost.

Till hennes lättnad var det ingen annan i köket, måltiden kunde intas i lugn och ro. Efteråt gick hon ner till gästrummet och satte sig vid skrivbordet för att göra färdigt förberedelserna inför gudstjänsten. Nu kunde hon inte skjuta på det mer – samtidigt saknade hon all inre drivkraft. Ville egentligen bara ge upp.

"Hur orkar man vidare på randen till en katastrof?" funderade hon. "Nellies vrede bröt fram direkt när hon fick reda på sin sons försvinnande. Var lyckas jag härbärgera min panik? Är förnekelsen så stark eller är det Gud som bär desperationen med mig? Jag känner oro och förtvivlan över hur det ska gå, ändå lever jag vidare, minut för minut. Just nu hålls tillvaron samman, men det är knappast jag som håller ihop den…"

I denna bedrövelsens djup började ett budskap spira. Sakta, under två mödosamma timmar värktes det sedan fram i form av en predikan.

Theo bjöd till lunch. De fyra hemmavarande samlades, en ömkansvärd liten skara. Långa stunder under måltiden var de försjunkna i egna tankar. De skulle just bryta upp när Joels armband signalerade för ett samtal. Alla vaknade till som av en väckarklocka. Nellie pekade på högtalarna i rummet och Joel styrde dit ljudet medan han svarade. Nu kunde de alla höra den mörka rösten med lätt brytning:

"Leon och Luna är inlåsta hos Föreningen i ett hus i Korsberga. Du kan meddela deras föräldrar."

"De hör det du säger nu."

"Bra. Det är ingen akut fara för dem."

"Vet du var?" frågade Nellie.

"Jag behöver mer tid för att bestämma deras exakta positioner."

"Sen kan vi ta över och göra fritagningen."

"Först behövs en annan insats."

"Vadå för insats?"

"Jag skickar över information genom samma kanal som tidigare. Bra om du läser den ikväll. Och Joel: imorgon återkommer jag till dig också."

Förbindelsen avbröts.

"Inte så pratglad person, men det känns som ett steg i rätt riktning." tyckte Theo.

"Skönt att höra att de inte är i akut fara, eller hur?" sa Stella.

"Om det nu stämmer." reste sig Nellie upp. "Jag får bege mig till stadshuset."

Vid tretiden åkte Stella till kyrkan tillsammans med Joel. Visst var det skönt att juldagens gudstjänst närmade sig, så att koncentrationen kunde riktas mot den, men inför själva uppdraget kände hon sig fortfarande väldigt liten.

Stan klädde sig sakta i mörker. En kall vind blåste regndroppar i ansiktet på dem när de klev ur bilen och gick mot ingången. Det stora upplysta hjärtat som hängde på väggen ovanför trottoaren svajade fram och tillbaka i kastbyarna.

Joel tog trapporna ner till källaren för att öva med Elias inför deras medverkan i gudstjänsten. Stella förberedde sig för att ta emot anländande på det lilla kyrktorget som förband kyrkan med församlingsvåningen.

Det kom många gudstjänstbesökare, också sådana som var okända för Stella. En äldre kvinna presenterade sig som Emma och berättade om sina möten med missionsgruppen. Hon var i sällskap med sin dotter och hennes man. De hörde sig för om Luna och uttryckte sin oro över situationen. Om de bara kunde hjälpa till på något sätt!

En skäggig man, som var i sällskap med två andra, hälsade glatt och tackade för senast. När han såg att hon inte kunde placera honom, sa han: "Diakon från Ljuset." Han skrattade till: "Från andra sidan. Vi sågs på Hamnkrogen." Då kom hon ihåg att de hälsat på varandra vid hennes besök på sista träffen. "Vi kanske hinner växla några ord efter gudstjänsten?" Diakonen fortsatte mot kyrkorummet.

Vid fyra var kyrkan fylld med människor, en hel del gudstjänstbesökare fick ta plats på läktaren. Stella hade inte varit med om så mycket folk under sin tid som präst. "Märkligt att det sker just när jag känner mig som svagast." tänkte hon. Bland de sista slank Theo in, utan Nellie. Orgeln anslog den högtidliga tonen och församlingen stämde in i första psalmen: "Lyss till änglasångens ord: Gud är kommen till vår jord!"

Stella blev rörd där hon satt längst fram på podiet och såg ut över det sjungande kyrkfolket. Sista versen handlade om fridens furste som stillar oro, läker sår. "Låt det ske med oss i den här gudstjänsten!" tänkte hon och fick anstränga sig för att hålla tillbaka tårarna.

Stella predikade över orden från Johannesprologen: "Ljuset lyser i mörkret och mörkret har inte övervunnit det." Hon målade upp mörkret utanför Betlehem då herdarna vaktade sin hjord om natten, hela folkets mörka situation under den romerska ockupationen, det andliga mörkret bland folkets ledare. Hon drog parallellen till deras egen jul som hade blivit allt annat än fridfull, den senaste tidens händelser, sönderfallet och våldet i landet, splittringen bland kristna. Så kom hon till vändpunkten:

"Mitt i vårt mörker tänds ljuset. Gud väntar inte på att vi ska lyckas kämpa oss ut ur mörkret. Han tänder sitt ljus där det är som mörkast, Guds ljus strålar över oss *medan* vi vandrar i mörkret. Inte inne i Jerusalem i ett upplyst palats, utan ute på ängen, mitt i natten. Det är där Herrens härlighet kan lysa som klarast, där visar Gud att inget mörker kan övervinna hans ljus. Därför kan vi ta till oss ängelns ord: Var inte rädda! Mitt i vårt mörker tänder Gud sitt ljus. Mitt i vår sorg spränger glädjen fram. Mitt i en våldsam värld ligger ett nyfött barn i en krubba. Det är ofattbart, men han är ljusets källa, han är Messias, Herren. Han är Ordet som vi behöver lyssna till, för i detta Ord finns liv som övervinner allt destruktivt, allt som dödar. Det liv som Jesus levde lyser för oss än i dag. Bibeln är som en krubba, där vi kan möta det nyfödda barnet och häpna, häpna över allt som har sagts om detta barn, allt som kommer att hända med honom och genom honom.

Han skulle ju gå ännu djupare in i dunklet, låta sig övermannas av mörkrets alla makter, lida och dö på korset. Så, och bara så kunde han spränga världens natt inifrån med uppståndelsens ofattbara strålglans. Därför lyser ljuset i mörkret, i allt mörker, till och med dödens mörker. När vi trots våra rädslor och svagheter låter detta ljus, detta Jesusljus lysa in i våra liv, så blir även vårt lilla liv människornas ljus. När mörkret omsluter oss som det gör i våra dagar, kan våra små ljuslågor, lågor som Guds Ande tänder i våra hjärtan, utgöra skillnaden, ge hopp, visa på att ljuset vinner."

Stella upplevde mer än nånsin att hon predikade till sig själv. Hon behövde verkligen höra julens glädjebudskap för att orka fortsätta med rätt perspektiv. Men hon var inte ensam om detta, det var uppenbart att församlingen rycktes med, det var som om Anden verkligen spred ljus i denna gudstjänst, lågor som av eld fördelade sig och upplyste oroliga, ovissa hjärtan, satte dem i brand.

32

Han verkar sitta på en bordskant. Bakom honom något stort, förmodligen en vas. I blickfånget står en man med kalt huvud framför en stängd dörr. En kvinnoröst hörs från vänster: "Då tar vi någon av mellandagarna."

Han rör huvudet mot vänster och ser en sittande gestalt med lockigt blont hår.

"Ska jag vara med de andra på Biafra", säger mannen, "är det inte mycket bättre om jag är med er, if you need any assistance?"

"Vi behöver ingen assistent!" hörs det bakifrån. "Din plats är på Biafra, där ska ni röra till så mycket det bara går. Du kan ta med alla grupper, förutom någon som kan sitta vid skärmarna."

"Hur går det för våra gäster?" Frågan kommer från vänster.

Mannen svarar: "Grabben har inte sovit mycket i natt men frukosten åt de upp ordentligt båda två. Flickan har fått kläderna. Hon har duschat. Det var nice."

"Du missar inget tillfälle, din voyeur!"

"Allt för säkerheten."

"Du kan gå."

Dörren slår igen. Det blonda huvudet lutar sig närmare. Trött men intensiv blick.

"Då satsar vi på att du tar dig in med masken. Jag väntar vid dörren."

"Ja, och övervakningsroboten ska inte reagera på de små laddningarna som vi låser upp med."

"I värsta fall får vi lite bråttom. Hur mycket tid behöver du?"

"Det bör gå på fem minuter, jag kollar över de nödvändiga inställningarna i förväg. Det svåraste blir nog att hitta på plats.

Jag har ingen bild eller beskrivning av rummet."

"Det går säkert bra. Vakterna kommer ändå vara upptagna borta på Biafra."

Kvinnan reser sig upp. Prickig badrock.

"Jag har fått lust att titta till vår lille Leon i lejonkulan. Borde vi inte tagit upp honom till festen i går? Kanske kan vi hitta på något trevligt i kväll i stället?" Hon avlägsnar sig mot dörren.

"Fäst dig inte för mycket vid honom", säger rösten bakifrån, "vi måste kunna använda honom som påtryckning om det blir nödvändigt."

Det blir tyst.

Översten hade kontaktats mitt på juldagsförmiddagen av spanarna inom Armén. Någon av baggarna hade manövrerats till ett lämpligt ställe och de hade lyckats få bra överföring via höghöjdsdrönaren. Han kunde ta del av samtalet live, kanske skulle det bli något intressant. Översten satt i sitt arbetsrum, tog på sig skärmglasögon. Han verkade ha hamnat på en bordskant med en vas bakom sig. Samtalet blev verkligen intressant, flera antagningar bekräftades inifrån Föreningens högborg. Det talades dock om något som Översten inte riktigt kunde placera. På något sätt verkade allt annat kretsa kring just detta oklara.

Därför, när det blev tyst, och spanaren undrade om han skulle avbryta kontakten, önskade Översten en rörelse med skalbaggen runt vasen. Han ville se personen som var kvar i rummet och vad hon höll på med. Det var riskfullt, menade spanaren, men Översten tyckte han skulle göra det ändå, långsamt och försiktigt.

Det hördes rörelser, en låda drogs ut, rösten som mumlade något. Sakta gled bilden av kvinnan in från vänster, Översten kunde betrakta ansiktet från nära håll, omgivet av långt blont hår. "Minna", viskade han, "du har också blivit en vuxen kvinna…" I händerna höll hon en teknisk apparat eller en reservdel av något slag. Hennes läppar rörde sig medan hon koncentrerat betraktade instrumentet och vred på det fram och tillbaka, tryckte på olika knappar. Översten tittade länge, zoomade in apparaten, funderade. "...och du har stort makbegär!"

Han tog av sig glasögonen och sa till spanaren att kolla efter flickan och pojken i källaren: var sitter de inlåsta? För övrigt kunde baggarna dra sig tillbaka för att minska risken för upptäckt.

Översten reste sig upp och gick fram och tillbaka på den mjuka mattan med händerna knäppta bakom ryggen. Golvet knarrade. Ibland stannade han till, drog fingrarna genom skägget, sedan fortsatte vandringen. Han övervägde drag och motdrag; för varje steg som den ena spelaren tog, ökade antalet möjliga utspel från motsatt håll. Han visste hur viktigt det kunde vara att tänka långt och brett, att inte låta sig förledas av det omedelbara. När man tror sig ha fått överblick måste man anstränga sig till att granska ytterligare ett steg längre fram, till att tänka över möjlighet efter möjlighet. Som en schackspelare.

Till sist satte han sig vid skrivbordet. Först kontaktade han Yussuf för att berätta om Föreningens planer på att bryta in på Biafra om några dagar.

"Gör upp en plan på ett tillslag mot Föreningens lokal på industriområdet, och det redan i övermorgon! Anfall är bästa försvar."

"Du menar ett skarpt tillslag?" undrade Yussuf.

"Ja, ett skarpt och hårt tillslag. Kolla upp möjligheten till ett kännbart sabotage på huset i Korsberga också!"

Lite senare aktiverade Översten förbindelsen med Joel:

"Leon och Luna är inlåsta hos Föreningen i ett hus i Korsberga. Du kan meddela deras föräldrar."

"De hör det du säger nu." kom svaret.

"Bra." sa Översten och fortsatte den korta dialogen med Nellie. Efter avslutat samtal började han skriva det utlovade brevet:

Till säkerhetschef Nellie Högberg. Vet inte om du är bekant med...

33

"Vi måste vara väldigt attraktiva!" utbrast Vilja i fåtöljen. "Här kommer nästa beundrare!"

Skärmen på väggen hade tänts med en signal och visade ett kepsklätt huvud vid den yttre porten.

"Det ser ut som en vakt." sa Minna som satt vid matsalsbordet, framför henne resterna efter juldagslunchen. "Ska vi vara skraja?"

"Jag får väl fråga vad tjommen vill."

Martin stod och huttrade vid grinden. Det var inte bara för att vinden blåste kalla regndroppar i nacken, han var nervös. Här stod han utanför den praktfullt renoverade herrgården. Skulle han få träffa tjejerna? Hur skulle det bli att träda in i huset?

"Jag har viktig information." svarade han på högtalarröstens fråga.

"Det säger alla", sprakade högtalaren.

"Det handlar om Armén. Ett avlyssnat samtal. De kanske vet mer om era planer än ni tror."

"Släpp in gubben", sa Minna, "men låt flintskallen ta emot honom."

Martin tog det lugnt uppför den stenlagda gången, inspekterade omgivningen intensivt, nickade ibland. Ringde på vid ingången, fortsatte att titta ut över trädgården. Dörren öppnades bakom honom och en bekant röst sa:

"What in hell gör du här?"

"Jaha", vände sig Martin om, "vilken överraskning! Firar du jul på landet?"

"Det finns behov av mina tjänster!" väste mannen i dörren. "Men varför kommer du hit?"

"Det finns behov av mina tjänster också."

"Du kunde ha pratat med mig, jag sa att du kan ge mig en signal!"

"Vad jag ska berätta måste sägas på plats, kräver snabba beslut."

"Allright, kom in, vad handlar det om?"

Martins blick föll på den stora flaggan med ett broderat "F" mitt i. Han nickade lätt.

"Ska du ta av dig jackan, din cap?"

"Nej, jag behåller dem på."

"Okej, vi kan sätta oss i ett rum härborta."

Martin började gå mot salongen: "Jag vill prata med tjejerna."

Han blev omsprungen av den flintskallige som lade handen på handtaget:

"Jag kan kolla om de är ready att ta emot oss."

"Jag ska prata med dem själv", stannade Martin till, "de får bestämma hur mycket som ska kommuniceras till andra medarbetare."

Under den kala hjässan rynkor av ogillande med inslag av oförståelse.

"Allright!" öppnades dörren till sist och Martin kunde stiga på.

Han blev stående vid dörren, överrumplad av rummets alla färger och former. Framför honom julgranens belysning i olika kulörer, blandade plaststolar runt det stora bordet, tjocka, sirliga guldramar kring tavlorna på väggarna, den gamla kristallkronans prismor som strödde ljusfläckar runtomkring. I fåtöljerna till vänster kusinerna, med ryggen mot honom, som en självklar del av det banala överdådet.

"Viktig information?" sa den ena i stället för hälsning. Det måste vara Vilja med sitt lockiga hår, tänkte Martin.

"Varför vill en vakt dela information med oss?" undrade den andra. Martin tog några steg fram för att kunna se Minnas profil.

"Som ni förstår övervakar vi både Armén och Föreningen.

Vi har funnit oss i den relativa ordning som har vuxit fram i stan. Nu ser vi dock hur spänningen tilltar. Ett sätt att slå vakt om ordningen är att bevara balansen."

"Du tycker att den busiga Armén har fått ett övertag och då behöver det andra laget lite hjälp av lekledaren?" Vilja pratade utan att titta upp, hon höll på att fixa till sina naglar.

"Det är fritt att tolka mitt erbjudande. I varje fall kan det vara värt att lyssna på innehållet, sen kan ni göra vad ni önskar med det."

"Låt höra! När vi ändå har släppt in dig." Även Minna höll på med nånting i knät, kanske läste hon.

Martin blev sällan mållös, men efter detta bemötande tog det några sekunder att samla sig. Han tog ytterligare några steg fram och ställde sig framför fåtöljerna med fönsterväggen i ryggen. Där stod han sedan stelt, med armarna i kors, som en grå staty.

"Vi har kunnat lyssna av deras kommunikation de senaste dagarna. Det har visat sig att de är väl insatta i vad ni har för er och vad ni planerar. I realtid i princip. Trots att ni inte använder nätkommunikation längre."

"Det är någon som läcker." tittade Vilja upp för ett ögonblick.

"De har fått reda på att ni vill göra ett större ingripande under mellandagarna på ett område där de har intressen. Armén har fått direktiv att förekomma detta genom riktade tillslag."

"När skulle detta vara aktuellt?" undrade Minna.

"Om två dagar, på lördag."

"Nämndes några närmare detaljer?"

"De skulle inrikta sig på lokalen på industriområdet. Även detta hus var på tal."

"Irriterande!" sa Vilja.

"Intressant!" sa Minna. "Uppgifter når dem väldigt snabbt."

"Kan det vara flinten som tjallar?" funderade Vilja.

"Du som är vakt på kommunen", nu riktade dig Minna rakt till Martin, "du måste vara utsänd av din chef, Nellie Högberg, eller hur? Hur har hon resonerat kring ditt uppdrag?"

"I det här fallet kan jag agera självständigt."

"Du menar att det inte är hon som har skickat dig?"

"Hon vet inte om att jag är här. Jag har ett visst utrymme."

"Ah, en privatdetektiv i stans tjänst!" log Vilja.

"Du använder ditt utrymme till att varna oss", fortsatte Minna, "använder du den till att informera Armén också?"

"Är inte så förtjust i Armén."

"Som i oss!" skrattade Vilja. "Jag sa ju att han var en beundrare!"

"Jag är från de här trakterna." Martin var fortfarande behärskad. "Och jag är så gammal att jag har varit med om en tid när det var lugnt häromkring, lugnt i stan, det bodde en handfull utlänningar på Biafra och de visste sin plats."

"Har du till och med valt sida? Eller vill du bara smickra oss?" undrade Vilja.

"Vi har alla vår historia, erfarenheter som formar våra åsikter. Mycket i historien har vi inte valt själva, eller så valde vi alltför hastigt. Nu är vi där vi är, omständigheter sätter yttre ramar, men inre övertygelser och drivkrafter förändras svårligen, de är djupt rotade."

"Djupt var ordet." sa Vilja.

Minna såg konfunderad ut, från att ha suttit bakåtlutad med benen i kors hade hon långsamt lutat sig framåt i fåtöljen, armbågar på knäna.

"Det låter som att du menar vad du säger. Vilka drivkrafter du än har, ser de ut att kunna samverka med våra just nu. Om jag förstår det rätt, så har du tagit dig hit för att erbjuda mer än den information vi har hört?"

Martins gestalt mjuknade, han satte händerna i fickan. "Det finns potential för samverkan, om det finns intresse."

Minna tittade på sin kusin. Vilja ryckte på axlarna.

Minnas tungspets blev synlig, den rörde sig sakta mot överläppen. "Som du förstår har vi planer för den här stan."

Martin nickade: "Sublima planer."

Minna höjde på ögonbrynen: "Är det fler än vi som skulle förstå din ordlek?"

"Nej, det tror jag inte."

"Bra. I varje fall behöver vi agera snart. Bättre förekomma än förekommas. Vi kan sätta planen i verket redan i morgon. En insats från dig skulle faktisk underlätta en hel del för oss. Men låt oss gå ut till lusthuset för att rådgöra. Man vet aldrig."

Vilja steg upp ur sin fåtölj. "Jag hämtar ett paraply."

34

Skärmen på skrivbordet tändes samtidigt med belysningen när Nellie steg in på sitt kontor. Visst kändes det avigt att styra stegen mot stadshuset, när de andra skulle fira julgudstjänst i kyrkan på andra sidan gatan, men det var ändå skönt att slippa behöva lyssna på Stella efter allt hon hade ställt till med. Vilken förskräcklig julafton det hade varit! Först uppslitande ilska, sedan undvikande tystnad. Nervös väntan.

Samtalet från den mystiske mannen kom som en befrielse, varthän det hela än skulle bära. Denna eftermiddag hade det åtminstone lett henne hit. Äntligen fanns något att göra, något att planera. Ungdomarna skulle fritas! Och så var det tal om ytterligare en insats, vad det nu var? Snart skulle det visa sig.

Hon slog sig ner vid skrivbordet. Ett krypterat mejl väntade redan, samma format som förra gången, sänt från ett mörkt nät.

Till säkerhetschef Nellie Högberg. Vet inte om du är bekant med något som kallas Mindcheater eller Soulkiller. Det är subliminala program som kan installeras i nätverk. Snabbast sker det med en liten apparat. Den som kommer åt en central enhet kan ladda upp ett sånt program på några minuter. Det är svårt att upptäcka, sprider sig som en mask, hopplös att radera.

Subliminala program används som ett hemligt maktredskap. De är till för att sända signaler som inte uppfattas när man hör dem eller ser dem, alltså till människans omedvetna varseblivning. Personer som under längre tid utsätts för detta bakgrundsbrus kan manipuleras i sitt tänkande. De kan styras i sina handlingar. Den är särskilt effektiv på rädda och passiva individer.

Vissa har redan lyckats aktivera såna förbjudna system på olika platser, sägs det. Grupperingar med skiftande intressen. Nu har jag fått uppgifter om att Föreningen planerar en installation i Hjo vid ett tillslag. Jag förmodar att det kan ske redan i morgon.

De senaste dagarnas turbulens och våldet som ökar i stan sker inte slumpmässigt. Allt är till för att skapa förvirring och rädsla. Utrymme att obemärkt genomföra kuppen. Fler våldsamheter kan komma att ske för att vilseleda. De kidnappade ungdomarna är också pjäser som används i spelet.

Dessutom har du en medarbetare, en äldre man, nyligen anställd. Han agerar inte i stans intresse. Sätt honom på prov! Det kommer visa vilka lojaliteter han har.

Jag förmodar att ni har nätverkscentralen i stadshuset. Lita inte på den höga säkerheten. Ni behöver sätta ut vakter de närmaste dagarna.

Du kan nå mig genom att skriva till den här adressen...

"Det är alltså verkligt!" lutade sig Nellie bakåt i sin kontorsstol. Nog hade hon hört om den här typen av hot, system som utnyttjar den senaste hjärn- och perceptionsforskningen, men att Föreningen skulle slå sig på så storvulna planer, det var inget hon hade räknat med. Kunde detta vara det största hotet, det egentliga hotet mot stan? Och redan inom kort!

"Martin", tänkte hon sedan, ställde sig upp, gick fram till fönstret, "det är förstås Martin som anklagas för dubbelspel. Jag har alltså fått ledtrådar som ömsesidigt stärker varandra: Det jag vet om Martin bekräftar att informationen från den här mannen stämmer. Och mannens beskyllningar befäster misstankarna mot Martin. Det är inte för inte han har dolt sin bakgrund. Han följer en egen agenda..."

Hennes siluett tecknade en mörk yta på fönstret. Regnet rann på utsidan, bakom syntes ljuspunkter som rörde sig: belysningen på den stora julgranen som vajade i vinden.

"...men han kommer bli avslöjad!"

Hon vände sig om. "Jag sätter igång genast!"

"Dags att avlägga rapport." inledde Nellie när Martin svarade. "Några nyheter?"

"Javisst, jag tänkte ändå höra av mig i kväll. Vi har lyckats lyssna av ytterligare ett viktigt samtal alldeles nyligen. Det är någon inom Armén som ger order om attacker mot mål, platser som Föreningen kontrollerar."

"När då?"

"På lördag."

"Vilka mål?"

"Affären på industriområdet. Kanske huset i Korsberga."

"Någon inom Armén. Har ni spårat personen?"

"Vi är på gång. Du vet hur svårt det är att komma åt dem."

"Fortsätt arbetet och meddela mig så fort ni vet! Jag ska ta ställning till hur vi agerar på lördag. En sak till: jag vill höja säkerheten på stadshuset. Vi behöver ha vaktnärvaro från i morgon. Du får göra upp ett schema. Jag vet att det inte blir så populärt med morgondagen, det är Annandag Jul..."

"Jag kan börja. Firar ändå inte jul. Så får de andra ta vid sen."

"Vad bra, tack! Hoppas du får en lugn dag!"

När samtalet var över lutade Martin huvudet bakåt i soffan – han satt i sitt vardagsrum – såg upp i taket och trodde inte att det var sant. Vilket flyt! Vilken dag! Hans tur hade verkligen vänt. Först utfärden till Korsberga, det omtumlande mötet med kusinerna som till slut gick över all förväntan. Och nu detta helt osannolika erbjudande!

"Liss!" ropade han. "Blanda till en Dirty Martini och kom och sätt dig här med mig i soffan!" Katten blev nyfiken av det glada tillropet och kom släntrande. Snart var de samlade alla tre, tillsynes en belåten liten familj.

Nellie å sin sida var mycket nöjd med Martins respons. Hon kände sig tillfreds med att ha lyckats manipulera denne självgode stropp som betett sig så nedlåtande mot henne.

Nästa uppgift var att försöka formulera ett lämpligt svar på meddelandet från mannen. Vem det nu var. Ska hon fråga? Nej, han kan svara vad han vill. Bättre att hålla sig till saken, så får han avslöja sin hemlighet när han känner för det. Det fick bli kortfattat:

Hej! Mina underrättelser handlar om lördag och attacker av Armén. Ifall något ändå händer i morgon har jag ordnat det så att stads-

huset vaktas av den nämnde medarbetaren. Tänker att det kan bli en lämplig prövning. Behöver det planeras för något mer? Nellie klickade på "sänd" och hoppades att raderna kom fram direkt. Efter några minuters väntan blev hon rastlös. Bestämde sig för att kolla nätverkscentralen. Det var länge sedan hon var nere i källarvalvet där servrarna var placerade. Hon hämtade en nyckel ur nyckelskåpet på väggen, tog hissen ner, sedan en ramp, genom två dörrar in i en längre korridor. Sensorer kände igen hennes ansikte och lät henne passera. Till sist öppnade hon den tunga porten till centralen med nyckeln hon hade med sig. Lampor tändes och hon gick in. Flera hyllor stod på rad, fullt med apparater och sladdar. Nellie tog ett varv, betraktade de blinkande enheterna, ställde sig i ett hörn, funderade. Hon lämnade utrymmet med bestämda steg, låste efter sig och återvände till sitt kontor.

Fortfarande inget svar. Hon hängde tillbaka nyckeln, stannade till och lät bli att låsa nyckelskåpet. Sköt undan en stor dörr i väggen och tog fram sitt tjänstevapen, en silvrig pistol som hon vägde i handen, öppnade magasinet, stängde, la tillbaka vapnet. Gick till hyllan på andra sidan, drog ut en låda för att kontrollera burken med ammunition. Då hörde hon signalen från skärmen och skyndade dit.

Till Nellie Lj. Jag har fått en mer detaljerad rapport om hur Föreningen tänker agera. De vill ställa till med oreda på Biafra i morgon kväll. Armén har fått reda på det och förbereder för att försvara sig. Alla räknar med att ni också ska rycka ut. Våldsamheterna kommer ta all uppmärksamhet. Ett lämpligt tillfälle att ta sig in på stadshuset. Vakten kommer bli avslöjad i morgon, bara du låter honom gå tillräckligt långt.

Du behöver koncentrera på stadshuset. Jag ser till att ungdomarna blir fria.

Det är svårt att undvika stridigheterna på Biafra.

Nellie började åter undra vem som skrev till henne med en sådan självklarhet, vem som kan veta allt detta och samtidigt vara intresserad av att samarbeta med säkerhetschefen på kommunen.

"Det får visa sig", sa hon till sig själv, "jag kan inte göra mer än att sköta min del och hoppas på det bästa, för nu är bollen i rullning."

35

Martin vaknade tidigt på Annandagen. En märklig känsla av vemod höll honom kvar från att stiga upp. Nattens drömmar började successivt återskapas i hans huvud, en blandning av bilder från mötet med kusinerna i Korsberga flöt ihop med riktigt gamla minnen från hans tidigare liv i Hjo.

Det tog en stund innan han kom att tänka på nuet, de osannolika möjligheter som stod öppna för honom, planerna som han febrilt hade utvecklat vidare under kvällen. Planer som skulle sättas i verket idag!

Motivationen spred sig i kroppen blandad med en spänd förväntan. Väl uppe, på väg till badrummet var han redan målmedveten och fokuserad inför dagens uppdrag.

Tog en macka i all hast, hade inte ens ögon för katten, delade ut korta anvisningar till Liss innan han gav sig av. Han styrde sin lilla scooter genom den mörka gränden, kroppen klöv den råkalla fartvinden. Det hade slutat regna. Han rundade stadshusets fasad för att komma till sidoingången, den som vette mot Missionskyrkan. Sköt upp kepsen för att bli igenkänd vid dörren, ställde scootern innanför när han steg in.

Vakternas rum var rakt fram på bottenvåningen. Dit gick han för att hämta sin tjänstepistol som han laddade med ett magasin. Han tog en runda runt hela byggnaden, nerifrån och upp. När han kom till Nellies dörr steg han på, siktade in sig på nyckelskåpet, lät fingrarna vandra runt dörrspringan, tog fram en fickkniv för att bända loss dörren men råkade trycka till den, och då gick den upp. Martin skrattade till: "Jasså, du låser inte nyckelskåpet! Nej, varför skulle du?"

Han tog ut en nyckel, stängde skåpet och lämnade rummet.

Tvåhundra meter därifrån satt Översten i den röda fåtöljen i hörnet på sitt arbetsrum. Med golvlampan tänd läste han i sin arabiska Bibel. Han ville ta reda på mer om denne Stefanos. Det var hans dag enligt den kristna kalendern. "Märkligt att placera en martyr mitt i julfirandet", tänkte han, "samtidigt starkt". Översten läste om hur Stefanos grips och anklagas på falska grunder. Stefanos försvarstal berörde honom: den långa historien som mynnar ut i att profeterna mördas och Jesus avrättas. Till slut dödas Stefanos själv.

"Alla tror att de gör det rätta!" konstaterade Översten. "Samma historia som upprepar sig: människor som är övertygade om sin sanning men sanningen visar sig vara falsk. De tar till våld för att lögnen inte ska avslöjas, för att tvinga sin sanning på andra. Beredda att döda för den inbillade sanningen." Tankarna ledde honom till den förra våldsvågen, hur hängiven han hade varit, känslan av stolthet, att visa upp Arméns skicklighet, mod och styrka. Som ledde till mordet på en motståndare, som i sin tur ledde till hans sons död.

"Är det martyrer som behövs för att avslöja falskheten och stoppa upptrappningen av våld? Annorlunda martyrer, som inte skadar andra, inte tvingar någonting på någon, vågar konfrontera utan skydd, som kan vara tydliga och sårbara samtidigt." Det här var nytt för Översten, tvärtemot hans tidigare referenser, där martyrskap var förknippat med våldsutövning. "Här finns en vägran av våld tillsammans med en beredskap att lida. Kompromisslös sanning, men hela tiden i kärlekens namn. Sanningen ska försvaras ända in i döden − men du kan aldrig döda för den!" Han tittade ner i bibeltexten igen, blicken föll på Stefanos ord: Herre, ställ dem inte till svars för denna synd. "Han ber till och med för sina bödlar! Gjorde inte Jesus likadant? Han fick också sätta livet till. Det är så annorlunda... Omänskligt. Gudomligt. Ingen hämnd. Bara sanning och försoning."

Det ringde på dörren, en vanlig gammaldags ringklocka. Översten tittade efter tiden på sitt armband:

"Är Sara redan här?"

Han ställde sig upp för att gå och öppna.

Sara såg energisk ut. "Jag tänkte att det är bra om jag är här i god tid." Visade upp en papperspåse: "Tog med lite lunch!" De gick till köket. Han såg på medan hon ställde in maten i kylskåpet, kokade te och satte fram skålen med bananer. De slog sig ner vid bordet.

"Har tänkt mycket på Luna, hur hon har det i sin fångenskap. Hoppas hon inte kommer till skada!" Sara lyfte muggen mot munnen, ångrade sig, ställde ner det. "Undrar om vi kommer klara av att få ut henne."

"Och den unge mannen. Han heter Leon och är inlåst i rummet bredvid, nere i källaren. Vi ska förbereda allt, så att det bara är att sätta sig i bilen, åka iväg och genomföra fritagningen."

"Men om vi blir så nervösa att vi rör till det på plats? Jag känner inte den där Joel."

Översten tänkte efter: "Luna sa att Joel är pålitlig och skicklig med tekniska saker... Jag kan programmera ett armband med anvisningar. Då behöver ni inte tänka, bara följa rösten."

"Tack!" Nu tog hon en klunk ur sin mugg.

"Det är bra att du följer med som sköterska. Man vet aldrig."

Sara skalade en banan. "Blir det bråk på Biafra ikväll?"

"Risken finns."

"Ska du dit?"

"Mm." Översten sörplade när han drack sitt te.

"Första gången, eller hur?"

"Ja, det är dags att träffa mannarna."

"Ska ni planera försvaret? Sätta hårt mot hårt?"

"Yussuf säger att mannarna är less på att vänta, vill äntligen visa vad de går för. De kan säkert inte tänka sig några eftergifter. Ändå önskar jag att det fanns en utväg. Att vi kunde bromsa våldet på något sätt. Försöka försvara oss utan att bli alltför aggressiva."

"Våld löser inte problemen, det uppstår bara ännu större problem hela tiden. Är det någon som kan övertyga dem om det, så är det du! Alla ser verkligen upp till dig."

"Mm." brummade Översten. "Vi får se."

På stadshuset gick Martin sina rundor, och han gjorde dem allt oftare under dagen. Vid en mellanlandning i vaktrummet beställde han pizza. Försökte äta den långsamt för att få tiden att gå. När det äntligen började mörkna ute, omkring klockan tre, lämnade han byggnaden, följde skyltfönstren på torgets södra sida och vek in på Långgatan, gick med bestämda steg fram till nummer 17, rakt in på gården.

Han drog sin pistol, skruvade fast en ljuddämpare, osäkrade och ringde på.

Översten som hade vandrat fram och tillbaka i sitt arbetsrum och funderat på rätta ord inför kvällen, stannade till, rynkade pannan. "Jag öppnar", sa han när han gick förbi trappan. Sara var på övervåningen och provlyssnade instruktionerna som var inspelade på armbandet. Översten tände ytterlampan och slog upp dörren.

"Nu kommer du!" Överstens röst var hård som pansar.

"Nu vågar du dig fram ur mörkret! Med vapen i hand."

"Vi arbetar för fred och säkerhet i stan, som du kanske vet. Vi vill förhindra nya terroraktioner av Armén. Jag är här för att arrestera dig."

"Du är här för att hämnas."

"Det är så ni resonerar. Jag vill att du följer med mig genast."

"Jag har blivit dömd och avtjänat mitt straff."

"Ja, ja, det var inte mycket till straff. De släppte dig alldeles för tidigt. Men nu handlar det inte om vad som varit. Du är en fara för den här stan. Du är tillbaka för att försöka fortsätta där du slutade. Men läget har förändrats. Här finns en ordning som vi inte tänker äventyra. Det finns inget utrymme för dig. Dina planer kommer inte bli av. Vi släpper inte ifrån oss initiativet."

"Vi? Tänker du fortsätta spela din roll? Den plikttrogne vakten som representerar stan?! Som om du var mån om säkerheten i den här stan! Vi vet båda att det handlar om revansch, det handlar ännu en gång om att du vill ta makten. Problemet

201

är att dina intriger inte håller den här gången heller."

"Jag låter dig ta på skor och jacka, så går vi!"

Översten stod kvar i dörren. "Du spelade högt när du tog tjänst som vakt. Räknade med att ingen skulle känna igen dig efter alla dessa år. Att du kunde gömma dig bakom din mustasch, ha. Du kunde ha hållit dig undan. Till skillnad från mig har du inte avtjänat något straff. Men ditt maktbegär är fortfarande mycket större än ditt förnuft. Du spelar för högt. Du kommer falla!"

"Vi får se vem som faller." Martin viftade med pistolen. "Jag har bevis på att du beordrat attacker i stan. Vi har spelat in samtalet."

"Om jag anklagas kommer det även visa sig vem du är. Jag kan berätta om hur du anlitade mig den gången för att hjälpa till att utöka din kriminella verksamhet. Redan då så manisk på makt att omdömet brast. Du ville ha mer och förlorade det du hade. Du borde ha lärt dig tänka ett steg till."

"Ord mot ord. Du kan inte påvisa något brottsligt omkring det som hände för tjugo år sen."

Översten, som registrerade några knappt synliga ryckningar i ansiktet hos sin motpart, lutade sig lätt framåt: "Det är bara bakgrunden. Det jag *kan* bevisa är att du låg bakom mordet på min son. Du ska bara veta vilka upplysningar man kan få på ett fängelse."

Det ryckte till ytterligare i Martins ansikte. "De upplysningarna kommer ingen mer att höra." Han sträckte fram pistolen. "Du borde också lärt dig att inte utmana någon som riktar ett vapen mot dig."

Han drog till avtryckaren. Skottet träffade i magen. Översten ryckte till. Martin sköt ännu en gång. Översten vacklade till och böjde sig framåt, tryckte händerna mot mellangärdet.

"Du gjorde motstånd mot ordningsvakt, jag sköt i självförsvar. Jag ringer ambulansen. Får se om de hinner fram i tid." Martin stoppade ner pistolen och skyndade från platsen.

Översten lättade på ena handen och såg att den var blodig. Vände, vinglade in i hallen, tog stöd med handen mot väggen och lämnade röda avtryck efter sig. "Sara", ropade han uppåt trappan, "kom hit!" fortsatte in i arbetsrummet, drog ena benet efter sig, allt större pauser mellan stegen, nådde fram till den röda fåtöljen. Vacklade till, vred runt, sjönk ner med ett kvidande.

Saras fotsteg i trappan, hennes figur som stannar till i dörren, armbandet i handen, hörlurarna på huvudet.

"Sara" stönade Översten.

"Jag tror att det här kommer funka", svarade hon. "jag ska lyssna på hela en gång till bara. Hinner jag det?"

"Sara, vi får ändra plan." Nu märkte hon att Överstens röst lät annorlunda. Tittade upp ordentligt, såg hur han satt framåtböjd med armarna över magen. Hon tog av sig hörlurarna.

"Har du fått ont i magen? Har det hänt något?" Hon skyndade fram till honom. Såg fläcken på hans mörka skjorta. "Är det... vem var det som ringde på?" Plötsligt kände hon att det drog kallt utifrån hallen. Gick ner på knä, tog tag i hans underarm.

"Det är pistolskott. Två."

"Åh, nej!" utbrast hon. "Jag ringer efter ambulans." Tryckte in nödnumret på armbandet, berättade om situationen och angav adressen.

"Ja", sa hon, "det är samma adress! Nej! Det här är en allvarlig skottskada, livshotande! Skicka en ambulans meddetsamma!"

"Någon har redan ringt", förklarade hon och sprang ut i hallen, drog igen ytterdörren, "men det lät inte så farligt, tyckte de", öppnade ett skåp, "nu skickar de en ambulans, det tar minst en kvart." sa hon mest för sig själv, tog fram två halsdukar, skyndade vidare till köket efter kökshanddukar och tillbaka till arbetsrummet. Över skjortan, runt bålen satte hon skickligt på ett tryckförband och sa att han borde ligga ner på golvet.

Han lämnade en stor mörk fläck på ryggstödet när han kasade ner, stödd av henne, la sig på mattan. Hon hämtade kudde och filt, stoppade om honom, satte sig på knä bredvid.

"Vem var det?"

"En vakt. En som jobbar som vakt."

"Varför?"

"Gammal strid. Hämndbegär. Maktbegär. Jag vet hur det känns. Han lever kvar i det. Inte jag."

Översten hade svårt att andas, hostade till och ansiktet förvreds av smärta. Sara hämtade ytterligare en kudde att stoppa under huvudet.

"Sara! Du måste åka till mötet på Biafra. Låt Joel sköta fritagningen! Skicka bilen med armbandet! Han behöver bara lyssna."

"Var är mötet?"

"Våningen, längst upp i höghuset."

"Men hur kommer jag in?"

"Du tar på dig mitt armband, dörrarna öppnas."

"Vad ska jag säga till alla de där männen?"

Översten andades tungt. "Gör så här. Ta av mitt armband nu och filma. När jag säger till."

Sara gjorde sig beredd.

"Börja med ansiktet. Okej, nu."

"Mina bröder i Armén! Jag hade hoppats att äntligen få möta er idag. Men våldet sätter stopp. Ännu en gång. Det våld som vi har varit en del av."

Översten drog ner filten över magen. Förbandet blev synligt, blodfläckarna på skjortan. Sara följde rörelsen och zoomade ut.

"Detta våld måste få ett slut. Jag har blivit skjuten av hämnd. Jag tar det. Ni behöver inte hämnas för mig. Hämnden slutar när vi slutar hämnas. Låt rättvisan ha sin gång! Lita på mina ord: Föreningen kommer oskadliggöras inom kort. Rättvisan är Guds. Hitta ett sätt att leva i fred! För era barns skull."

Han svalde, harklade sig. Fortsatte långsamt:

"Min son är död och värst med det är att jag själv har bidragit till det. Nu är det min tur. Jag ser fram emot att möta honom. Och min fru. Vill ni göra något för er ledare? Min sista önskan är fred. En rättvis, fredlig ordning, där barnen inte behöver vara rädda. Tänk på era barn som jag tänker på mina barnbarn!"

Han hostade till och nickade. Sara stängde av inspelningen.

"Sara", sa han med hes röst, "tack för att du tar med detta till dem!"

Han sträckte sig efter hennes hand. "Det betyder mycket för mig att du gör det."

Hon nickade.

"Märkligt att det blev så här. Kommer de förstå? Hämndbegäret..."

Han avslutade inte meningen. Handen var kall. Den höll hårt i hennes.

"Ambulansen måste vara här snart!" sa Sara, men än hördes inga sirener, bara Överstens gurglande andning. Han tittade i taket, efter en stund blundade han.

Sara undrade om han var vid medvetande, men plötsligt viskade han:

"Jesus."

"Ja?" Hon böjde sig fram.

"Jag ser Jesus." Hans smärtfyllda ansiktsdrag slätades ut. Sara fick tårar i ögonen.

"Han hänger på korset." Tystnad.

"Rövaren hänger bredvid." Åter tyst.

"Tänk på mig, säger han. Tänk på mig!" Lång stund av tystnad.

"Paradisets port står öppen..."

Sedan blev det helt tyst. Sara fortsatte att hålla hans hand där hon satt på knä, och genom tårarna såg hon också porten glimra till. Hon sänkte ögonlocken, försökte koncentrera sig för att se mer. Blicken fylldes med ett gåtfullt ljus... ljuset verkade komma längst inifrån, från en oändlig öppning...

Tystnaden skars itu av sirener. Strax svängde ambulansen in på gården.

36

Som de flesta på Biafra hade Sara hört talas om Överstens fina våning längst upp i höghuset. Få hade besökt den, många rykten spreds. Om den milsvida utsikten, om den lyxiga inredningen, om robotförsvar och fantastiska farkoster gömda på taket...

Nu stod hon vid Burj Biafras ingång, hyrbilen körde iväg bakom henne. Hon tittade upp. Lysande fyrkanter på den blänkande fasaden, som hållpunkter på en klättervägg mot de mattmörka molnen. "Kommer jag klara att ta mig upp?"

Bland de församlade på åttonde våning var förväntningarna stora att äntligen få möta Översten. Några stod och småpratade i mindre grupper, andra satt i soffa och fåtöljer. Männen som samtalade med Yussuf i soffgruppen mitt i lägenheten märkte att han tittade på sitt armbandsur allt oftare. "Han kommer väl?" hördes någon röst i mängden. En annan sa: "Ja, idag, han måste komma!"

En påtaglig lättnad märktes när högtalarrösten annonserade: "Översten passerar in genom huvudingång." Yussuf ställde sig upp.

Sara gick genom den rymliga hallen mot hissarna. I ett hörn såg hon några kvinnor samlade i en sittgrupp som hörde till restaurangen. Hon visste inte om de var bekanta. För säkerhets skull vände hon sig bort. På väg upp i hissen verkade våningsindikatorn räkna graden av hennes tilltagande nervositet. När den visade åtta och hjärtat kändes ända uppe i halsgropen, öppnades hissdörren och hon klev ur. Att komma på åt vilket håll hon skulle gå kändes omöjligt, så hon tog en långsam runda fram och tillbaka i korridoren, tills en dörr plötsligt slogs upp bredvid henne, sorl av mansröster inifrån. Hon darrade till, tog några medvetna andetag och steg in.

Först en häpen tystnad, Yussuf, som hon kände igen, närmast ingången. Sedan, när dörren slog igen bakom henne, utan att denVäntade klivit in, upprörda frågor och utrop. Någon som kom fram och tog tag i hennes arm så att det gjorde ont, en annan började visitera henne helt hänsynslöst, händer överallt. Det började mörkna framför ögonen, hon höll på att ramla ihop.

"Vänta!" höjde Yussuf sin röst. "Låt kvinnan sitta ner! Det måste vara Översten som har skickat henne, annars hade hon inte kunnat ta sig in."

De släpade henne till en fåtölj. Yussuf bad någon hämta ett glas vatten. Hon var omgiven av ett tjugotal mäns hotfulla blickar.

"Jag känner igen henne", fortsatte den lille gråhårige mannen, "Sara, eller hur?"

Sara nickade, drack några skakiga klunkar ur glaset som räckts fram.

"Sara hjälpte oss när vi skulle infiltrera kyrkans hemliga grupp. Hon tog också hand om flickan som vi förde bort häromdagen. Hon hjälpte till med förberedelser och utrustning när vi skickade iväg henne."

Männens blickar mildrades något.

"Det är bra, men här vad gör hon?" frågade mannen med buskig mustasch. "Och Översten, var är han?"

"Han kunde inte komma." fick hon fram.

"En gång till han inte kan komma! Varför!"

Nu blev det upprört igen. Männen började prata i mun på varandra.

Yussuf höjde sin hand och det blev tyst.

Sara tog sats: "Ni kommer förstå! Han har skickat en liten film. Jag har den på hans armband, här!" Hon visade sin högra handled.

Yussuf startade de två skärmarna i det mellersta rummet där de var samlade. "En liten film!" upprepade någon hetsigt. Cirkeln runt Sara öppnades, hon tryckte igång inspelningen. Översten blev levande, hans mörka, något osäkra stämma, den lätta brytningen:

"Mina bröder i Armén! Jag hade hoppats att äntligen få möta er idag. Men våldet sätter stopp. Ännu en gång. Det våld som vi har varit en del av."

När Översten drog ner filten över magen och blodfläckarna blev synliga vällde ett sorl fram bland åskådarna. Genast hördes någon ropa på hämnd. Som ett svar fortsatte den skadade, som man nu kunde se låg på golvet, omgiven av mattans slingriga mönster:

"Detta våld måste få ett slut. Jag har blivit skjuten av hämnd. Jag tar det. Ni behöver inte hämnas för mig. Hämnden slutar när vi slutar hämnas. Låt rättvisan ha sin gång! Lita på mina ord: Föreningen kommer oskadliggöras inom kort. Rättvisan är Guds. Hitta ett sätt att leva i fred! För era barns skull."

Återigen sorl, några "Allahu akbar" kunde urskiljas.

"Min son är död", fortsatte talet i högtalarna och slutade med orden: "Tänk på era barn som jag tänker på mina barnbarn!"

Det blev tyst och skärmarna släcktes.

Yussuf vände sig till Sara: "Berätta för oss vad som har hänt!"

"Han förberedde sig för att komma till er. Det ringde på dörren, det var inte helt mörkt än, jag var på övervåningen. Han ropade på mig. Han hade blivit skjuten i magen. Med två skott. Jag ringde ambulans och la på ett tryckförband."

"Och ni spelade in filmen!"

"Ja, han tyckte det var viktigt. Att jag skulle ta med den hit."

"Det är allvarligt, eller hur?" uttryckte någon det som alla upplevde.

"Han förlorade mycket blod. Blev medvetslös innan ambulansen kom fram. Frågan är om de hinner operera på sjukhuset i Skövde. Och i så fall hur operationen går."

Förstämdhet lade sig över hela sällskapet, hos några som en chockartad sorg, hos andra mer som trotsig vrede.

Denna kväll hade Yussuf hoppats på att kunna lämna tillbaka ledarrollen slutgiltigt. Han var trött på att hålla ihop detta bångstyriga sällskap, ville inte vara med om ytterligare kamp och strid. Nu insåg han dock att om gruppen inte skulle drivas till en tanklös hämndaktion, måste han ta kommandot. Därför höjde den lille mannen sin röst och såg sig omkring med intensiv blick:

"Vi har hört Överstens ord. Hans öde berör oss starkt. Risken är att vi blir rådvilla, att vi tar förhastade, oöverlagda beslut. Vi samlades här i en hotfull situation. För att klara av den behöver vi fortsätta att vara eniga. För att förbli eniga krävs det en ledare. Låt oss utse en ledare. Några förslag på namn?"

"Yussuf har gjort det bra. Jag föreslår att Yussuf är kvar." sa någon och fick bifall från fler. Röster surrade, någon annan nämndes.

"Vill ni ge mig ert stöd under den nuvarande krisen?" frågade Yussuf.

"Ja." sa de flesta.

"Någon däremot?"

Tystnad.

"Jag ser det som ett stort förtroende. När denna krissituation är över kommer jag lämna uppdraget så att någon annan kan bli vald. Nu behöver vi lite förfriskning. Ta för er, vagnarna står i köket. Sen samlas vi här igen, vi har ont om tid."

Efter en stund hade männen assietter i händerna, tuggade på piroger, vagnen med glas och dryck rullade in. Yussuf fortsatte:

"Som nästa steg måste vi ta ställning till den information som våra spanare fått fram. Inom kort kommer vårt område utsättas för någon sorts attack. Jag vill ha förslag på hur vi ska reagera. Men låt inte förslagen präglas av hämnd. Vi är skyldiga Översten att beakta hans uppmaning till fred."

En diskussion tog vid. Snart bildades två läger: ett fredsinriktat och ett som förespråkade våld. Det förras anförare var Yussuf, det senares mannen med den stora mustaschen. Stämningen blev alltmer hätsk, gruppen som förespråkade våld tycktes växa och få ett övertag.

Sara försökte dra sig undan. Ställde sig vid glasväggen och åt en pirog medan männen debatterade. När hon fick syn på dörren ut mot den stora balkongen, sköt hon sakta upp den och smög ut.

Hon lade armarna i kors för att skydda sig mot det kalla vinddraget, molntäcket svepte fram alldeles ovanför huvudet, svagt reflekterande stans belysning. Utsikten var både vacker och skrämmande, gatlyktornas pärlband bort mot det bottenlösa mörkret över sjön. Framme vid balkongräcket blev hon uppmärksam på ljud nerifrån. Lutade sig ut för att kunna se platsen framför höghusets ingång. Där stod en liten folksamling. Hon såg häpet hur små ljuspunkter närmade sig från olika håll. Fler var på väg att ansluta, enskilda och grupper som kom och lyste med lampor. Reflexer blinkade, alla hade ljusa kläder på sig som syntes bra i lampornas sken.

Sara förstod inte riktigt vad hon såg, men i takt med att julnatten fylldes av ljus vid hennes fötter, kände hon hur en ohejdbar glädje spreds inom henne. Utan att tänka sig för skyndade hon in för att berätta om sin upptäckt för Arméns mannar.

Snart stod de uppradade utmed den långa balkongen och stirrade nedåt på den ljusa folksamlingen som fortsatte att växa. Då överraskades alla ytterligare, av ett starkt ljussken. En stor strålkastare svepte uppifrån över människorna på marken som svarade med applåder och jubel. Successivt tändes flera mindre strålkastare runt den stora, ljuspunkter cirklade omkring på hela området nedanför höghuset. Från balkongen kunde man konstatera att det var en hel här av drönare som hade anlänt.

"Jag åker ner och talar med dem", sa Yussuf högt. "Någon som vill följa med? Övriga kan vänta häruppe."

I hissen på väg ner tänkte Yussuf högt: "Det här kan avgöra vår diskussion." En av mannarna följde med. Sara passade samtidigt på att lämna sällskapet.

När de gick ut ur byggnaden höll den ljusklädda skaran på att dela upp sig i mindre grupper, ljudvolymen var hög. Yussuf vände sig till en man – som förutom helvita kläder och ljust skägg även hade en snövit hund – och frågade efter ledaren för denna manifestation. Han blev hänvisad till ett äldre par. De hälsade glatt när han och Sara kom fram, som på gamla bekanta, och ville skicka dem till en grupp. Yussuf och Sara kände igen dem: Emma och gamle David från sammankomsterna på Hammarn.

"Vad är det som pågår?" höjde Yussuf rösten.

"Jasså", sa David, "har ni inte nåtts av budet?"

"Vi är här för att lysa upp natten!" hojtade Emma.

"Vilka vi?"

"Ett antal från församlingen", svarade David, "å många av oss har tatt med släkt å vänner."

"Vi gör en insats för Lunas skull och för freden!" fortsatte Emma.

"Ja, det är förstås en hel del folk från Hamnkrogen här ock." sa David. "Mötena alltså! Sicken uppslutning! Till och me' folk från Ljuset är här."

"Vi vill inte ha mer våld!" Emma lät väldigt engagerad. "Vi vill inte sitta hemma rädda som harar! Så vi går ut på gatorna, och stan hjälper till med drönarna."

"Vi tänkte spri' ut oss i grupper runtom Biafra. Om vi är många som visar upp oss, så måste la dom låta bli å angripa, tänkte vi."

"Var med ni också!" uppmanade Emma. "Ni kan säga till era bekanta att hjälpa till!"

Emmas dotter kom fram med skärm i hand och sa att det nu fanns nog med grupper för de viktigaste punkterna på kartan. Hon hade också försäkrat sig om att någon deltagare i varje grupp var registrerad i forumet för gemensam kommunikation. Det var dags att skicka ut dem!

Yussuf återvände in i huset förbryllad men bestämd. Han vände sig till sin kamrat som följde hack i häl: "Här kommer det frivilliga från hela stan för att beskydda Biafra, då kan vi inte börja skjuta! De har valt fredens väg. Också åt oss."

Sara var inte med. Hon sprang hemåt för att byta om till ljusa kläder.

37

Han visste egentligen mycket väl att det var tredje dagens eftermiddag, klockan fungerade faktiskt fortfarande på armbandet, ändå räknade han efter om och om igen. För Leon var det oerhört ansträngande att försöka härda ut i källarutrymmet, att inte se skillnad på natt och dag. Stundtals kändes det som att han höll på att bli galen. Samtidigt var han besviken på sig själv för att inte klara fångenskapen med större lugn. Det blev inte bättre av att han tänkte tillbaka på hur han hade låtit sig luras in hit, som en håglös liten valp.

Han var utmattad. Sov dåligt, väcktes av minsta ljud. Den begränsade kontakten med omvärlden skedde genom hörseln som snappade upp läten från olika delar av huset, sorl och knäppningar i väggarna, avlägsna samtal, basrytmer, steg som närmade sig. Några gånger om dagen sköts en matbricka in genom luckan längst ner på dörren. Han försökte prata med den som kom med måltiderna, både hotande och försonligt, men fick inget svar. Tänkte igenom eventuella flyktmöjligheter, kände på dörren, funderade på att rusa med någon av stolarna mot den. Letade i rummet och i det lilla badutrymmet efter andra möjliga verktyg som kunde hjälpa honom att ta sig ut. Det enda resultatet var upptäckten av två övervakningskameror.

Försökte fördriva tiden med att läsa någon av de gamla pocketböckerna från hyllan. Fungerade endast korta stunder. Till sist tog han sig igenom en som hette: "Två månader". Egentligen var titeln i sig skrämmande: tänk om han behövde sitta här så länge, men det var den tunnaste boken. Handlingen kretsade kring en relation som inte fungerade, död och sorg. De har till och med valt ut böckerna för att förstärka plågan här nere, suckade han.

Något som fångade hans intresse allt mer var ljud från utrymmet bredvid hans rum. Till sist blev han övertygad om att någon var inlåst där också. Vissa rörelser hördes med jämna mellanrum: en stol som sköts undan, någon som gick på toaletten, duschade. Och framför allt: när de kom med hans mat, fortsatte stegen längre bort i korridoren innan de vände. Han fantiserade kring vem det kunde vara och hur han skulle kunna ta kontakt.

Där på andra sidan satt Luna. För henne gick tiden fortare. Hon var sysselsatt vid sitt bord med att skriva. Dagen innan hade hon sagt till om skrivmaterial när maten kom, och idag fick hon papper och penna med frukosten. Nu bemödade hon sig om att samla ihop alla minnen från de senaste dagarna så noggrant som möjligt. Förutom att fördriva tiden bidrog skrivandet till att lätta på tyngden av gångna dagars jobbiga upplevelser.

Spänningen hade redan börjat släppa något på juldagsförmiddagen. En hel del ångest rann av henne i morgonduschen, följde med de renande vattendropparna som sköljde över kroppen. Med frukosten skickades även mjuka fritidskläder och strumpor in till henne så att hon slapp ta skydd under täcket med sin illasittande kostym.

Dessutom fick hon påhälsning strax innan lunch. Det var en av baggarna som kom krypande genom dörrspringan. Hon blev glad över att ha blivit funnen, fylldes av tillförsikt; de hade inte glömt henne, befrielsen planerades någonstans.

Joel tittade på kartan över Korsberga för säkert tionde gången, zoomade in huset de skulle åka till. Försökte föreställa sig fritagningens förlopp. För varje gång ändrade hans fantasi någon detalj. Han satt på sitt rum, var ensam i hela huset. Efter lunch hade Theo gett sig av till kyrkan tillsammans med Stella. Nellie var borta redan vid frukost. Äntligen skulle det bli hans tur att få göra sin insats, åka iväg för att befria både Luna och Leon.

I förmiddags kom knapphändig information från mannen

213

som hört av sig tidigare. Han sa att allt var välförberett, Joel skulle få tydliga anvisningar av en medföljande sjuksköterska som hette Sara. Detta att medhjälparen skulle vara sjuksköterska gjorde att hans fantasier färgades av blod, ett inslag han ansträngde sig för att radera ut.

På väg till köket för att fika kom signalen på hans armband. Larmsystemet visade ett fordon på väg till deras adress som behövde ett godkännande för att svänga in på området. Joel gav grönt ljus och strax stannade bilen framför villan. Han tog på sig skor och jacka och hastade ut.

Väl inne i det svarta terrängfordonet överraskades han av att vara ensam. På ett säte hittade han några saker tillsammans med ett meddelande: Sara hade fått förhinder och han behövde hitta någon som kunde följa med i stället. Övriga instruktioner var inspelade på ett armband.

"Elias", tänkte Joel medan han letade fram armbandet.

En kvart senare lämnade de två vännerna Hjo, på väg mot ett oväntat gemensamt äventyr. Medan bilen smög fram på slingriga vägar i mörkret satte Joel igång spelaren på armbandet som han hade spänt runt handleden.

"Först en sammanfattning av fritagandet. Sedan följer anvisningar för varje steg." Joel kände igen basrösten.

"Huset är bevakat med kameror vid grinden och huvudingången. Trädgården täcks av en sfärisk avkännare. Förmodligen har de lämnat kvar en vakt i ett rum på bottenvåningen som kollar skärmarna med jämna mellanrum. Ni ska ta er in i trädgården över muren från den plats där bilen stannar. Därifrån kommer ni se sidoingången. Den är larmad. Innanför finns en trappa ner till källarkorridoren där Luna och Leon är inlåsta i varsitt rum. Ni tar samma väg tillbaka. Stressa inte! Rör er snabbt och tyst. Glöm inte att följa instruktionerna för varje moment!"

"Oj då", sa Elias, "ett uppdrag för kommandosoldater!"

"Hur tänkte du att en fritagning sker?"

"Jag trodde de var ensamma i ett hus på landet. Att vi skulle låsa upp med en nyckel och hämta dem. Men det här är som

Jona i valfiskens buk, det krävs ett gudomligt ingripande för att de ska lyckas ta sig ut."

"Eller en bra plan och två modiga män."

"Modiga män, ja, dessutom utbildade, finns det väl i stans vaktstyrka. Varför åker inte *de* ut?"

"Det skulle bli sammandrabbningar i stan i kväll, sa mamma. Det är säkert därför vi fick uppdraget att åka iväg nu. Huset måste vara relativt obevakat."

"Relativt obevakat? Då kanske vi bara blir relativt skjutna."

Bilen saktade in och tog av på en grusväg. Gatubelysning syntes på avstånd, så småningom närmare bebyggelse, till slut herrgården. De svängde ytterligare en gång, det blev gropigt, bilen körde i skuggan av en lång mur och stannade halvvägs. Den mörka rösten förkunnade:

"Någon av er ska spänna det tjocka bältet på sig. Det är till för att neutralisera avkännaren i trädgården. Ta med apparater, påsar, tagg från bilen! I bagageutrymmet finns en liten hopfälld stege. Den använder ni för att klättra över muren. Tänk på att lyfta över den till andra sidan så att ni kan ta er ut sen. Ställ om armbandet till textläge!"

"Kom igen Elias, nu satsar vi!"

"Ja, varför inte? När jag ändå är här."

De steg ur och plockade med sig alla saker.

"Efter dig!" sa Joel när han hade ställt upp stegen. "Du har bältet." Kompisen klättrade upp, placerade sin runda figur med viss möda på det smala murkrönet, fötterna hängande på insidan. Joel kröp upp bredvid, balanserade med sina långa armar och ben, lyfte över stegen, släppte ner den. Det var inte långt till ingången på kortsidan, något mindre belyst än herrgårdens fram- och baksida. Joel pekade på dörren, de hoppade ner, rundade några buskar, ställde sig vid husväggen. Läste instruktionen på armbandet, smög sedan fram till dörren. De hjälptes åt att fästa en dosa på det digitala dörrlåset, lät den arbeta några ögonblick och snart kunde de ta sig in. På andra sidan satte de på sina armbandslampor för att leta efter avkännaren. Joel hittade den lilla plastlådan, höll fram taggen tills den blinkade till.

De andades ut.

Elias lyste mot spiraltrappan framför dem, höll fram sin hand i lampskenet med tummen upp. Nästa anvisning var lång, och det första som skulle göras förstod de inte riktigt: *Tryck in den övre knappen på fjärrkontrollen för att aktivera baggarna på övervåningen. Det är en avledningsmanöver. Garanterar att vakten inte sitter vid skärmarna.*

Som en bekräftelse hörde de någon som rörde sig ovanför dem, steg som avlägsnade sig. De tog trappan ner till dörren ut mot källarkorridoren. Elias kunde glänta på den, ljus syntes i dörrspringan. Efter klartecken slog han upp dörren så att Joel kunde kliva ut i korridoren med ena handen framför ansiktet. Med den andra tryckte han fast ett klistermärke på övervakningskamerans lins snett upp i hörnet. De skyndade genom korridoren mot dörren längst bort till höger. Elias fäste en liten påse på låset. Joel tog fram en tändare, höll lågan under påsen. När det började spraka tog de ett steg tillbaka och höll för ögonen. Efter en stund blev det tyst och låset hade blivit helt svart. Elias tryckte ner handtaget med armbågen och dörren gick upp.

Innanför stod Leon. "Elias och Joel!" utbrast han och låtsasboxade sin bror i bröstet. "Hur har ni…"

"Vi måste vara tysta", viskade Elias, "och skynda oss."

Han siktade in sig på dörren bredvid för att upprepa det lilla fyrverkeriet.

Leon såg häpet på: "Kan det vara…?"

Det knastrade och blixtrade.

Joel öppnade dörren och möttes av en glatt överraskad Luna. Hon kom emot som om hon ville ge honom en stor kram.

Joel tvekade. Han hade storebror i ryggen. Valde att lägga sin hand på hennes skuldra. "Är du okej?"

Hon nickade. "Har han skickat er tre för att befria mig?!"

Leon skakade oförstående på huvudet. "Jag har varit inlåst i rummet bredvid."

Elias viskade ansträngt: "Vi måste skynda oss härifrån! Det

finns en vakt uppe i huset."

"Jag måste bara ta med mig..." Luna hämtade pappren från bordet, vek ihop och stoppade ner dem i fickan.

"Den här vägen!" Elias tog täten tillbaka genom korridoren, uppför trappan. De fyra stannade till innanför utgången, Joel förklarade hur de skulle fly över muren.

Elias knuffade upp dörren och satte av i full fart, såg inte buskarna i mörkret och föll raklång över dem. Luna och Joel rundade hindret, frågade hur det var fatt. Elias hade skadat armbågen, men han kom på benen och skyndade vidare.

Leon stod redan vid stegen och tog emot honom. "Du först, Elias! Jag stöttar dig bakifrån."

Elias började klättra mödosamt, kunde bara använda ena handen.

Plötsligt hördes ett tjut bakifrån. Larmet. Elias vinglade till, halkade ner ett steg, slog i knät, men tack vare Leons grepp höll han sig kvar en bit upp på stegen.

"Kom igen, över muren!", flämtade Joel, "Din tur Luna!"

Ljuset tändes i fönstret ovanför sidoingången.

"Vakten är på väg, vi hinner inte." stannade Luna. "Vi gömmer oss! Han får inte se oss här!"

"Jag tar hand om honom", vände Leon, "ni måste fortsätta!" Han sprang mot huset. "Fortsätt ni!"

Luna satte igång att klättra upp på muren och hoppade ner på andra sidan. Joel tvekade, tittade efter sin bror, följde till slut efter Luna. "Vi skickar hjälp snart!"

Det hörde inte Leon som hade hunnit till dörren. Han ryckte upp den och ställde sig i beredskap omgiven av den öronbedövande larmsignalen. Plötsligt hoppade en vakt fram i trappkröken med dragen pistol.

"Händer ovanför huvvet!" skrek han.

Leon lydde. Vakten tog de sista trappstegen ner. Stängde av larmet. I öronen fortsatte tjutet som en avlägsen siren.

"Jaså", log han, "du trodde att det bara var att vandra ut härifrån?"

Leon försökte se snopen ut.

"Det här är en förklädd fästning, omöjlig att fly från! Så, det är bara att vandra tillbaka in i buren!"

Leon började röra på sig, tog steg efter steg nerför trappan så långsamt som möjligt, tillbaka till den förhatliga källarkorridoren. När vakten fick syn på att båda celldörrarna stod på glänt, blev han vred:

"Det här ska du få ångra!"

Det var Leons tur att le. Inföst i sin cell hörde han hur vakten svor över de förstörda låsen.

"Det blir ingen kvällsmat idag! Och tar du ett enda steg utanför din dörr, hoppar du över frukosten också. Jag har ögonen på dig."

"Undrar hur det har gått för Leon?" Det var Joel som bröt tystnaden när bilen nådde asfaltsvägen och de vågade tända belysningen.

"Han har i varje fall räddat oss." menade Elias.

"Han kanske hade hunnit?" Joel pillade med sitt armband.

"Eller så hade vi alla fått tillbringa natten i den där källaren. Någon av oss med en kula i ryggen." Elias drog upp byxbenet med sin friska arm och kände på sitt skadade knä.

"Åh, nej! " sa Joel. "Det är vårt fel att larmet gick. Vi glömde kolla den sista anvisningen." Han visade texten som lyste på armbandet:

Sista meddelandet, innan ni lämnar huset. Glöm inte att dra taggen över avkännaren när ni har öppnat dörren.

Elias tog sig för pannan: "Så klantigt! Typiskt att man blir för ivrig i slutet!"

"Vi måste prata med mamma så att hon skickar väktare från stan. De kan inte hålla kvar Leon, nu när det är känt att han är inlåst där."

"Det gör vi direkt när vi kommer hem!" sa Luna.

"Det blir svårt, för hon är på ett uppdrag i kväll."

"Då rådgör vi med Theo och mamma." föreslog Luna.

"De är inte heller hemma, skulle hjälpa till med uppdraget."

"Vad är det för uppdrag? Det är jul!"

"Föreningen planerar en kupp mot stadshuset. Vakterna ska försöka hindra dem. Mamma leder insatsen och pappa är i beredskap om någon blir skadad. De håller till i Missionskyrkan, Stella är med och hjälper till. Vi får vänta hemma. Men först vill du komma hem till ditt, Elias, eller hur?"

"Ja, jag satsar på ett juldopp i badkaret för att kurera mina blessyrer."

"Du har tagit stryk för min skull, Elias." sa Luna. "Det är jag väldigt tacksam för."

"Stryk fick jag för att jag är så klumpig, men jag får vara glad att vi lyckades till femtio procent i varje fall."

"Vi hoppas att allting rundas upp till hundra snart!"

Väl hemma frågade Joel om Luna var trött och ville vara ensam eller om han fick plocka fram julmaten så att de kunde äta tillsammans. Luna tackade ja och gick ner för att byta om till egna kläder. Men allra först skulle hon berätta för sin mamma att hon var fri.

När hon kom upp igen var det stämningsfull belysning i kök och matsal, jultoner i bakgrunden. I köket hade Joel plockat fram ett litet julbord, dukat för två i matsalen, adventsljusstake på bordet. Hon förstod att det var rätt val att ta på sig den mörkröda klänningen och sätta upp håret.

"God jul!" sa de till varandra. Joel hade svårt att ta ögonen av Luna, förbryllad över hennes förvandling. Hon i sin tur njöt av hans blick som kittlade i nacken när hon böjde sig över bordet för att plocka mat.

Med varsin tallrik fylld av godsaker satte de sig mittemot varandra.

"Ska vi be?" föreslog Luna, och de bad Gud välsigna maten. I tystnaden som följde bad båda vidare, för allt som höll på att ske och för alla inblandade.

Sedan fortsatte Luna: "Jag pratade med mamma nyss. Hon var glad för min skull förstås. Men ledsen för hur det gick med Leon."

De började äta.

"Sa hon nåt mer?"

"De hade väntat länge utan att märka av något misstänkt, men precis när jag ringde såg de några som rörde sig vid stadshusets ingång. Hon lät trött och spänd, tycker jag."

Efter en stund undrade Joel: "Vill du prata om det som har hänt? Så mycket du känner för!"

"Det kan jag göra. Jag har faktiskt skrivit ner det mesta för att hålla ordning... det är så otroligt mycket som har hänt. Känns så längesen vi åkte iväg till Hammarn för att vara med på det där mötet. Vi sa hej då och jag gick iväg tillsammans med David..."

Hon målade upp hur drönaren kom emot dem, hur de diskuterade ifall någon behövde vända om, skräcken när hon blev infångad och sövd.

Tystnade och tänkte efter.

"Vad gjorde ni när jag försvann?"

Joel berättade om den återvändande David med blodigt knä, om sökandet och färden hem. När han kom till Stellas chock och häftiga gråt, blev Luna rörd.

"Stackars mamma, hon fick vänta till nästa dag innan hon hörde av mig!"

"Fast vi fick besked att du var oskadd. Det var skönt. Någon hade skrivit till mammas mejl på stadshuset."

"Översten."

"Översten i Armén?! Hur vet du det?"

"Jag har träffat honom."

Joel häpnade: "Berätta!"

Med början i det lilla mörklagda rummet på övervåningen där hon vaknade upp på julaftonsmorgonen, berättade Luna om raden av händelser och möten med människor.

Joel rycktes med, levde sig in och fylldes av förundran över det han hörde. Hela tiden såg han in i Lunas glänsande ögon som speglade adventsljusen. Ibland drog hennes ögon ihop sig, när någon fara kom på tal, ibland blev de rundare när det handlade om förvånansvärda saker. Han glömde helt bort sig själv, gick upp i hennes ord och känslor.

Vid skildringen av hur hon föll på knä i Grevbäcks kyrka fylldes hennes ögon med tårar och han kände att han behövda hämta andan för att inte drunkna.

Skildringen av besöket i Korsberga gjorde honom upprörd, hans vrede växte i takt med att Luna blev alltmer lågmäld och fylldes av skam över de återupplevda förödmjukelserna. Hon kände i sin tur tacksamhet över hans reaktion, hans upprördhet bekräftade hennes smärta. Då var det som om han tog över en del av den efterhängsna bördan.

När han till sist hörde om hur Luna blev inlåst i den mörka källaren och stod på det kalla golvet med en tvångströja till klänning på sig, kunde han inte hejda sig från att sträcka ut handen över bordet. Luna tog den och höll kvar den tills hennes historia mötte hans: när han öppnade dörren till hennes cell.

Nu ångrade han med hela sin kropp att han inte kramade henne då. Samma ögonblick, samma återhållsamhet när de möttes, gjorde en fråga gällande hos henne. Plötsligt kopplades detta ögonblick ihop med orden som hon inte kunde ta till sig då de uttalades: påståendet att hans syskon i kyrkan hade angivit henne, eftersom de ville hindra det hon höll på med, ge henne en läxa.

Hon drog tillbaka sin hand. Började nysta i tankarna:

"Översten berättade att Föreningen visste om var vi skulle ha det andra mötet på Hammarn. Ändå hade adressen ändrats kort innan. Det var bara du, David och kanske Elias som visste om det. Och du hade en säker förbindelse med David, berättade du."

Joel förstod inte vad hon var ute efter. Hon förklarade vidare:

"En av kusinerna sa att någon av pojkarna som jag trodde beundrade mig hade avslöjat mötesplatsen för dem för att få stopp på mig och alla sammankomster. Jag trodde inte på henne. Det lät som ett påhitt för att såra mig ytterligare."

"Verkligen!"

"Möjligtvis hade jag kunnat tro Leon om nåt sånt, men

221

han satt också fången, eller hur?"

Nu fattade Joel vart hon ville komma, och han blev illa berörd:

"Så du tror att det är jag?!"

"Jag vill inte tro det. Hjälp mig förstå!"

Joel sjönk ihop där han satt, grävde bland tankarna. När han började prata, darrade rösten:

"Jag utgår från att de ha ljugit för dig. Men eftersom du tvekar på om jag har varit ärlig, eftersom du inte är övertygad om att jag skulle vara beredd att göra vad som helst för dig, så får jag berätta det jag vet om hur Leon hamnade hos Föreningen."

Luna nickade, fast hon höll på att ångra hela sitt ifrågasättande.

"På julafton var du hos Översten ända fram till eftermiddagen, eller hur. Då nån gång tog du beslutet att låta dig bli överlämnad till Föreningen. Men redan den förmiddagen kom Leon in till mig för att berätta att han skulle leta efter dig. Hos Föreningen! Jag hörde aldrig av honom, han måste ha åkt fast den dagen."

"Varför sökte han hos Föreningen, om han inte visste..."

"Och redan kvällen innan talade han om en kontakt som han hade haft. Jag tänkte inte på det då, och det behöver inte vara så. Jag har inte heller någon förklaring till hur han skulle ha fått reda på den ändrade adressen. Han kan ha hört. Vi kanske pratade högt om det vid nåt tillfälle?"

"Så kan det vara. Du behöver inte förklara mer. Jag vill bara fråga en sak till: Varför fick jag inte ge dig en kram när du befriade mig?"

"Jag blev osäker. Leon stod bakom mig. Visste inte hur du såg på honom. Hur du kände för mig..."

"Får jag ge dig en kram nu då?" Hon ställde sig upp. De möttes vid bordsänden och öppnade famnen för varandra. Det kortaste ljuset i adventsljusstaken brann ut, vekens topp glödde men slocknade strax, lämnade efter sig en sträng av rök, en avtagande doft av högtid.

38

"Skönt att göra nåt praktiskt!" sa Stella, när de hade satt sig på varsin stol.

"Ja, man behöver en paus från tankarna på allt runt omkring." tittade Theo på henne.

På eftermiddagen hade de kommit till Missionskyrkan, efter att ha hämtat utrustning på läkarmottagningen. Ställde i ordning ett hörn av församlingssalen, drog ihop bord som de bredde ut filtar på och lade fram förbandsmaterial. För övrigt hade Theo sin läkarväska i beredskap om han behövde rycka ut.

De hade verkat sida vid sida, nu satt de snett bredvid varandra i den provisoriska akutmottagningen, med utsikt mot kommunhusets sidoingång. Ensamma i en ostörd närhet. Då kom den där vågen igen, sköljde över henne helt plötsligt när hans blick mötte hennes. Samma vibrerande åtrå som i badrummet när han hade kommit ner till henne en kväll. Samma häftiga längtan som tog tag när de stod bredvid varandra i hallen på Fyrvaktarevägen. Men den här gången hade hon inget handfat att hålla sig i, hon kunde inte heller gå därifrån. Vad skulle hända nu? Om han kände likadant?

Stella svalde.

Theo frågade om hon var otålig.

Hon drog in fötterna under stolen, lutade sig lätt framåt, höll sig med sträckta armar i sitsen, nickade och sa: "Nej."

"Det är en märklig situation."

"Ja." Hon skakade på huvudet. "Hur ska det gå?"

Också han lutade sig fram: "Det känns som att den här dan är avgörande." Hans läppar rörde sig så smakfullt! "Det som sker den här kvällen kommer påverka många, länge." Hon drogs mot honom, kunde andas in hans andetag.

Han korsade armarna över bröstet.

"Jag tror sakerna hänger ihop. Om det löser sig på ett ställe så kommer det andra också lösa sig. Jag hoppas det."

Hon tittade på hans armar, kände styrkan, värmen från dem. Öppnade sin mun för att säga att hon också hoppades, frigjorde sin hand ifall den skulle behövas. Men ett namn kom emellan.

"Bara det går bra för Nellie." Han fällde överkroppen bakåt.

Stella kippade efter andan. Försökte hålla balansen på tröskeln, som hon hade tagit sats för att komma över, men nu måste stanna till på, rädda sig tillbaka. Ändra tyngdpunkt utan att ramla ihop. Hålla samman sitt hjärta så att det inte stannade i den tvära motrörelsen.

"Om det går bra för Nellie", fortsatte han, "så tror jag att vi får se Leon och Luna snart. Sakerna verkar hänga ihop."

"Mm." Hon tittade ner i golvet. Två gruskorn som någon hade dragit in. Hon trampade på det ena. "Du tänker på familjen."

"Visst gör jag. När det blir kris vill man ha sin familj samlad. Man ser sitt liv ur ett annat perspektiv."

"Det som kändes viktigt blir mindre viktigt."

"Det betyder inte att perspektiven innan inte var riktiga. Snarare att prioriteringsordningen kastas om."

Stella nickade: "Ibland behöver man skakas om för att få ordning på prioriteringarna."

"Så är det nog. Fast man kan aldrig vara säker. Det kommer nya händelser, nya vardagar och nya perspektivbyten."

"Livet skiftar ständigt. Skönt att vi kan justera inriktningen mot framtiden."

Fraserna ebbade ut. Ett tomrum av tystnad tog plats mellan dem. För Stella var det snarare en klyfta som öppnade sig. Ett slukhål av sorg över det som inte blev. Kanske inte ens hade kunnat bli, men nyss ändå verkade nåbart. Förmodligen helt rätt att det inte blev något. Ändå så smärtsamt.

Stella försökte förgäves blinka bort en tår, den växte tills den rann nerför kinden. Hon satt kvar orörlig, det tog en lång stund innan Theo tittade upp och lade märke till den glänsande randen.

"Jag har sårat dig." sa han.

Hon kunde inte säga något, men tårarna talade.

"Mina känslor har inte varit obesvarade." vaknade insikten hos Theo. "Du hoppades också på oss."

De fuktiga fårorna skapade sprickor i hennes ansikte. Han blev uppskakad. "Jag ville att du skulle kasta dig om min hals. Jag ville börja om med dig. Börja om som den jag är idag. Du ser på mig med ömhet, du förstår mig bättre än nån annan, uppskattar den jag är, allt det jag har att ge. Men du var klokare än så. Du visste att det kunde bli så här."

Hon torkade tårarna från hakan.

"Du var klokare och du var starkare. Du vet vad det betyder att skakas om. Hur snabbt våra förutsättningar kan ändras. Du skyddade oss båda."

Hon tog ett djupt, hackigt andetag.

"Jag minns att du förklarade hur du lyssnade på mig som tre olika personer. Du har verkligen gett mig något i varje hänseende: som kvinna, själasörjare och vän. Men jag har sårat dig. Jag har varit alltför självisk. Förlåt mig Stella!"

Han sträckte fram sin hand men drog tillbaka den då hon inte tog den.

"Du är förlåten", viskade hon, "jag är inte skuldfri själv."

Stellas armband började pipa. Hon samlade sig och tryckte till. Davids stämma hördes:

"Här kommer en rapport som jag lova'. Om jag inte ringer olägligt?"

"Berätta! Hur går det?" försökte Stella låta stadig.

"Jag står utanför tornet på Biafra. Vi har skickat ut folk åt alla håll å kanter. Det är en hejdundrans uppslutning, vi måste va flera hundra. Alla med ljusa paltor å lampor, som en änglahär. Planen ser ut att funka!"

"Har föreningens folk dykt upp?" undrade Theo.

"Vi har sett dom cirkulera, ja. Dom har närmat sig från än det ena, än det andra hållet, men dom är nog ordentligt skärrade, vet inte vad dom ska ta sig till."

"Har det hänt nån incident?"

"Det har detonerat en laddning tyvärr som bovarna avfyrade i närheten av ett gäng. Det var på Skövdevägen. Vi hade två grupper där som rörde sig. Så kom ett fordon å sakta' in. En av drönarna va i närheten och observerade bilen, prickade den med strålkastar'n. Då märkte vår grupp vad som va på gång å dom kunde kasta sig undan."

"Hur gick det?"

"Några av de våra blev skadade, men guskelov, bara lindrigt. Det finns en sköterska här, en viss Sara, som plåstra' om dom. Det verkar inte behövas mer vård så länge."

"Hur har reaktionen varit?"

"Än verkar moralen va god, ingen har gett upp. Å den senaste halvtimman har vart lugn. Hur går det för er?"

"Här har vi inte sett nån rörelse än." sa Theo. "Vi håller oss i beredskap."

"Gott så. Vi hörs vidare!"

"Hej så länge!"

Theo och Stella hann knappt växla några ord omkring det de hade hört, innan signalen ljöd för ett nytt samtal. Det var Luna som ringde hemifrån Fyrvaktarevägen. Stella blev överväldigad, hon kunde knappt ta in att dottern äntligen var fri. Hennes glädje blandades dock med oro över att Leon var kvar i fångenskap. Frågan var om Theo överhuvudtaget förstod den sista informationen för han fick samtidigt syn på två gråklädda gestalter som anlände till kommunhusets upplysta ingång. Theo släckte lampan i salen och gick fram till fönstret. Stella ställde sig bredvid och bad en tyst bön i mörkret.

39

Med god framförhållning inför den avtalade tidpunkten ställde sig Martin i hallen. Han var full av förväntan, alla sinnen fortfarande på helspänn. Dittills hade händelserna i stort sett avlöpt enligt hans beräkningar, nu var bara kvällens aktion kvar för att dagen skulle bli fulländad. Allt var välförberett, ändå kunde han inte vara helt lugn. Tidigare hade han tagit kontakt med sin flintskallige kompanjon som med ett stort antal föreningsmedlemmar anlänt till Biafra för att ställa till med kaos. De hade inte fått något uträttat eftersom en massa folk var i vägen. Vanligt folk dessutom, inte bara biafrabor! Ju mer de försökte komma åt området, desto tydligare såg de ett mönster: det var ett samordnat sabotage mot deras insats. Till och med drönare var på plats för att avslöja dem.

Martin manade till handling. Om folket blev skrämda skulle de dra sig tillbaka och lämna det spelrum som Föreningen behövde. En granat mot en folksamling skulle nog ändra på förhållandena. Martin fick löfte om att så skulle ske, vilket lugnade honom. Samtidigt var det fortfarande något som störde: vem hade planerat detta och varför? Fanns det andra delar av denna plan som han borde känna till? Han hann inte fundera vidare på det.

Utanför ingången stod två personer i vaktuniform. Martin ryckte till och gick för att släppa in dem. Det var Minna och Vilja, vaktkepsarna ordentligt neddragna i pannan. De tre överlade kort och tog hissen ner till källaren. Följdes åt nerför en ramp, genom två dörrar, in i en starkt belyst korridor. Sensorer kände igen Martins ansikte och lät dem passera. I början av korridoren stannade de till. Martin räckte över nyckeln till centralen, återvände sedan upp till hallen för att hålla vakt.

Vilja stod kvar medan Minna fortsatte bort mot nätverkscentralen. Hon stannade framför metalldörren på vänster sida, satte nyckeln i låset, vred om och öppnade. Lampor tändes därinne. Minna ställde sig i dörröppningen och betraktade hyllorna på rad, letade med blicken bland alla apparater för att hitta den hon skulle koppla upp sig mot. Gick fram till en som verkade den rätta, medan dörren bakom henne gled igen. Hon tryckte på några knappar för att undersöka saken. Det såg inte ut att fungera. Letade vidare, vände sig åt olika håll, flinka fingrar rörde sig över anordningarna. Äntligen, sa hon för sig själv framför en platt svart låda. Hon tog fram sitt eget instrument ur jackfickan, anslöt det för att börja ladda upp Soulkiller.

Hon kände en högtidlig bekräftelse, som att nå toppen efter en mödosam bergsbestigning och få njuta av utsikten en stund. Utsikten handlade om makt och herravälde över Hjo.

"Släpp det du håller i och höj händerna ovanför huvudet!" hördes en bestämd kvinnoröst bakifrån.

Minna ryckte till, tappade instrumentet som blev hängande i en sladd, dinglande framför hyllplanet.

"Vänd dig sakta åt höger! Om du gör en plötslig rörelse, skjuter jag."

Nellie klev fram från ett hörn av rummet, närmade sig sakta Minna, lät henne känna pistolens pipa i ryggen, sträckte sig efter hennes vapen i hölstret. Ryckte sedan loss instrumentet som hängde ner.

"Bevisningen är solklar. Apparaten tagen, allt är filmat. Jag har kroppskamera på mig, vårt sammanträffande sparas. Nu ska vi röra oss försiktigt så att inte dina kamrater gör något dumt så du blir skadad. Börja gå, lugnt och fint, runda hyllan, jag har fingret på avtryckaren."

De nådde dörren.

"Använd vänster hand för att öppna! Det andra är kvar över huvudet."

Det verkade gå trögt, Minna tryckte på handtaget flera gånger. Nellie hjälpte till att slå upp dörren med sin vänsterhand. Det var vad Minna väntade på efter att ha fångat sin kusins uppmärksamhet genom att skaka på dörrhandtaget. Minna kastade sig plötsligt ut i korridoren. En öronbedövande smäll ekade. Nellie sjönk ihop innanför tröskeln, dörren stängde sakta om henne.

Vilja sprang fram till Minna som låg framåtstupa på golvet.

"Blev du träffad?"

"Ja, i benet."

Vilja hittade ett svartkantat hål i Minnas uniformsbyxor högt upp på högra låret.

"Vi måste härifrån!" sa Vilja. "Få dig omplåstrad. Hur många är de?"

"Bara en." sa Minna.

"Bra, jag träffade honom."

"Henne."

Vilja tog tag under den skadades armar och reste henne upp. Minna lade armen om sin kusins hals och de stapplade iväg mot hissen. Den var redan på väg ner. Martin hade hört knallen och kom emot dem genom dörrarna.

"Vad har hänt?" stirrade han på blodspåren bakom det ihopklamrade paret.

"Din chef låg i bakhåll. Inne i centralen." stönade Minna.

"Hon är kvar." fyllde Vilja i. "Träffad."

Minna och Vilja snubblade vidare, stannade till vid rampen upp till hissen.

"Ska du fundera länge till?" frustade Vilja. "Eller kan du hjälpa oss upp här?!"

"Visst!" skyndade Martin efter dem.

När de steg ur hissen på gatuplan, föreslog Martin att Minna skulle slå sig ner på en stol i hallen. Han hämtade förbandslådan på vaktrummet och virade ett bandage runt Minnas lår.

"Ni måste åka till akuten i Skövde!" sa Martin. "Säg inget mer än att det varit skottlossning i Hjo. Resten får redas ut så småningom. Jag tar hand om Nellie och situationen här. Kom, jag följer er till bilen."

Med Minna stödd från två håll lämnade de stadshuset. Bilen stod parkerad snett till höger framför utgången, utmed den breda, välupplysta trottoaren. När Vilja hade låst upp bilen, hördes någon bakom dem säga:

"Stanna där ni är!"

Martin kände igen rösten, det var en vaktkollega. Han fortsatte:

"Ni är omringade. Kasta ifrån er vapnen!"

"Ja, ni är omringade!" hördes en annan bekant röst från andra sidan gatan. Även framifrån, på deras sida, dök det upp en vakt bakom stadshusets knut och närmade sig.

"Vad bra att ni kommer!" höjde Martin rösten och släppte taget om Minna.

"Va?" sa Vilja.

"Schh." viskade Martin, vände sig åter mot kollegorna: "De här två tjejerna försökte ta sig in på stadshuset förklädda till vakter. Men jag hindrade dem. Träffade den ena i benet. Jag har förbundit skadan, tänkte åka med dem till akuten i Skövde. Ni vet hur länge en ambulans dröjer!" Samtidigt som han pratade, närmade sig Martin kollegan som kom framifrån.

"Lägg ner ditt vapen på marken, Martin." ropade rösten bakom honom.

"Visst, självklart!" Martin böjde sig ner med sin pistol och släppte den. Fortsatte sedan mot sin kollega. "Men nu när ni är här, kanske jag kan återgå till att vakta. Nån av er kan följa med till sjukhuset istället."

Han ställde sig bredvid kollegan som han nått fram till och vände sig om så att han blev en i den omringande cirkeln. Vakten vid hans sida fortsatte att rikta sitt vapen mot kusinerna vid bilen.

"Hur kommer det sig, Martin, att du inte har avväpnat båda?" frågade vakten som nu hamnat mitt emot honom.

Istället för att svara gjorde Martin en snabb manöver: slog armbågen i magen på mannen bredvid sig, ryckte pistolen ur hans hand och tog ett armgrepp runt halsen bakifrån, riktade vapnet mot hans hals. Han backade några steg och ropade:

"Vi låter tjejerna åka, då behöver ingen mer bli skadad."

Vakten närmast bilen fann sig snabbt: "Okej, tjejer, ni kan

stiga in i bilen, om ni lämnar kvar pistolen på marken."

Vilja grävde fram pistolen med sin lediga hand och kastade ner den så att den studsade mot gatstenen. Minna stönade bredvid.

Samma vakt fortsatte: "Martin, du är genomskådad. Flera gånger om." En liten röd prick pekade plötsligt på baksidan av Martins axel och ett skott hördes. Han skrek till och tappade pistolen. Vakten som hade varit hans gisslan plockade snabbt upp den och nu riktades skjutvapnet åt motsatt håll. De två andra vakterna var snabbt framme vid bilen och satte handfängsel på Vilja och Minna. Sedan ropade den ena på läkare, medan den andra vände sig uppåt mot det lilla utskjutande taket ovanför stadshusets ingång och sa:

"Fint skjutet, Ester!"

"Tack!" hördes rösten ur skuggan.

"Kommer genast med stegen."

Theo och Stella hade följt utvecklingen från sin utsiktsplats på andra sidan gatan, de gläntade på fönstret för att höra vad som pågick utanför. När skottet föll greppade Theo sin läkarväska och sprang ut till kyrkans hörn. Då han fick klartecken, hastade han över gatan för att se till de skadade. Lade snabbt ett provisoriskt förband på Martins axel. Bad någon ringa efter ambulans. Sedan sa han till vakterna att hjälpa de sårade in i kyrkans lokaler. Vilja fördes också in.

Martin och Minna fick lägga sig på de iordningställda britsarna i den stora salen så att Theo kunde undersöka dem och titta närmare på deras skador. I båda fallen satt kulan kvar. Minna verkade ha förlorat en hel del blod, Martins axel var demolerad. Det gick inte att göra mer i nuläget så Theo rengjorde såren och förband dem, under handräckning av Stella. Sedan ringde han sjukhuset och förklarade läget: Martin var i behov av en snar operation och Minnas tillstånd kunde kräva en blodtransfusion.

När han hade avslutat samtalet satte han sig ner och sa högt för sig själv:

"Undrar var Nellie är?"

"Hon är nog också skadad." hördes Minnas röst från britsen.

"Vad säger du?!" sprang Theo upp. "Var är hon?"

"I nätverkscentralen. Nere i källaren."

Theo sprang ut, återvände: "Jag kommer inte in där", ropade han till vakterna, "någon måste följa med!"

Theo rusade åter iväg, en vakt efter honom.

Nellie halvlåg som en hopsjunken säck mot väggen. I mörkret omkring henne små ljusprickar i olika färger, några blinkande. Lysdioderna blev till stjärnor, rummet en svart rymd där tankarna löstes upp allt mer. Lika bra att låta det ske, drömma sig bort och försvinna. Sedan ändå en stund av klarhet. Medvetandets fokusering för att samla ihop några minnen, ställa dem på rad, se hur de kunde hänga ihop med hennes nuvarande position. Hon skulle hjälpa till att skjuta upp dörren. Sen kände hon hur det sved till i underarmen. Dånet av skottet ringde i korridoren. Flera skott. Skott och slag och skrik mellan husen. Folk som springer omkring henne. Nej. Börja om. Skottet i korridoren. Blod som rinner. Hålet, blodet som började väta tröjärmen. Hon blev yr och måste sätta sig ner. Dörren gick igen, blodet har kladdat ner hennes vänstra sida. Den råa smärtan som strålade ut i kroppen. Blodet måste stoppas! Bältet ur byxorna, som hon med stor möda till sist lyckades fästa runt överarmen, drog åt. Försökte andas ut. Behövde larma! Det blodiga armbandet som inte fungerade. Vågor av panik som tog tag. Illamående. Måste ut! Sträckte sig efter dörrhandtaget, försökte ställa sig upp, rasade tillbaka på golvet. Smärtan som stegrade, blev outhärdlig. Hon måste ha svimmat. Hon satt åter vid en husvägg i Hamnbacken, blodet rann från ögat, tumult och skrik runtomkring. Hon fick väldigt ont. Men var? Tystnad. Lampan slocknade i rummet då hon inte hade rört sig på ett långt tag. Eller var det livet som slocknade?

Plötsligt möttes hon av ett stort ljus. En vänlig, välbekant röst hördes säga:

"Nellie, min kära Nellie!"

Theo böjde sig över henne, hans hand mot hennes hals-pulsåder, mot kinden, på axeln. Snabba handgrepp för att ställa en första diagnos.

"Jag tar hand om dig nu, Nellie!"

Hon försökte svara. "Ja, ta hand om mig! Jag älskar dig!" Han såg bara hur läpparna rörde sig när han lyfte upp henne i sina armar.

"Jag tar dig till kyrkan. Ambulansen är på väg."

Det hörde hon inte längre.

Vakten höll upp dörr efter dörr när Theo bar sin hustru ut från stadshuset, över gatan, in i församlingsvåningen. Där gjordes det plats åt henne på britsen. Hon var skrämmande blek i ansiktet, tyckte Stella. Den ljusa tröjan och byxorna var fulla med blodfläckar. Stella assisterade när Theo klippte upp tröjan för att titta närmare på skottskadan. Hon sneglade på honom och blev skrämd av den sammanbitna plågan i ansiktet. Det kunde också vara vrede.

Ljudet av sirener hördes. En polisbil anlände följd av två ambulanser. Medan de sårade togs omhand av ambulanspersonalen förde den ena polisen Stella åt sidan för att ställa frågor om vad som hade hänt. Hon svarade så gott hon kunde, själv skakad av det inträffade. Snart gjorde polisen en sammanfattning och drog sin slutsats:

"För nån timme sen blev en man skjuten här i stan. Rena avrättningen. Från en stadsdel har vi fått rapporter om pågående oroligheter, och nu det här... Det ser ut som att en ny våldsvåg är under uppsegling."

Stella tänkte efter. Hennes trötta ögon kisade under luggen, rösten var matt:

"För min del tror jag att en våg precis kan ha ebbat ut."

Den första ambulansen körde iväg mot Skövde. I den låg Nellie. Bredvid satt Theo och höll hennes hand, den som inte var skadad. Det yttre ansvaret hade ambulanssköterskan tagit över,

233

nu kunde han få vara mannen, helt och hållet upptagen med att ängslas för sin fru. Mannen som genom sin beröring gör allt för att överföra liv och kärlek till den som framför alla andra i hela världen behöver få det just från honom. Kärlek som han alltför länge hade undanhållit. Mannen som känner ånger och som lovar att göra allt för denna sturska, bossiga, älskvärda kvinna, om han bara får henne tillbaka.

Den andra ambulansen for iväg strax efter den första. Minna låg på båren, ovanför huvudändan satt sköterskan. Vid Minnas fötter fick Martin ta plats på en sits med sin lindade axel. Det var riktigt vilsamt att färdas i det vaggande fordonet efter all dramatik. Smärtlindringen började verka, tankarna vävdes in i det omgivande, dova skramlet från instrumenten.

Ambulansen nådde Skövde, saktade in och svängde. Minna vände sig mot Martin. Utan kepsen såg han ut som en beskedlig grå farbror med tunt, stripigt hår.

"Nu får hon inte stryka med, Säkerhetsnellie."

"Nej." Martin mötte Minnas blick, tittade sedan upp på sköterskan. "Det skulle bli tråkigt för oss alla."

"Så irriterande att hon lyckades med sin fälla. Men sen snuvade jag henne."

"Jag lät mig också luras. Tänkte inte på att *någon* kunde hjälpa henne. Borde ha anat. Hon lät nyckelskåpet stå öppet. Som en inbjudan. Och utvecklingen på Biafra..."

"Vad hände där?"

"Inget! Våra vänner åkte därifrån med svansen mellan benen. Det var visst alldeles för mycket folk på gatorna. Ingen tillfällighet. Jag hann inte tänka igenom det. Ni var redan på gång."

"Det sket sig. Den här gången."

"Något understöd blir det i varje fall inte mer. Medhjälparen är satt ur spel. Om jag bara hade kunnat fixa det tidigare! Men bättre sent än aldrig."

Minna ville fråga vem han pratade om, ville diskutera vidare med den här mannen om både det ena och det andra. Det fanns något lockande i hans sätt, något intressant som vilade på ett naturligt samförstånd, det kände hon ända sedan han dök upp hemma i Korsberga. Men det gick inte att säga mer inför en åhörare.

Ambulansen rullade in framför akutens ingång. När bakdörren öppnades lystes scenen upp av det efterföljande vaktfordonets strålkastare. Ambulansföraren började dra ut båren, sköterskan bad Martin vänta i bilen.

"Stopp!" sa Minna. Båren bromsades och stannade till halvvägs ut. Minna kunde se Martin i ögonen på nära håll i strålkastarljuset.

"Du var på väg att ge oss skulden för det hela. Du kunde ha dragit dig ur. Ändå ville du låta oss åka, medan du offrade dig själv. Varför?"

Han sträckte fram sin hand och lade den på hennes.

"Efter alla dessa år ville jag äntligen göra nåt för min enda dotter."

Båren började rulla igen, händerna drogs isär.

Julen gick mot sitt slut.

40

Luna hade aldrig besökt någon på Biafra tidigare. Denna vår-vinterlördag var hon på väg att göra det för andra gången på kort tid.

En vecka innan hade hon hälsat på Sara i hennes lilla lägenhet. Över en fika hade de pratat om alla händelser de varit med om, likt gamla goda vänner som delar gemensamma minnen. Deras samtal ville aldrig ta slut.

När de tog avsked bjöd Luna in sin nyfunna vän till en samling i kyrkan. Det fanns en önskan hos sådana som varit med på Hamnkrogen eller hemma hos Emma att fortsätta mö-tas, och inom kort skulle den första träffen äga rum i församlingsvåningen. Sara var intresserad.

En vecka senare var alltså Luna på väg igen, promenerade i den soliga förmiddagen, från sitt nya hem i stan, ett hem som började kännas självklart, inrett av mor och dotter med en nyvunnen frihet.

Väl framme vid ingången till Burj Biafra tittade hon upp på den höga glasfasaden och blev lite nervös. Blandade känslor från i julas gjorde sig påminda. Hon steg på i den stora hallen. Vid restaurangen satt människor i små grupper. Några närmast henne log och nickade när hon gick förbi, pratade sedan med varandra vända mot henne. Hon förstod att nyheterna kring insatsen i julas hade spridits även till dessa hjobor. Hon tog sikte på en öppen hiss, angav koden. På väg uppåt försökte hon föreställa sig vad som väntade på åttonde våning. Enligt ryk-ten var lägenheten hon skulle till något alldeles speciellt. Efter en liten upptäcktsrunda hittade hon rätt dörr, tryckte på ring-klockan. Dörren gled upp och strålande ljus slog emot henne.

Hon klev in med en högtidlig känsla i det rymliga rummet

med glasvägg, mönstrade mattor och gulddekorationer. Åt höger och vänster ledde stora flygeldörrar till rummen intill, båda stod öppna på vid gavel. Från höger hörde hon den bekanta, mörka stämman som sa med lätt brytning: "Kom in, Luna, jag är här!"

Hon vred ner värmen i sin kofta, sparkade av sig skorna och gick till dörren. Där fick hon se Översten, nerbäddad mitt i en bred säng. Även här en glasvägg som släppte in den soliga dagen. Till vänster var en rullstol parkerad. På nattygsbordet till höger: dryck och några mediciner, framför stod en stol. Översten visade mot den: "Kom och sätt dig!"

Det var märkligt att ta plats vid sjukbädden, på ett sätt en sorglig inramning för denne store, starke man. Samtidigt tronade han värdigt, lutad mot kuddar, som om han tog emot på audiens.

"Tack för att du kommer på besök!"

"Har du ont?"

"Ja, jag har ont, men jag lever. Trodde jag skulle lämna livet, men Gud ville annat. Så nu är jag här. Skönt att lämna sjukhuset."

"Fin lägenhet."

"Den är lite prålig, men praktisk. Allt i ett plan, breda dörrar, stort badrum. Barnbarnen bor i närheten, min svärdotter tittar till mig varje dag. Fast helst skulle jag vara i mitt nya hem nere vid sjön... Det är osäkert om jag kan återvända, fungerar dåligt med rullstol."

"Kommer du inte kunna gå?"

"Det ser inte ut så, min ryggrad är skadad."

"Du kan låta bygga om huset. Bo på bottenvåningen."

"Kanske det... det vore fint om jag kunde lämna över det här stället till Armén. Än så länge är det ändå bra att de får se mig här, deras gamle ledare. Kanske lyssnar de på mig..."

"Hur är det att möta alla igen?"

"Det tar tid. En kort stund hälsar de på, några åt gången. De vet inte mycket om den förändring jag gått igenom. Min närmaste man, Yussuf, börjar förstå. Jag får ta det i små portioner. Pratar om fred."

"Armén höll fred när Föreningen provocerade dem på Annandagen!"

"Tack vare Saras modiga ingripande, flera gånger om: hon tog med sig inspelningen hit, hon visade ljusdemonstrationen för mannarna, hon förband dem som skadades vid sprängningen. Allt hängde på en skör tråd. Om det hade skett fler incidenter, en sprängladdning till, och Armén hade svarat med vapen. Våldet ligger så nära tillhands för många."

"Men vi fick fred!"

"Ja. Det är stort. Och skört…"

Översten tittade upp i taket. Han har ont, tänkte Luna.

"Jag hade en dröm på sjukhuset." sa han långsamt. "Såg mig själv utifrån, hur jag står på en skinande plats inför en ljus gestalt som skickar mig tillbaka till världen och säger: 'Frid! Jag ger dig frid. Du ska ta med dig min frid!' Jag är övertygad om att det är därför jag är tillbaka. Jag har fått en möjlighet, ett uppdrag."

Luna lyssnade förvånat.

"Först behövde jag friden själv, förstås. Tidigare har jag orsakat mycket stridigheter. Jag har haft starka skuldkänslor, framför allt för min sons död. Jag var rädd för att jag har gjort för mycket ont. Men jag har fått lämna allt det där hos honom. Han gjorde mig fri."

Översten talade med en inre glöd, upp mot taket som om han såg genom det.

"Den där eftermiddan, när jag höll på att förblöda på golvet, tänkte jag på Jesus, hoppades att han skulle föra mig till paradiset, som rövaren på korset. Jag var inte värd, men jag önskade så att jag fick träffa min son, min fru. Han har tagit emot mig! Men han skickade mig tillbaka, för att ge mig en chans att gottgöra något av allt det onda jag gjort."

Nu såg han på Luna: "Så tror jag. Men det här berättar jag bara för dig. Än så länge."

Luna kände sig hedrad av att ha blivit anförtrodd en sådan märklig hemlighet. Hon kom inte på något passande att säga, så hon frågade i stället:

"Den där vakten som sköt dig, kände han dig från din stridiga tid?"

"Ja, Martin", suckade Översten, "som han kallar sig nuförtiden. Då hette han Jonas. Det är en lång historia. Vill du höra den?"

"Gärna." nickade Luna.

"Martins mamma hette Matilda. En riktig järnlady som byggde upp Föreningen. Hon kom från en av de stora jordägarfamiljerna i trakten. Såna som alltid varit tongivande i Hjo. Det hela började som en hembygdsförening. Ju fler flyktingar det kom till stan, desto mer högljudda blev de i Föreningen. Vissa engagerade sig politiskt, andra tog lagen i egna händer. Så även Matilda. Hon hade ambitioner, hon var sträng och blev en ledargestalt. Organisationen erbjöd skydd, medlemsavgiften fungerade alltmer som skyddspengar. Först på industriområdet, sen, när våldet tilltog, även på Hammarn och lite här och där i stan. Vanligt folk pressades på pengar.

Hennes två söner var drivande i detta. Särskilt den yngre. Hade inga hämningar, han var riktigt hänsynslös. Också mot kvinnor. Vilja blev till i en av hans många relationer. Han har flyttat härifrån, lämnade kvar Vilja hos sin farmor.

Martin var mer ordentlig, hade ett stadigt förhållande, de gifte sig till och med. Hans fru var trevlig, jag minns henne väl, hon hette Alice, kallades Liss. Tanken var säkert att Martin skulle ta över efter sin mor så småningom. Men först hände att när Liss födde Minna, så fick hon en infektion och dog. Det förändrade Martin; han satsade all sin tid på Föreningen. Han ville skaffa ännu mer inflytande, mer makt, mer pengar. Han gjorde det på ett dumdristigt sätt, fick tunnelseende. Han tänkte sig att Biafra skulle bli nästa område i hans imperium. För att lyckas komma åt alla dessa utlänningar behövde han någon inifrån. Någon som arbetade åt honom. Han hittade mig."

Lunas ögon blev runda av förvåning.

"Så var det! Jag hade hamnat på Biafra som tonåring. Flykting från Syrien som så många andra på den tiden. Höll på med lite snatteri, tillsammans med några. Ville få status snabbare än vanligt arbete tillät. Vi blev ett gäng och jag har alltid varit en ledare. Äldste sonen. Vi fick tag på större grejer, började göra affärer. Skaffade vapen för att kunna försvara oss. Sen använde vi dem för att hota också. Några började prata om att vi är försvarare av islam, att det handlar om ett krig mot hedningarna. Vissa tog det på stort allvar, började kalla oss den heliga armén. Sen har namnet Armén hängt kvar. Egentligen var vi ett kriminellt gäng.

Så fick jag nys om att Martin sökte en infiltratör. Jag nappade. Minns väl när vi träffades första gången i parken en sommar. Han började med att visa sig svår. Sen gav han mig allt mer spelrum. Han trodde inte jag var särskilt intelligent, tänkte att jag beundrade honom som Föreningens ledare. Det var förstås lätt att spela med i det spelet. Samtidigt lärde jag mig konsten att ta kontroll över ett område. Jag lyckades få honom tro att Föreningen var på väg att överta Biafra. Förde till och med över pengar som han trodde var den första skörden från hans nya område. I själva verket var det våra killar som hade samlat in pengarna på hans område, Hammarn. Han fick aldrig mer några pengar från Hammarn. Vi tog över."

"Så han var ute efter hämnd."

"Just det. När han insåg att jag hade överlistat honom, blev han förstås rasande eller snarare förkrossad. Han försökte komma åt mig. När det inte lyckades kunde han inte vara kvar. Matilda behövde knappast säga nåt, Martin stod inte ut med skammen inför sin stränga mamma. Han försvann. Lämnade sin lilla dotter Minna kvar. Så kom det sig att Matilda fick fortsätta att ensam leda Föreningen och samtidigt ta hand om två barnbarn."

"Kusinerna från Korsberga är verkliga kusiner, som det har stått om i media?"

Översten nickade.

"Och Martin är Minnas pappa. Som har återvänt till stan."

"Precis. Han dök upp i Hjo under sommaren. Måste ha planerat för flytten efter att mamma Matilda dog i våras. Han

240

har bott i Småland nånstans, vet inte vad han hållit på med. Nån gång bytte han namn. Ändrade utseende. Chansade på att ingen kände igen honom efter 20 år. Levde tillbakadragen här under hösten. Försökte styra och ställa i det fördolda. Inte bara Föreningen och på kommunen, utan också Armén. Han tog kontakt med min medhjälpare Yussuf. Men Yussuf överlistar man inte så lätt. Han blev misstänksam, och när jag var tillbaka i stan kom vi på hur det låg till. Vi började lägga ut ett spår. Martin skulle tro att det var han som hittade mig. Vi var ute efter att han skulle avslöja sig. Vilket också skedde. Han var så upptagen av sitt hämndbegär. Jag trodde ändå inte han skulle gå så långt...

På sjukhuset fick jag höra av Yussuf, som i ett ärende besökte Martin innan jul, att Martin har en hushållsrobot som han kallar för Liss! Det verkar sjukt. Han måste ha blivit galen efter sin frus död."

Översten tänkte efter en stund.

"Som du vet har jag också förlorat min fru. Och min son. Jag vet hur det känns när man håller på bli galen av sorg. Helt uppgiven var jag. På anstalten kom jag i kontakt med en man från Skövde – jag hade ganska hög rang bland de intagna på grund av mitt rykte – det visade sig att han hade kontakter inom Föreningen i Hjo. Nån av dem hade berättat om ett uppdrag som handlade om att skjuta min son. Den som låg bakom uppdraget var Martin.

Men inte direkt. Det fanns en mellanhand, en som jag kände igen, så jag förstod att berättelsen måste vara sann. Mannen i fråga var Matildas medhjälpare efter att hennes söner gett sig av. Enligt ett rykte är han Matildas tredje son, med nån amerikan. Men det kan vara ett påhitt för att förklara varför han pratar som han gör. I varje fall en fånig figur, utan karaktär, som kunde vara stöddig när någon stod bakom honom men blev väldigt medgörlig när han blev skrämd. Uppenbarligen stod Martin i kontakt med honom. Fick information och gav anvisningar, kan man tänka. De fortsatte säkert att samarbeta när Martin återvände. Kusinerna ärvde nämligen Flinten som medhjälpare.

Han kallas så för att han är kal, han har ett ormhuvud."

"Jag har mött honom!" hajade Luna till. "Han körde bilen till Korsberga den där kvällen. Sa äckliga saker som de flabbade åt. Han borde dömas tillsammans med Martin och kusinerna. För du berättar väl allt för polisen?"

"Mm. De har haft förhör med mig."

"Vad tror du?" frågade Luna. "Hur kommer det gå?"

"Martin avslöjade sig när han släppte in kusinerna på stadshuset. Sedan visade han var han stod, när han tog sin vaktkollega som gisslan för att låta kusinerna fly. Från den punkten kan man rulla upp händelseförloppet baklänges, och då kastar det ljus också över skjutningen. Han kommer säkert hävda att det skedde i självförsvar. Men två skott i magen mot en obeväpnad person?"

"Och hur blir det med kusinerna?"

"De kommer fällas för en hel del saker. Polisen passade på att ta med Vilja ut till huset i Korsberga direkt på annandagskvällen. Din mamma hade berättat om Leon för de två poliser som dök upp till sist. De hittade Leon i källaren och påträffade vapen. Dagen därpå gjordes en razzia mot Föreningens affär i stan, datorer beslagtogs. Där fanns, bland mycket annat, bevis på att det var Minna och Vilja som hade brutit sig in och misshandlat paret på Hammarn."

"Felix och Julia!"

"Med tanke på allt detta, uppviglingen till våldsamheter på Biafra, kuppen mot stadshuset och skottet mot Nellie Högberg, så lär de få fängelse. Och ordentliga böter."

"När de är borta kan det bli fred här. Riktig fred."

"Det kan vi hoppas på. Jag ska göra allt för att Armén också ska förstå värdet av denna fred. Du har en stor del i allt detta, Luna. Jag har läst intervjun med dig. Du hyllas som en hjälte och det med rätta. Du fick gå igenom mycket. Klarade av pressen. Eller vad säger du när du ser tillbaka?"

"Skönt att det är gjort. Det var faktiskt fruktansvärt. Jag var rädd. Ingen hjälte precis. Men jag är glad att jag vågade. Att du frågade. Litade på att jag skulle klara det."

"Du är en god förebild, du satte din säkerhet på spel, du offrade något för andras skull. Offer innebär en förlust men också en möjlighet att vinna mycket mer."

"Det är många andra som har bidragit också! Om du tänker på alla som slöt upp på Biafra."

"Där har vi det igen: många som var beredda att göra en insats för freden. Oväntat att folk hade mod att ta sig dit. Från alla delar av stan. Vem kom på den idén?"

"Det var faktiskt den nye diakonen i församlingen Ljuset. Efter juldagens gudstjänst pratade han med mamma och en som heter Emma, en tant från våra missionsträffar."

"Märkligt", tyckte Översten, "de har annars varit så passiva."

"Ja, den här diakonen är annorlunda."

"Nellie Högberg har fått betala ett högt pris för sin insats."

"Ja, stackars Nellie!" tyckte Luna. "Förresten. Är det du som har informerat henne också? Som du gjorde med Joel?"

"Hon fick information av mig, sen drog hon sina slutsatser. Riskabelt att gömma sig ensam inne i maskinrummet för att avslöja kuppen. Men hon lyckades avslöja dem, även om det kostade på, och vakterna väntade utanför. Martin och kusinerna räknade med att de skulle vara upptagna borta på Biafra, men dit hade Nellie bara skickat stans drönare för att hjälpa till att lysa upp området."

"Nellies söner har också bidragit", fortsatte Översten uppräkningen.

Då Luna inte svarade, frågade han:

"Leon blev inlåst i Korsberga som du. Hur gick *det* till?"

"Leon letade efter mig."

"Jasså, visste han att du var där?"

"Nej. Men han utgick ifrån att Föreningen hade genomfört kidnappningen." Hon såg ner i golvet. "För han hade förrått oss."

Ett brummande hördes från sängen.

"I början samarbetade vi så bra med missionsträffarna." Hon talade fortfarande med blicken på mattan. "Han var så trevlig. Vi hade det bra ihop. Sen blev träffarna inte så viktiga för honom. Han ville inte att vi skulle fortsätta på Hammarn. Försökte kontrollera mig."

"Insåg att han höll på att förlora dig."

"Tror du det?" tittade hon upp. "Kanske."

"Du hade högt förtroende för hans bror, Joel, när vi sågs förra gången. Därför satsade vi på att han skulle befria dig."

"Joel och jag har faktiskt blivit tillsammans."

"Det var det Leon hade på känn. Sånt är väldigt svårt mellan två bröder, ska du veta."

"Jag har försökt att förlåta hans svek. Jag behöver nog prata med honom."

Överstens rynkor ordnades till ett leende: "Du har ett gott hjärta, Luna. Och när du öppnar ditt hjärta mot mänskor omkring dig, ger du dem en stor gåva. Jag kommer aldrig glömma när du lade ditt pepparkakshjärta på min Bibel. I arbetsrummet där nere vid sjön. Du har lärt mig mer än du anar."

Han blev allvarlig. "Hjärtat på Bibeln förebådade något. Ett ögonblick efter vårt samtal. Jag hade berättat vad som hänt mig, om min son och min fru. Du gick mot dörren, var angelägen att komma hem, upriven efter alla händelser. Visste säkert inte vad du skulle tänka om den gamle kriminelle mannen och hans bekännelser. Men i stället för att hasta ut genom dörren vände du dig om. Du frågade: 'Varför berättade du det här för mig?' Då blev jag övertygad. Du öppnade ditt hjärta. Genom ditt hjärta fick jag syn på Jesus som jag hade läst om. Han har inte lämnat mig sen dess."

En tår rann ut i fåran vid Överstens öga. Luna upptäckte den och tittade ner, för hon blev också rörd.

"Såg du Jesus?" svalde hon. "Genom mig?"

"Ja, jag såg hans kärlek. En kärlek som inte kräver något i förväg. En kärlek som bryr sig. Jag hade läst om att Jesus älskade syndare, han älskade till och med sina fiender. Det var något helt nytt för mig. Sånt mötte jag aldrig tidigare. Men du vände dig om. Kärleken blev verklig. Du öppnade ditt hjärta för mig, fast du var min fånge. Sen valde du att åka iväg, att utsätta dig för ovissheten och alla trakasserier."

Luna tittade upp och deras fuktiga blickar möttes. Orden om kärlek blev till värme och fyllde hennes hjärta, och hon kände en djup samhörighet med denne skäggige gamle man.

Efter en stund harklade sig Översten:

"När jag bjöd hit dig var det också för att överlämna två presenter. Ligger på bordet därute. Jag föreslår att du öppnar dem här, för sakerna kräver viss förklaring."

Luna hämtade de omsorgsfullt inslagna paketen. De var väldigt olika i storlek.

"Du kan börja med det stora. Man kan säga att det är från Armén."

Hon ställde paketet på knäna, lossade snöret, rev upp papp-ret, lyfte på locket. Där låg en ljusbrun, gammaldags nalle.

"Det var Armén som fick i uppdrag att vandalisera ert hem. Jag hade precis återvänt till Hjo när Yussuf meddelade mig att han hade kontaktats av en vakt som uppmanade till detta, med löfte om att ärendet inte skulle utredas. I efterhand förstår jag att det var ytterligare ett av Martins ondsinta initiativ. Samtidigt kom uppdraget väldigt lägligt. Jag kunde återta befälet över mannarna i Armén, och de fick utlopp för uppdämd frustration och kampvilja.

Dessutom skulle händelsen provocera Föreningen, om vi var tillräckligt tydliga. Det betyder att vi fick stöka till det or-dentligt, vilket ni tyvärr blev drabbade av. De av oss som gjorde det, spikade fast din nalle på er ingångsdörr. När jag var aktiv i Armén, så lämnade vi ofta ett spår efter oss, något som gjorde narr av de kristna. Jag vet att det inte går att ersätta ett kramdjur fullt av minnen. Den här nallen är snarare tänkt som ett tecken på försoning. Tecken på att det finns möjlighet att leva upp på nytt. Hoppas att du förlåter oss!"

Luna nickade, klappade nallen och satte den i lådan igen. Tog det lilla paketet i sin hand.

"Det är från mig personligen. Ett minne." sa Översten.

Hon lossade på rosetten. Det var en ask för smycken. Inuti låg ett konstnärligt utformat hjärta av guld med ett kors av ädelstenar mitt på.

Luna knäppte loss sitt halsband och hängde hjärtat bredvid ängeln.

"Tack!" sa hon.

Epilog

"Stanna, Angelo!" befallde mannen och drog i kopplet. De närmade sig villa Svea på sin vanliga promenad genom stadsparken denna kyliga morgon. Dagen höll fortfarande på att vakna, ljuset steg ner från en klarblå gryningshimmel, lekte segervisst med nattens sista skuggor mellan tjocka trädstammar. Stigen framför dem var spärrad av en stor kranlastbil, en gigantisk teleskoparm uppsträckt över hustaket. Längst ut hängde det lilla tornet, närmade sig sakta takkrönet, dit två personer hade klättrat upp för att ta emot spiran och återställa villans stolthet. Samojeden skällde åt det högljudda monstret. Mannen bestämde sig för att runda tennisbanorna på sjösidan.

Det nya året har kommit med nya satsningar på parken, konstaterade han nöjt. Häromdagen började kommunarbetare kratta grenar och samla skräp också. Det har lett till att fler människor rör sig häromkring än på länge. Beror förstås på julens händelser. Folk vågar sig ut mer. Ända sedan den märkliga natten på Biafra, natten i ljust minne bevarad, som man sa, då våldet i stan begravdes. Det pratades och skrevs fortfarande mycket om det som varit, nya detaljer blev kända titt som tätt.

Nu är det tid för rensning och rening, tänkte mannen, det grumliga klarnar. Ett samhälle kan resa sig från stora djup när den onda cirkeln vänds i en god.

Barn kom springande och frågade om de fick klappa hunden. Jaså, tänkte mannen, medan barnen försiktigt närmade sig samojeden, de vågar släppa ut ungarna från förskolan! Han stannade en stund. Tillsammans med Angelo njöt de av den lilla skockens uppsluppna glädje över att få stryka hundens mjuka päls.

Är det inte stunder som denna alla längtar efter i vår våldsdrabbade värld, grunnade mannen. Hunden blev allt mer lekfull, skuttade omkring bland de jublande barnen.

Ett par som höll varandra i hand närmade sig på stigen. Han kände igen dem, säkerhetschefen och hennes man, läkaren. När de kom närmare blev det synligt att kvinnans ena arm vilade i en mitella. Hennes avgörande insats i julas var vida känd. Hon var nära att förblöda av sin skottskada. Det fanns hjobor som var beredda att vända utvecklingen när tillfälle gavs, tänkte mannen och hälsade. Hälsningen besvarades vänligt, paret fortsatte förbi, hand i hand.

Efter en stund och med viss möda gick det att få med sig hunden, och snart stod mannen på terrassen under den majestätiska linden för att blicka ut mot vattnet. Luften var hög, Vättern låg stilla, gick över i mörkblått mot horisonten, smälte ihop med östgötakullarnas rand på andra sidan. Fyrarna stod likt ett värdpar, beredda att ta emot gäster från när och fjärran. Välkomna till fredens stad!

Mannen kom att tänka på den gamla legenden som stans nyhetskanal – med viss självkänsla – påminde om efter allt som klarats upp: På medeltiden kom några munkar seglande från andra sidan sjön men överraskades av en häftig storm. De fruktade för sina liv. När de spolades iland på denna sandstrand, lär de ha utropat: Hic Jacet Otium. Här vilar friden. Så har stan fått sitt namn: HJO.

Plötsligt drogs mannens blick mot en punkt som glänste till på horisonten, en pärla som strålade, bredde ut sig, blev till en gyllene båge, en bländande port till en annan värld. Solen gick upp. Något tidigare än igår.

OFFERGLÖD

...hade inte blivit till utan familjens stöd. Därför vill jag rikta ett varmt tack till mina föräldrar som följt tillkomsten av denna bok med ständig uppmuntran och stor givmildhet, till min bror Kristian för berikande synpunkter, inte minst teologiska, och min fru Judit som läst, ifrågasatt och stått vid min sida även under stunder av uppgivenhet.

Jag vill också rikta ett stort tack till Magnus Nordqvist, Göran Rask och Camilla Wallqvister för värdefull vägledning samt till Jesper Anhede för generositeten med omslagsfotot!

Tack även till dig som köpt boken och därmed bidragit med 10 kronor till ett kyrkbygge i Chato, Tanzania! Församlingens gamla kyrka har blivit för liten och Hjo församling samlar in pengar för att hjälpa till.

Till sist: denna roman handlar om en annan tid, personer och händelser är helt och hållet fiktiva.